U0661812

破土而生

长篇励志小说

周贺鲁 著

时代出版传媒股份有限公司
安徽文艺出版社

图书在版编目（ＣＩＰ）数据

破土而生/周贺鲁著. —合肥：安徽文艺出版社,2018.11（2022.5重印）

ISBN 978-7-5396-6393-7

Ⅰ．①破… Ⅱ．①周… Ⅲ．①长篇小说－中国－当代

Ⅳ．①I247.5

中国版本图书馆 CIP 数据核字(2018)第 131061 号

出 版 人：朱寒冬

责任编辑：姚 衍　欧子布　　　　　装帧设计：孙 庆　闻 艺

出版发行：时代出版传媒股份有限公司　www.press-mart.com
　　　　　安徽文艺出版社　www.awpub.com

地　　址：合肥市翡翠路 1118 号　　邮政编码：230071

营 销 部：(0551)63533889

印　　制：北京一鑫印务有限责任公司　　（010）61424266

开本：880×1230　1/32　印张：10.75　字数：230 千字

版次：2018 年 11 月第 1 版　2022 年 5 月第 2 次印刷

定价：42.00 元

记忆，是一朵花，绽放在行将老去的人的心头；

记忆，是一支笔，忠实地记载着你一生行走的足迹；

记忆，是一缸酒，陈年越久越是甘醇，因为这缸酒是用你的喜怒哀乐酿就的；

记忆，是一首诗，它凝聚着往日的欢笑、今日的乡愁、无尽的思念和遥远的遐想。

你的金钱总会散尽，你的繁华终归失去，你的亲人也会离开你。只有你的记忆，时刻跟随你，紧紧陪伴着你，永远属于你。

——题记

目　　录

1

他从乡间走来

安 杰

路遥先生的《人生》《平凡的世界》，司汤达的《红与黑》，曾经感动过许多人。但那毕竟是小说。周贺鲁用他的记忆，给我们呈现了一个就在我们中间、与我们共同经历、活生生的人，而绝非一个"穷小子翻身"的故事。

我们并不鄙视农民。自古以来，以农立国，农民是统治基础。唯其如此，他们才被压在社会最底层，承担着国家之重。尤其到了20世纪中叶，在前无古人的社会主义实践中，更背负了由于探索失败所造成的种种灾难与恶果。他们贫穷、愚昧乃至非人一样地活着。稍具思想的人无不想方设法挣脱或改变那种环境与地位，可又谈何容易！周贺鲁就是这样一个人。所幸的是，他终于一步步走了出来。

周贺鲁是老实本分的。他改变不了现实，便学会适应现实。国家的前途命运与他个人的前途命运便在这不断的适应中慢慢相合了。这比任何教科书或理论说教都来得更加实在和具体。他没有任何可以利用的社会资源，仅有一对含辛茹苦支持他读书的父母。当第一次因"家庭问题"而失学时，他没有怨天尤人找谁去拼命，更没有抱怨自己的父母，而是默默地承受了下来。在此后的求学生涯中，他如一块海绵，尽力地吸吮当时的条件下所能提供给他的一切，做一个"好好学习，天天向上"的勤奋学生。回乡当农民，他知道自己"出身不好"，须付出比别人多百倍的努力。犁耕耙拉，样样农活他都想干好，且真心实意、脚踏实地地去学、去做。挖沟挖河，是当年淮北农民冬季最苦最累的活儿，他积极参加而且带伤坚持，并不弱于当时的壮劳力。挖沟挖河、抗旱、挑粪、喂猪……在乡亲们的注视下他得到了身份的认同，或者说他已经融入了农民阶层、农民队伍，成了一个地道的农民！那是"面朝黄土背朝天，一颗汗珠摔八瓣"的底层人民！当教师，他没有忘记自己从哪里来。面对一双双求知的眼睛，或者直接说，如他当年一样，希望通过求学改变自身命运，从"地墒沟"拔出泥腿的一双双饥渴的眼，他拼尽全力探索教学之路，哪怕多出一个在他的帮助下走出去的学生也是他最大的快乐。他成为一个兢兢业业的骨干教师。当纪检干部，他知道岗位的分量，更懂得自己的担当。在人欲横流的环境下，他坚持自己的做人原则。不矫饰、不虚荣、不贪财、不图利、不逢迎献媚更不同流合污。心中自有标尺：党规党纪碰不得！只有这样，才能腰杆挺直，才能刚正不阿，不会被一风吹倒。他是一个堂堂正正的人！

周贺鲁是坚忍顽强的。从他的经历中我们看到，他的每一次命运的转折都与当时的政治及其政策密切相关。从"文革"到"改革开放"，从"政审不过关"到入团入党。在这些改变的过程中有着极其漫长的等待，而恰恰是这些

"等待"极其煎熬人、折磨人。当推荐上高中的名单没有他的名字的时候，当同时递交申请书，校领导只给别的同学戴上团徽的时候，他没有因此而躺下。把委屈深埋心底，擦干眼泪又上路了。他没有被家门上贴白纸、门前搁粪堆、手机短信"杀你全家"所吓倒，而是昂首挺胸把原则坚持到底！尤其当他深爱着的第一任妻子撒手人寰，丢下孤零零的他和年幼的女儿时，他没有失去生活的勇气，没有借酒浇愁，没有万念俱灰、自暴自弃，而是为生者死者重新鼓起生活的风帆。"从领导岗位退下来"曾经让一些人倍感失落。他却欣然面对自然规律，读书学习，迅速适应"二线"岗位生活，静下心来写下如此记忆便是明证。

普通人作传似乎不是常有的事，甚至被一些"无所用心"的人讥笑。然而这又是一件功德无量的事，它不仅告诉人们这代人曾经活过，而且告诉人们"怎样活"。尤其在他的记忆里记载了当地的风土人情、农事农活、时代特征、背景状态……许多东西是在官方史、志中很难见到的。假若不是通过他记述当年跋涉百里、拉红芋片换炭的历程，恐怕很多人已经遗忘了当年的那道苦难的风景，后代人更不知道当年原来还有那种活法。所以，从记述史实的角度看，这已经超出了个人作传的范畴。世间的人绝大部分都默默而来，悄悄而去，埋没在风中土中时空中，为什么就不能有一个人把普通人的普通事记述下来呢？

他从乡间走来，并无大起大落更无惊涛骇浪。走得不易，结果尚好。作为一个学数学出身的人能挥笔成册也属不易。但愿他的亲戚朋友同学同事通过这部"记忆"，更加理解贺鲁。那些素不相识的读者诸君通过这部著作，了解和知晓曾经的那段历史、那些往事和那些活生生的人。如此，贺鲁的工夫就没有白费！

是为序。

2017 年 8 月于闲云斋

第一章　童年岁月

童年的世界是水晶做的万花筒，一切都那么光鲜夺目、新奇灿烂；童年是一本连环画，页页勾勒着活生生有趣的瞬间；童年是一张白纸，书写着儿时的点点滴滴，书写着五彩缤纷的少小生活。

一

淮北平原，广袤而坦荡。浅褐色的黄土宛如国人的皮肤，堪称独特的标记。就是这标志性的黄土，养育着我和我的祖祖辈辈。到 20 世纪中叶，战争结束了，中华人民共和国成立了。人们欢腾雀跃，庆幸再也没有炮火硝烟的板荡，再也没有颠沛流离的惊慌。巴望着跟着祖国过上平实安详、"电灯电话，洋犁子洋耙"的幸福生活。

在前无古人的社会主义革命和建设进程中，淮北平原同样经历了它的每个阶段。人们看着房前屋后的树叶儿绿了又黄，黄了又绿，只是天上的月亮还是那么亮。

1954 年 8 月 16 日（农历七月十八日），我出生于淮北平原上的一个农民家庭。

淮北农村向来重男轻女，家里添了男孩，欢天喜地，

1

还把欢悦之情烙在孩子的名符上。虽然，我出生时已是家里连续的第三个男孩，但全家人仍皆大欢喜，听说是爷爷给我起的乳名，叫"贺喜"，按班辈我是"鲁"字辈，以淮北宗族传统，男性后人的名字中必须要有班辈中的字，以示宗脉传承。上学时报名，老师做主，说，就叫"周贺鲁"好了。

我家所在的村庄在人民公社成立后被称为"濉溪县五沟公社藕池大队周大庄"。

这是一个有近百户人家，400多口人的偏僻村庄，距县城100多里，距较近的韩村、五沟两个集镇也有10里之遥。小时候很少听说有谁上城，村里人什么事都到集镇上办。赶集上市都是步行。每逢集日，村人们肩挑背扛驮着东西，也有一些人推着木轮车或拉着架子车，载人载物，川流在坑坑洼洼的乡村道路上。远远望去，好像一条条蚰蜒拥向集镇。

全村都是周姓人家，祖祖辈辈大都是文盲，读过书的寥寥无几。中华人民共和国成立后到"文化大革命"前，也只有少数人家的孩子上了学，能读完小学的也是微乎其微。传说村里人是从外地迁移过来的，落脚在这穷乡僻壤之处是为了逃避荒乱。全村世世代代没有乡绅名流、达官显宦，没有宗祠族谱、历史遗迹，也没有显耀的地标性建筑，只有"学"字开始的辈分："学全士德，丙鲁维宗，开家继业，忠孝友功"。这些从远祖流传了下来。

村子中间有几个不规则、前后相连的大坑，是村里排涝的渠道、灌溉的水源。刚记事时，坑面很大，水很深，里面有很多鱼，父亲和会撒鱼的村里人经常利用农闲时间提着撒网到大坑里捕鱼。父亲很会撒鱼，他在岸上把网捋好，一手握着网缰，一手提着捋好的网，看看水纹的波动情况，找个最佳位置，两手用力向外一甩，张开了大口的网链拽着渔网在水面激起圆圆的一圈涟漪。父亲撒鱼时，我与哥哥就提着水桶跟着父亲拾鱼，无论撒多撒少，每次都使得我们全家兴奋不已。有一年春节前夕，村里将坑里的水抽干，逮鱼几草篮①，家家都分得了十几斤、几十斤的鱼，我家分得的鱼吃了很长时间。

这些大坑还一度成为村里人浣衣、洗澡的场所。由于泥水长期淤积和居民们不断向里填杂垫土，坑水逐渐变小变浅了。为了用水，村里人又不得不在不太深的坑底再挖一些深池，以通达泉眼令坑水不涸，水下因此留了些池埂。一到伏天，上午半晌之后，孩子们就成群结队往坑里跑，说是洗澡，实则在水里避暑、嬉戏打闹、学游泳，泡到家人来喊吃午饭时才肯上来。吃过午饭接着泡，一直泡到要去做事为止。那个时候农村里的孩子是"放养"型的，尤其是男孩，粗放到能活下来，长大成人就行，并不关心将来会怎样、有没有前途，什么"起跑线"之类。七八岁时，一次，我和二哥随一群玩伴下大坑洗澡，站在深池埂上，水到脖子，一不小心，滑进了深池里。那时我还不会游泳，两脚达不到底，在水里一沉一浮地漂荡，沉下去就呛一下、

① 草篮：用荆条编制的，圆台体，底小上大，有底无盖，一米多高，上口直径约一米，上有一粗襻。是生产队饲养室装载饲草的工具。

灌口水，手脚乱蹬，怎么也到不了池埂。沉浮了几下，忽觉有人把我推了一下，上到池埂回头一看，是二哥，有惊无险一场，只是喝了几口水。是二哥过来救了我。没有他的顺手一推，说不定就没有了今天的我。男人们下坑洗澡则在天黑收工之后，趁女眷们在家烧火做饭之际，他们放下手里的农具家伙，抄起毛巾，三下五除二迅速脱光了就向大坑里钻。他们一边洗着澡，一边谈论着当天发生的事，洗好澡后，还要在岸边乘会凉。这要算是他们农忙时节一天中最大的享乐。

村子外围是一圈圩沟，是很早以前为防御外来侵扰开挖的。圩沟两岸树木丛生、浓荫匝地，忠实地保护着圩岸。圩沟里有的地方水很深，听说有几处淹死过人，被淹死的甚至有身强力壮的成年人。圩沟外是大片的田野，春夏秋冬变换着不同的景色。村民们大都在大坑与圩沟之间散居着。家家户户院墙外的宅地上，用篱笆围隔了许许多多大大小小的菜园、藕池、果林或小块农田，借坑里的水浇灌。村子里没有像样的道路，只是沿坑边从村东到村西踩出一条弯弯曲曲的泥土小道。由于长期的雨水冲浸和人踏车轧，路面凹下去很多，"无风三尺土，风来土三丈。小雨和稀泥，大雨蹚泥汤"。这条贯通全村东西的唯一通道干天为路，雨天就成水渠了。

村子中心有一口石砌老井，三四米深，三面被大坑包围着。不知是先有的坑，还是先有的这口老井。我想，老井可能后于大坑的开挖。村里人向来聪明，在大坑之间如三面环水之地打这口水井，不愁水源枯竭或者泉眼不通。

4

每到傍晚，收了工的村里人挑着水桶从四面八方络绎不绝地来到井边打水，在晚霞的映照下，给村子平添了一道农家生活风景。旱天等水要排着长长的队伍，由于离坑很近，井水泉得很快，等的时间不会太长。发水时井水和坑水水位基本持平，井水和坑水一样浑浊，村里人便将浑浊的水打回家澄澄方才食用，因为这是全村唯一一处可饮用水源。

由于闭塞，我小时候连汽车都很少见过。八九岁时村里来了辆勘探钻井的汽车，一群群孩子惊奇着、呼喊着、追着撵着看。村里很多人一辈子没坐过汽车，没见过火车。

村里人勤劳富有智慧，懂得生活，很早就掌握了许多农产品加工技术。村子里有酒坊、油坊，家家能制糖、做粉，不少人会磨豆腐、推香油等。虽是家庭人工作坊，场面却很大，也很有特色。酒坊曾一度设在我家东邻院内，小时候很喜欢到酒坊里玩，看大人们酿酒劳作的忙碌场面。人工作坊酿酒分为制曲和蒸馏两大部分。先制曲，取一定量的小麦研磨成粉，和曲母一起掺水搅和，好了之后倒入模子使其成型，制作成曲块，接着把曲块送入密封处发酵、陈放。酿酒前先将高粱在池中浸泡，然后放入锅中蒸煮，约一个时辰，高粱蒸煮黏稠后取出冷却，先后加入谷壳、曲粉搅拌均匀，倒入池中发酵。发酵好后，再掺杂谷壳，放入大甑中蒸馏，不一会，蒸汽出来，随后流出液浆来，那便是酒。新酒一出，热香扑鼻，大人们品尝之余，有时也分羹给孩子们舔舔品品。据说，我们村酿造的酒香醇浓烈，享誉方圆数十里。可惜村子里的这一传统、特色产业，后来被整没了。

村里的制粉产业兴起较早，那时农作物以红芋为主。由于传统的农耕习惯，红芋相对于其他农作物产量高、产量稳，且易管理，村里人的口粮和上缴的公粮里，红芋片占90%以上，"红芋饭，红芋馍，离了红芋不能活"是那时村里人生活的真实写照。红芋的盛产带来了制粉业的发展。生产队是用石磨磨粉，农家则是用镲子把红芋镲碎揉挤出粉汁再晒干成粉。粉面可以用来下粉丝、转粉皮、制凉粉。一到农闲，特别是临近年节，生产队场上、农家院落到处晾晒着粉面及其制品。红芋变成粉，不仅可以改善村里人的生活，还可以用来在集市上交易，提高农产品价值，增加村里人收入。

村里人家家户户都会制红芋糖，这似乎是家庭主妇们必备的手艺。但平日里不制，只有年节才熬制。记得母亲熬制红芋糖时，方法很简单。把红芋煮到一定的程度，揉挤出汁液来，再放上一定比例的麦芽一起熬制，但麦芽的比例和火候掌握很重要。麦芽的比例掌握不好，糖不甜、不黏；火候掌握不好，熬制的糖不黏稠、拉不出丝或者干苦。熬制出的糖可以做成很多种果、饼、球、块儿，供年节时家人享用和招待亲邻宾朋。自给自足，是祖辈传下来的生活方式，被村里人坚守着、传承着。

我记事时，周大庄与张油坊和藕池等十来个自然村为一个大队，上属五沟公社管辖。1970年分为周大庄、藕池和张油坊三个大队，仍归属五沟公社。1980年，区划调整，设区划乡，周大庄大队划归小湖乡，属五沟区。2001年撤区划镇时，周大庄大队改为大庄村，辖朱家、前油坊、后油坊、周大庄和小杨家 5 个村庄，随小湖乡一起划入韩村镇。

集体经济时期①，农村分为大队和生产小队两级组织。大队负有管理生产小队之责，领导生产小队贯彻落实好上级下达的指示精神，抓好上级部署的工作任务，帮助生产小队解决村民生产生活上的重大问题，维护全大队的治安秩序和社会稳定，同时拥有对招工、参军和推荐上学的基层决定权，对民师、村医有招聘任用权。可以说，大队就是一级权力机构，或叫作基层政权。生产小队是农村经济单位的实体，在按劳分配的原则下，对所辖的村民、财物和土地等，集中组织管理，统一核算分配。

我记事时，我们庄由解放初期的互助组、初级社变更为五个生产小队，每个小队不足百人。大坑以南叫作前圩孜，有两个生产队，分别叫作"东队""西队"（也叫作一队、二队），30 多户低矮茅舍院落以雁翅形在东西约 130米、南北不足 100 米的区域间布列着，居住在东翅上的村民属东队，居住在西翅上的村民属西队，也有个别人家由于兄弟、妯娌间不和东西队互调的，我家属东队。大坑以北有三个生产队，从东往西依次叫作三队、四队、五队。"文化大革命"轰轰烈烈开展之后，为体现"一大""二公"的"优越性"，适应大兵团作战需要，展现"人多力量大"的画卷，几个生产队的主要负责人在大队领导的鼓

---

① 集体经济时期：即人民公社时期，从 1956 年农业合作化运动到 1978 年农村实行家庭联产承包责任制。

动下，动起了并队念头。1968 年，前圩孜两个生产队合并在一起，在村东一片开阔地上建起了几排牛屋、磨坊和仓库等，比原生产小队增添了很大的气派场面。1969 年，前圩孜又与大坑北的三队合并，有社员近 300 人，耕地 1000余亩，耕畜（牛、马、骡、驴）40 多头，成为全公社乃至全区最大的生产小队。磨面的石磨在当时是最古老又是村里人最重要的生活工具，合并后的生产队光石磨就有六七盘，磨匠来我们队碇磨，碇一轮得住上一个礼拜。

生产队大了，表面上看，劳动场面的确"热闹"。上工的喊声一响，少则几十人、多则上百人的劳动大军，浩浩荡荡地向田里进发，到地头一站，黑压压一片，十几亩、几十亩的农耕活计不出一个工日即可完结。单位大了，组织机构也有了相对加强，建立了"队委会"。起初，两位德高望重、组织能力较强的中年人共同担任队长，关于以谁为主并没有明确，好在两人关系亲密，没有人计较谁为主谁为次，遇事商量着来。过了一段时间，一位被提拔为大队革委会委员、大队治安主任，大队干部分工，他又分管我们生产队，两人配合依然如初。三位积极肯干、年富力强的年轻人任副队长，我父亲依然是生产队主管会计，现金会计、妇女干部、仓库保管员也都配备齐全，俨然一套人马、一个班子，麻雀虽小，五脏俱全。一切事物都由队委会研究决定，相对于小生产队"队长一人说了算"显得公平、公正、公开、透明。合并后的生产队还制定了队规民约，给村子里带来了一些和谐氛围，邻里间为区区小事争吵打骂的情况大大减少。

二

我家祖上是个大家庭，而且过得不错，颇有几分资产。按当地规矩，儿子大了，成家立业，须从大家庭里分离出去，即"分家"。

爷爷弟兄四个，分家时，老爷爷为四个儿子各置了一进四合院，这在当时方圆数十里是绝无仅有的。我记事时，三爷爷家和我们家的四合院依然存在。虽是只打了矮矮的一小截石基、砖基的土坯茅草房，但从外观上看，也显得颇为气派。

父亲有弟兄四个，但三个伯父早年都已去世。尤其是二伯父、三伯父（我叫他们"二大爷""三大爷"）不知做了什么事，在中华人民共和国成立后的一次运动中被镇压了。奶奶也由于我这两个伯父的连累，忧惧成疾，过早地离开了人世。爷爷带着一家三代十多口人，虽分锅另灶，但仍挤在一起。

大伯母及其已娶妻且分了家的两个儿子——我的两个堂哥、三伯母和我们一家同住在老爷爷给置下的一处不规则的四合院里，二伯母带着女儿住在四合院北边的三间堂屋。二伯母的住所与四合院之间隔着一片空地，稀稀落落地长着几棵枣树、石榴树。这片空地靠路边，虽拴了几头猪羊，但前庭后院、左邻右舍的乡亲却都喜欢聚在这里一起吃饭。无论早、中、晚，大家端着碗，拿着馍，或蹲在树根，或倚在墙角，一边谈论着趣闻琐事，一边欢声笑语就着馍吃饭，那是乡村中最为惬意的时间。

四合院东西走向四间，南北进深五间，四间南屋是我们一家居住；五间东屋北边两间二堂哥家居住，南边三间是寡三伯母的；五间西屋北边两间大堂哥家居住，南边三间是生产队的公共食堂；北屋只有两间，靠东，大伯母居住；北屋西边的两间空地是四合院的出路。随后，生产队食堂解体，大堂哥家搬进西屋南边三间，北边两间被同宗"连老爷"和他儿子各借住一间。再后来寡三伯母改嫁他乡，我家与大伯母一家在住房上进行进一步调整，大堂哥家搬进东屋南边三间，南边三间西屋留作我们家的配房。

我出生后我家有七口人，爷爷、父亲、母亲、哑巴姑姑、两个哥哥和我。南屋是我家的主房，中间有一道屋山把四间屋分成两半，两间屋一个门，门已破旧，关闭时两扇不能合拢，到了夜晚只得用木杠顶着。南屋南墙没有窗户，屋后是个巷子，约 1.5 米宽，巷内有巷两旁人家的厕所；北墙东西两头两间各有一个窗户，只有窗栏，没有窗门。屋西山中间有个窗洞，没有任何挡栏，到了冬天，就用草秸填塞抵挡风寒。三间西屋南头的一间我家用作厨房，北边两间给生产队做了磨坊。不久，生产队的磨坊搬走，两间西屋就成了我家的杂物储藏室。后来二哥结婚，家里把杂物清除，简单粉刷一下，又成了二哥的新房。关于这些往事，我只依稀记得，还有一些难以回忆。写这些东西时，父母已在天堂，又没有其他什么人可以帮助回忆。真的后悔从前没有认认真真地陪父母促膝长聊，耐下心去倾听他们讲讲那些湮没在历史里的过去。现在想来为时晚矣。

家里没有粮仓，全家常年劳作挣得的口粮是用泥囤和柜子盛储的，粮囤没有盖，不能封闭，招致老鼠不断，出没乱窜，墙脚尽是老鼠洞。到了晚上，老鼠更加猖獗、肆无忌惮，在地上、粮囤上、柜橱上、屋梁屋笆上到处打斗嬉戏，常常把人从睡梦中惊醒。

父亲上过私塾，是村里的文化人。记得全村很多人经常来找，叫我父亲帮他们写家书、念家信。父亲替人家写信有时要搭上信纸、信封。不过信封不是买的，是父亲用稍厚点的废纸折叠而成的。父亲叠制信封时，我常在一边看，至今还能清晰地记起父亲叠制信封那娴熟、利索的动作，一张纸三折两叠一粘，一个信封就做好了。父亲还打得一手好算盘，在全大队乃至全公社的基层会计中没人能敌，财务账目也记、算得很好，远近闻名，大队甚至公社年底抽调部分各级会计巡回各队审核、清算账目时，他每次都作为"基层财会骨干"在被抽之列。父亲的算盘打得飞快，核账时，你能把数字读多快，他的算盘就能跟着拨多快，且很少出错。父亲还能两手各持一把算盘与两人同时算账。自生产队组建时，父亲就是生产队会计，一直干到生产队解体。我很小时就跟父亲学会了"三遍九""九遍九"和"国除篇"等算盘基础知识，且能运用算盘做加、减、乘、除运算。后来，我喜欢数学，又学数学专业，教数学，其缘由可能与父亲的影响有关。

那个时候，我家人气很旺，是个聚场。一有闲空，村里人三三两两聚到我家找我父亲咨询、打听一些不明白的事情，或写读家书，讨论、商谈其他问题，也有是来闲聊闲坐的。我非常喜欢听他们聚在一起天南海北、国家大事、家长里短、人情世事、天文地理地东拉西扯、说长论短、谈笑风生，有时还积极、主动地参与，对知道的或理解的话题不揣冒昧地大胆插话，发表自己的意见。这是一种近乎民主的场合，是老少爷们间的默契，更是一种闭塞乡间互相学习、互相补充、互相慰藉的氛围和机会。

三

可能因为深知文化的重要性，更有文化教育的家庭传统，父母十分重视孩子们的文化教育，两个哥哥早早就进了学校。

1961 年暑假过后，我也到了上学的年龄，母亲用破自行车兜给我改制了个书包，由哥哥领着我到藕池小学报名。临行前，母亲把我搂在怀里，嘱咐道："你要上学了，该去念书了，路上跟着哥哥不要乱跑，不要与别的孩子打闹，到了学校要听老师的话，放学后还跟着哥哥一起回来。"她牵着手把我送到村口，看着我随着哥哥走了很远才回头。我不知道母亲担心着什么。是因为我年龄小怕哥哥照顾不好，还是怕我顽皮私自下河洗澡？是因为家里穷，连个新书包都买不起，而觉得亏欠了儿子，还是对儿子的将来充满无限希望，做默默祝福？

中藕池距我们村有四里多路，学校考虑一年级学生小，路途远，就在中藕池与我们村之间的后藕池建了个小学一年级复式班。这个班只有一个老师，是学校聘用的民师。

第一任老师是前油坊的周鲁巧，教了一段时间调走了，换了位刚初中毕业的年轻教师，据说是藕池小学一教师的公子。起初，教室在后藕池"西小庄"庄里，是生产队的三间公房，屋前是一片水坑，房子很新也很敞亮。下了课，我们经常到坑边玩水，放学后打扫卫生，我们也多是到坑里取水洒地。

第一年上学，自己从家里带板凳，课桌是用长长的木板支起来的，黑板是一块挂在墙上的染了黑漆的木板。一开始上课，怎么也坐不住，只觉得身上生痒，只想鼓捣。一会儿挤挤左边，一会儿顶顶右边，一会儿抓抓前边，一会儿转身去挠后边，老师讲了什么根本听不进。看见老师走近位来，就装模作样在那儿老实一会儿，不到一分钟就又动了起来。按照老师的话说："我身上长草。哪儿知道读书？"老师布置作业，有时听不见，有时听见了扭头就忘。第一年不但不知道学，对学习用具也没有爱护、保护意识。上学之前，父母把铅笔削好装在我书包里，到班上没写几个字笔尖就断掉了，就得自己用小刀削，刀、笔都不听使唤，一杆铅笔削完也削不出笔尖来。笔、刀还经常丢失，明明笔、刀都装在书包里了，可用的时候去掏却没有了。不知什么时候丢的，在哪儿丢的，怎么丢的，也不知道是自己丢失的还是被其他同学拿走的。笔、刀丢，书本也丢。开始两次书本丢了，父亲就去找老师再买一本，后来再丢就买不着了。买不着就凑着与邻位同学合看一本。你凑人家的书看，人家给你看，你才能捞着看，人家不给你看，你就别想看。为这还和同学闹了意见，打了架。没丢的书翻不了几天就卷得像个菜盒子，烂张少页，没到学期结束就"吃"完了。就这样，稀里糊涂一年过去了。学期结束，父亲看我的成绩较差，找到老师，叫我在一年级再读一年。

第二年，生产队的三间公房被挪作他用，教室改租赁本村村东的两件破旧茅草民房。由于房屋年代久远，屋里比屋外凹下半米之多。我们的课桌是泥坯垒砌的，板凳学生自带，黑板仍然是一块挂在墙上用黑漆涂染的木板，上课用的粉笔，由老师每天装在口袋里从家带来，使剩的放学后老师再带回家。课程只有语文、算术，偶尔上堂体育课。所谓体育课，不过是从屋里走出来，老师站在一旁，让我们在教室前的空地上围坐一圈丢沙包，远没有我们下了课快乐。下了课，几人一块到教室附近的东家园里看看蔬菜，西家圈里瞅瞅鸡鸭，渴了到农家院里掀开缸盖，将头伸进水缸里喝，主人来到时我们已经喝好了。那时，庄户人家是极少锁门的。

从我家到学校隔着一片低凹地，四周被一巨大的矩形水沟合围着，叫南湖。内有纵横交错的水渠和旱涝不保的三四百亩农田。大队在矩形水沟西、北两边的中间和南边的东端各开了几个围口作为湖周围几个村庄的村民进湖劳作的通道。从北边中间的围口到南边东端的围口，有一条西北、东南走向的弯曲土路，是湖里唯一的一条道路。路的两旁是小沟和村里人长期用土留下的坑坑洼洼并由此串联起来形成的水道，路边原来断断续续地种了很多树，不知什么时候被人砍光了，愈发显得地势低洼、些许荒凉。南湖坐落在周大庄大队几个自然村的中间，中心有一个人

14

工池塘，叫"中心塘"，是整个湖地抗旱排涝的水源。遇到连降大雨时，南湖一片汪洋，这时我们上学，就由大人们背着接送过深水处，往往几人一起结伴上学、回家。

二年级时，我进入藕池小学读书，校园原来是地主家的两进大院，课桌是木板桌，还上了漆，坐凳也是学校统一配置的，课程开设了语文、算术、体育、唱歌、图画等，每周还有一堂周会，老师引导我们自己讲自己的故事，教我们在集体场合练习讲话，所设课程都有专业老师授课，学习条件和学习环境比在后藕池优越了很多。几个班在一所院子里上课，东屋书声琅琅，西屋歌声嘹亮，三年级语文老师讲得口干舌苦，五年级上体育课的同学们欢快雀跃，师生们出出进进，真正拥有校园的模样和景象。

升入三年级，学校搬到中藕池村北大粮库改建的教室上课，十间大粮库被秸笆横七竖八地隔置出全校的教室、办公室和老师宿舍。教室前有一片拆除粮库院墙后平整出的空旷场地，课余时间，老师带领我们翻土整地，种了很多蔬菜，仿佛有意引导我们从小培养劳动意识，并学习劳动生产技能。

1965年暑假过后我升入四年级，增加了早自习，两公里的路程一天要来回六趟。天不亮就起床到学校上早读，早自习后回家吃早饭，再去上上午的课，放学吃过午饭再到学校上下午的课。这一年，学校又在粮库东边拓展了十几亩土地，在新征地的南半部先后建起了三栋二十七间教室、办公室，班级陆续从大粮库搬入新教室。北半部地势洼，就势平整了个运动场，学校的课间操、体育课和大型

15

集会从此就有了专门的场所。运动场上安装了一副歪歪扭扭的木制篮球架，学校组织了学生篮球队，经常开展师生篮球比赛，学生篮球队还经常外出到王楼、五沟等小学进行校际篮球赛，也邀请附近学校的篮球队来我校"传经送宝"。学校有了篮球场，对我是个莫大的欣喜。一下课就往球场上跑，下午放了学也是泡在球场上，看比赛，学打球，回家的路上经常头顶月亮。

1966 年六七月间，初小①即将读完，语文可以写日记，算术能做小数和分数的四则运算。"文化大革命"开始了。学校召开动员会，动员会后，学校停课。暑假后该升入五年级，但学校一直没有开学，通知我们停课闹革命。学业就提前结束了。

"文化大革命"起因复杂，但的的确确是一场波澜壮阔的触及人的灵魂的轰轰烈烈的"革命"。大队成立了红卫兵组织，有了造反派。在红卫兵眼里，任何人、任何物都可以怀疑，任何人、任何官都可以打倒，任何部门、任何单位都可以冲击。可以说，那是一个火红的年代，更是一个缺乏理智的疯狂的年代。

由于年龄小，我没有资格加入红卫兵组织，也无缘参与当时所谓的革命行动。只是有一天，我路过村子中间碾屋②门前的广场，看见造反派把抄家、破"四旧"没收来的物品堆放在场地中央，一把火烧了。

---

① 初小：即初级小学。学校教育制度的最低一级，修业期限为 4 年。

② 碾屋：榨棉籽油的作坊。

16

由于没课上，那些红卫兵们又不带我玩儿，想看书，几本课本看腻了，家里又没有其他书，好不容易从本队的小学老师那里借了本《沸腾的群山》，便生吞活剥地读起来。这是一部再现战争年代矿山生活，反映毛泽东思想在工业战线上取得伟大胜利的小说。矿工出身的营教导员焦昆领导工人群众机智、勇敢地同反革命武装、潜藏的匪特和保守思想、落后习惯势力进行斗争，并克服重重困难恢复生产，展现了蓬勃向上的精神面貌，使我至今难忘。小说看完，如期归还。又无书看。百般无奈，我就下地割草，一来打发时间，二来可以挣工分。那时，农业收成不好，粮食产量低，秸草收得也不多，生产队40多头牲口的草料缺口很大。从春天开始，生产队就号召平时不能上工的人员打青草缴生产队喂牲口，农闲的时候，男女老少齐上阵下地割草，来弥补生产队喂牲口的草秸不足，牲口吃不了的鲜草就晒干储存起来，一直打到秋后。而且，牲口爱吃青草，有了青草，牲口也长膘。割草缴生产队，农村的孩子都干过。那个年代，我们村庄稼长得不好，且四野无青草，割草要跑很远，孟沟两岸及其往北，后来的选煤厂、煤焦化工厂、工人村、塌陷坑以及韩村集以南这一带，人少、沟多、荒地多，野草也多，是我们打草经常的去处。三五人甚至七八人一路，早上天不亮起床，洗把脸，拿着镰刀、草铲、镢头，挎着粪箕就出发，到了草地速打快刈，装满粪箕，上午八九点钟返回，背着足足三四十斤重的一粪箕鲜草，快走速赶六七里路回家。到家快吞速扒两碗饭，接着去，顶着炎热酷暑干到大偏晌，汗流浃背、气喘吁吁来到家，吃了午饭喘口气，下午还要去打第三趟。第三趟后大都是头顶星月往家赶。草少的时候三四斤可挣得生产队工分一分，草多的时候要五六斤甚至更多才能挣得一分。虽然收入不高，但总有进项。本是农家出身，割草下地挣工分就是我的本分。几十年后，戏填《如梦令·割草》一首记述这段往事：

> 常记少小暑期，辄奔孟沟南北。
> 寻草十数里，挥汗抢满粪箕。
> 速回，速回，缴生产队挣分。

后来，父亲看到喂母猪繁殖小猪能来钱，就买了头母猪，把喂养的活计交给我。母猪未带小猪时喂养很简单，小猪仔生下后到吃食前，主要是吃奶，并且活动量小，只在圈里活动，只要把母猪喂好就行了，劳动量不大。随着小猪一天天长大，母猪渐渐给它们断奶，猪仔就逐渐以喂食为主，一天要喂四五次，少食多餐。同时，小猪的活动量也在增大，每天上下午都要赶出去放风，一天下来虽然有些累，但看到小猪一天天地长大，一天天地肥壮，心里倒也非常高兴。特别是猪仔出圈①的时候，一窝小猪能卖上一两百元，心里特别兴奋，能为家里做贡献，特别有成就感。然而，好景不长，来了场猪瘟，连大带小十几头猪全染上，先后死掉了，眼巴巴地看着到手的票子被"风刮飘

———————
① 出圈：即出售，卖掉。

18

了"，全家人心疼了很长时间。

四

小时候的"年"最有味道。尽管家境不好，物质不丰，"年"还是最开心、最快乐的时候。

村里人看重年节，注重祖祖辈辈传袭下来的习俗，讲究过节的礼数、热闹、排场。一到年节，村里人家家忙上忙下，除旧布新，到处呈现一派祥和喜庆的节日气象。农历十二月初八称为腊八，据传这天为释迦牟尼佛成道之日，按佛寺僧俗，这天要煮八宝粥以示供佛，以驱疫求福。过了腊八，就着手过年的准备，俗称"吃过腊八饭，就把年来办"。家境好的人家，拿着常年的积蓄隔三岔五赶集上市置办年货；家境差点的，也变卖些家私，想方设法凑集些钱，购买些过年的货品，庆贺新年。那时，农村文化生活多是些溜乡串村卖艺的，或者公社、大队组织的文艺宣传队，秋收已毕，农闲时候，特别是年节前后，不断有文艺宣传队或魔术杂耍、丝弦大鼓来村演出。演出费用很好筹措，把演出队员分派到村户人家管顿饭，再挨家挨户起点杂粮付给他们即可。村子里男女老少聚在一起，并不讲究台上演出水平如何，只在乎热热闹闹、欢声笑语，也就其乐融融了。

到了腊月二十三，除尘布新，掸尘扫房，正式开始迎接新年。全家人都早早起床，打扫卫生。先是洒扫院落，清除屋里屋外的尘垢蛛网，墙壁屋笆上都要打扫干净。接着是擦抹桌橱，清洗锅碗盘碟，厨房各处清刷一新。女眷们拆被换褥，一盆一盆端到井涯去捶洗，干干净净地迎接新年。

腊月二十四，是祭灶神日。老人说："灶神是一家之主。"这一天家家户户都在灶前贴上灶神像。灶神是没有"标准像"的，从不同的店里买来的灶神是不一样的。好在大家并不特别较真，也不妄加评论，你认为他是，他就是，恭恭敬敬地贴在灶门处就行了。造神像两边，还配有对联，多为"二十三日去，初一五更来"或"上天言好事，下界保平安"。从这一天起，每天开锅盛饭时，母亲总要先向灶前浇勺汤，以示敬祭灶神，祈求灶神保佑来年好日子。这一天，大人们还在客厅祖爷、祖奶牌位前摆上水果、糖食及鱼肉等供品，父亲带着全家向着祖爷、祖奶跪拜磕头，以示不忘祖宗恩德，世代相沿下去。

腊月二十五，家家做豆腐。我家没有人会做，主要是"点卤"这道关键工序不会做，就请人。父母早早地把豆浆磨好，等着行家来指导熬制。平时一年到头很少见到豆腐，更难见到豆腐的制作过程，就想凑热闹看看豆腐是怎样成形的并且品尝新鲜豆腐。听人说，刚制作的新鲜豆腐怎么怎么好吃，于是我就等。可总是等不到豆腐做好就睡着了，醒来时豆腐已经冻结成冰，新热豆腐是什么味道，我一直没有品尝过。

腊月二十六，屠猪杀羊，杀鸡宰鸭，筹备过年的肉食。那个时候，农民过年吃的肉是在集市上花钱买不到的。公社食品站是唯一经营肉食副食品供应的单位，且凭票供应。

而肉票及副食品供应票只发给吃商品粮户口的人，农民没有份。所以，村里很少有人去街市上买，都是自行解决。每年年节，村里都要宰杀几头猪，属于自产自销性质，让村里人家分割。宰猪的场面是非常热闹的，几乎招来全村人的围观。几个壮汉把猪逮住捆好，按在事先支好的案上，没有技术的宰杀，往往要好多刀才能把猪杀死，声嘶力竭的猪叫声使人觉着刀手有些残忍，杀猪喷出的血浆和熠猪的脏水往往溅围观人一身，却仍然减弱不了围观者的兴致。猪肉是过年的主肉食，家家户户或多或少都要置办些，羊、鸡、鸭、鹅等其他肉食品只有少数家境好些的人家过年才有。

腊月二十八蒸年馍。父母很早就起床烧水、和面、洗菜，好面、杂面要和好多盆，干菜、鲜菜要洗好几筐。这天蒸的馍，品种多、数量多，有馒头、花卷、油卷和好面、杂面菜包，高高的蒸笼要蒸八九十来锅，够七八口人吃上十天半个月。一大早就动手，要到半夜才能蒸好。那时，我们兄弟姊妹年龄小，不能干，受累的只能是父母。一天下来，母亲累得像害了一场大病，况且本来她身体就不是太好。父亲也累得腿疼腰酸，动弹不得。

腊月二十九，一些家境不好的人家，还要赶集置办些必需的便宜货，因为这是年前最后一个集，一些时令较强的东西该降价的就降价了，所以被称作"穷汉子集"。当然，也有一些村里人赶着上店再买些先前遗忘的年货。

腊月三十，到了旧历的年底，一年的除夕，便是"年界"。早上起来，第一件事就是打糨糊、贴春联。春联贴好后，燃放一盘鞭炮，表示庆祝年界的开始。早饭后，各小家庭携家带眷，拿着最好的稀物珍品，到老人所在的家里欢聚。年界午宴特别丰盛，家家都摆上最好的菜，拿出最好的酒。鞭炮响后，全家人沿桌围坐，开怀畅饮，晚辈不断向长辈举杯敬酒，平辈之间频频碰杯互敬，欢声笑语，喜聚一堂，消除了一年的烦恼，释解了平日的磕磕碰碰。到了晚上，吃过年夜饭，一家人仍团聚一齐，点起油灯，闲话旧事顾念亲情，各人任取喜食果品，通宵守岁，辞旧迎新。所谓"一夜连双岁，五更分二天"。

新岁初一为"新年"。俗云："一元复始，万象更新。"一大早，村里噼噼啪啪的爆竹声就接连不断，这是村里人燃放的"开门炮"。"开门炮"后，晚辈们就去向长辈磕头拜年，长辈受拜之后，就将事先准备好的"压岁钱"以及花生、瓜子、糖果分给晚辈。

年初一早上吃饺子，不是肉馅的，而是素馅的，寓意祈祷在新的一年里"素素净净平平安安"。饺子煮熟后母亲要先敬天敬地、敬灶神、敬祖先，敬好后我们才能吃。听老人说，饺子取"更岁交子"之意，"子"为"子时"，"饺"与"交"谐音，有迎来送往之意。也有人说，饺子形如元宝，春节吃饺子有"招财进宝""吉祥如意"之意。还有人说，饺子有馅，便于人们把各种吉祥的东西包到馅里，以寄托人们对新的一年的祈望。早饭后，人们走亲访友，相互拜年，恭祝新的一年大吉大利。随后，年便渐渐离去。

年就是这样，不论是在繁华的都市，还是贫穷的乡村，

22

都是隆重而来，悄然离去。一年又一年，送走冬寒，迎来春光，留给人们的是丰满的记忆；一年又一年，期盼中揣抱幸福，愿望中载满平安；一年又一年，我们从孩童时的盼年，走到中年忧年，又迈到老年怕年。无须感慨，不必抱怨，一切顺其自然，随遇而安。

五

人们常说："儿多母受苦。"这种苦，不仅是体力上的，更多是心灵上的。而这种身心的双重苦难只有她自己知道，自己默默地承担。我从未听见母亲诉过苦。

母亲姓丁，娘家是世代贫苦农民，外爷、外婆早已去世，仅一个舅舅在外地挖煤，妗子带着几个孩子在家苦守度日。母亲没上过学，不识字，连个名字也没有，人口信息资料登记，母亲的姓名栏里填的是"周丁氏"。母亲嫁给了周家，便把一切交给了周家，连姓名也随了周家。"周丁氏"便是她区别于其他人的记号。

父亲是生产队文书兼会计，整天奔忙于队里的事务，很少能过问家庭。母亲生在农家，勤俭能干，除正常参加生产队的劳作之外，全家的洗湿收干、磨面做饭、缝补拆换都是她操劳。为我们的衣食，母亲白天出工干活，晚上还要坐在昏暗的煤油灯下纺织。我常常夜间醒来，总看到母亲拖着疲惫的身体在摇曳的灯光下一手摇着纺车，一手抽着棉穗在纺线。母亲是个讲究场面的人，平时省吃俭用，有客人来，无论家里怎么窘，也要设法弄一点东西来款待。

23

母亲勤劳持家，百般设法操持好这个家。在我的家乡，烙馍是最家常的主食，据说，它最压饿，也能保存较长一段时间，加上各家各户主妇们的研究发明，它可以烙出许多花样来。有白面烙饼，那是有钱人家的上等吃食；有包皮烙饼，是把一点点白面包在一大块杂面外面，使之不至于散开的一种烙饼。加上油、盐两张合在一起便是油馍，中间夹上韭菜或者其他菜便是菜盒，若灌上一只鸡蛋则更是人间美味了。但是，烙烙馍却是件辛苦活，从和面、支鏊子到烙、翻，还要烧火。有两人配合还好些，一个人干，一边烙一边翻，时不时地还要往鏊子底下续柴火，顾上又顾下，实在不容易。但我的母亲无论干农活多么累，早、中餐时，都烙上高高的一摞馍。那时，好面①很少，红芋片面是主食，母亲总是把好面包皮烙馍给父亲和我们弟兄姊妹吃，最后烙几个小而厚的纯红芋面饼自己吃。母亲不识字，可在经线、织布的一系列账目上，却算得非常精细准确，回忆起来，至今仍令我十分钦佩。那时，一机布有十几匹，不是哪一家能担当起来的，往往好几家的线合在一起才能凑够一机。共有多少线，布织多宽，经线时应搋多少个橛子，要盘多少圈，每家投入多少线，该织多少布，凡在这时，都是我母亲来掐算，母亲每每都算得一清二楚，做上记号，织好后丝毫不差。这实在是她的一项绝活儿。

母亲自己不识字，却对我们的学习教育非常关心，家里再穷，自己吃再多的苦，受再多的累，也决心尽其所为，

———————

① 好面：小麦面、大麦面。也叫细粮。

把我们培养成有知识有文化的人。每天天还未亮，母亲便把我和哥哥喊醒。不知道她是什么时候醒的，披衣坐了多久。这也常常是她叮嘱、教育我们的时刻，假如我们头天做错了什么事，她在此刻说出来，让我们逐一认错，并要好好读书予以弥补。到天亮时，吃罢饭，催着我和哥哥去上学。到我入学时，能把几个孩子全都送进学校，在我们村，乃至全大队，只有我父母。

父母对我们管束很严，却从来不在人前骂我们一句，打我们一下。他们是用榜样的力量以身作则地树威。我们做错了事，只对我们望一眼，那严厉的目光就把我们镇住了。记得一次我因为贪玩，没完成作业，父亲罚我在南屋当门桌前站了小半天。无论谁说情，父亲都不允，母亲也板着面孔不时瞪我一眼，父亲要我深深思过，并罚我在一定时间内把刚学的一篇课文背下来。大概急中真能生智，我默读几遍便找到了背书的窍门，很快便把这篇较长的课文背了下来。这一窍门使我终身受益。父亲又气又喜，拍着桌子严厉指出我错误的危害，并要求我以后不得再犯类似的错误。一次，二哥同后院一家的孩子吵了架，说是那家孩子受了拼①，她母亲领着孩子到我家来找、闹，母亲一怒之下狠狠地惩罚了二哥，罚他的跪。二哥委屈地分辩道，事端是她挑起的，我并没有怎么她。知道儿子受屈了，母亲也只能忍在心头。因为知礼人家只能先按自己的孩子吵，不然，便是护短。第二天，那孩子的母亲又碰到我母亲，

---

① 受了拼：即吃了亏。

25

不无歉意地说，她孩子少，看到自己的孩子与别的孩子吵架吃了亏，心里难受。我母亲回道："我家孩子多，有一个受了委屈，我心里也不好受，我们以后都要各自管好自己的孩子。"

那个时候，我家家境不好，人口多，吃穿用度大，想添件新衣服十分不易。往往是大哥的新衣服穿一段时间之后转给二哥，二哥穿过再传给我。当轮到我穿时，衣服上的补丁已经压撂了。哥哥的衣服下传给弟弟时，母亲都是缝补得整齐完好，洗得干干净净，还要费些口舌说导。记得我刚会打篮球时，想要个背心，那时，买一件背心不到一块钱，可当时家里哪儿去弄钱？母亲作了好多天的难，才把钱凑到，含着泪花把钱交给了我，满足了我的愿望。而为凑这几毛钱背后的艰难故事母亲却从未提过一字！她的担当，她的勤苦，她的操劳，她的无怨无悔都随日月伴随着我们长大。

幸好，我还有个哑巴姑姑，她不能讲话，却能干活挣工分，是母亲操持家务的主要帮手。我和哥哥下地割草、打柴，有时背不动了，就来家叫姑姑帮着背。她干活累了半天，但只要我们叫，天南海北都得去，她从来没有为帮我们干活发过怒，总是面带笑容替我们背着东西与我们一路走来。她的心是明亮的，姑侄亲情是什么都不能替代的。她嘴上不能讲话，却用最实在的举动表明她是姑姑，她是我们的长辈，她是最疼爱我们的。而她自己呢？默默耕耘了一生，奉献了一生，除了穿衣吃饭，没有任何索求。可惜她却过早地走完了短暂的人生。

爷爷和哑巴姑姑相继去世，家里又添了两个妹妹一个弟弟，我家生活更加贫困。年年午收前和秋收前青黄不接，时常要借粮、借面度荒，烧锅做饭的柴、炭也是东拼西凑，日子过得非常艰难。为了节衣缩食，冬天农闲，我家常常只做两顿饭，晚上大多不生火做饭。大人们挨饿能忍，孩子们活动量大消化快，就忍不住。饿得慌就拿着剩馍到生火做饭的邻居家搭锅馏馏或烤一下啃了充饥。姑姑的去世使母亲失去了唯一的帮手，八口人的单棉被褥全靠母亲一人拆套浆洗，八口人的食餐主要靠母亲一人磨面、择洗、烧做。三伏天里，她冒着酷暑，顶着烈日，地里家里不分昼夜地劳作，数次中暑昏了过去，一苏醒过来，就拖着虚弱疲惫的身体继续忙活。一到严冬，寒风就把她那不知闲的手吹得红萝卜似的开了裂，露出鲜红的肉来。我永远忘不了母亲中暑昏倒在地，全家人围在母亲身旁大呼小叫、声泪俱下焦急盼望母亲醒来的情景，我永远忘不掉母亲那两只布满老茧、张着鲜裂口子的手。

　　那个时候，家境贫寒，生产队情况也不好。300余人吃饭，常年就靠几盘石磨磨面，拉磨的几头驴瘦得皮包骨，牵着走在路上都打晃，拉起磨来东倒西歪，走走停停，半死不活。生产队将就了一段时间，实在不忍心再这样磨叽下去。于是决定：停止用牲口拉磨，无论谁家磨面都要自己用人推。这无疑给我家特别是母亲雪上加霜。我家人口多，男孩多，食量大，吃面多，又无人能干。我和哥哥都上学，父亲又忙于生产队的繁杂事务，经常到大队、公社学习和开会，所以，我们吃的每一口馍饭都是母亲用她那因过度劳作而过早衰弱的身体一步步、一圈圈、一点点、一瓢瓢推出来的。为了我们，为了我们这个家，母亲晨兴夜寐，不知疲倦地辛勤劳作。

那时的衣服不知怎么坏得这么快，入冬才穿的新袄新棉裤，翌年乍暖还寒时就已破烂得不能穿了。母亲辛辛苦苦好多天给我们缝制一双鞋，穿不了几天就破了。前双鞋子穿破了，新的没做出来，又没有钱买，就得赤脚。后来，母亲给我们改做靸鞋①，做一双靸鞋要比一般的布鞋多费一至二倍的工夫，但还是穿不了多长时间就坏了。不是母亲做的衣、鞋不结实，而是因为我和哥哥"恰同学少年"，蹦跳踢打，整天不休。我们只知道玩，吃穿好坏不大在意，可母亲不是这样，她看到别人家大人小孩饱食暖衣，自己的孩子穿得不像样，吃得饥一顿饱一顿，她心里难受。

繁重的经济负担和长期的艰苦劳作，终于使母亲积劳成疾。初始母亲不愿意去医院，就请村医来家诊治。那时的村医多是只培训几天，略知医道的"赤脚医生"。由于重视不够，或者医术有限，母亲的病不但没有好转，反而越来越重，不得不到公社医院住院治疗。我和哥哥都上学，大哥已进入五沟中学读书，吃住在校，父母又不肯耽误我们的学习，只有父亲放下生产队的事情去医院陪护母亲。父亲也不能全天候陪着，上午给母亲拿好药后，输液时请同病室的代看一下，他就得回去看看家，家里还有几个较

---

① 靸鞋：一种加强型的布鞋，鞋帮纳得很密，鞋底前头为三角形，翻上去与鞋帮纳在一起。

小的孩子，生产队还有必须他办的事情。晚上收了工，把家里安顿好，父亲再步行十来里路到医院看护母亲。母亲住院期间，家里实在没有办法了，就把我舅舅家十六七岁的大表姐接来给我们看家做饭，照顾我们。

母亲身在医院，心却在家，不知怎么听说自己的病难以医治除根，又看到父亲整日家里、医院两头奔波，还要筹钱给她治病，她于心不安，病情略有好转就急着出院。她哪里知道，病未痊愈就出院，到家一急一累又犯了，甚至比上次更重，又得再去医院住院治疗。真是"屋漏偏逢连阴雨，愈是艰难病难医"。

记得一次，我跟随父亲拉着板车去五沟卫生院接母亲出院。一大早从家里出发，到了医院就忙着办理出院手续，中午，父亲给母亲做的饭是面疙瘩，住院病人搭伙做饭的条件很差，在病房一旁的闭旮旯里，用几块砖头支起锅灶，一边向锅灶里填着秸草烧火，一边在锅上做饭，费了好大的劲才做好了一顿饭。我随母亲吃了一碗，父亲吃没吃我不知道。到了傍晚，我们才办理清手续出了院，父亲拉着母亲及锅盆衣被等满满一车子，我跟在后面帮着推，天黑了好长时间才到家。大表姐带着几个谁也不愿意去睡的弟妹，黑灯瞎火围坐一团，还在那里等着、盼着母亲的到来。

为了给母亲治病，家里值钱的东西几乎卖光了，村里大坑东岸有我家十几棵大槐树，每年能采摘几十斤槐花，槐花晒干后可以做常年的菜肴，也被砍了卖掉给母亲治病了。有一件事，我至今难忘，我家家境好的时候，父亲因我家孩子多，买了一张铁床，床头、床轨、床经等都是铁

29

的，它不仅结实耐用，还在当时村子里属于比较时尚的。大队的刘医生知道后，觉着我母亲经常找他就诊拿药，欠他们些医药费，多次找我父亲商量想要这张床抵债。全家就这一件像样的东西了，家里还正需用，再处理就四壁皆空了。母亲和我们弟兄姊妹坚决反对，刘医生只好作罢。

在贫困交加的年代，母亲的病没治痊愈就出院，出了院犯了再住院，循环往复，病情越来越重，治疗越来越难。母亲多种疾病积成了中医称之为"肺痨"，西医叫作"肺气肿"（也叫"肺心病"）。但家的责任、母亲的担当使她具有顽强的生命力，她扛着、忍着、挺着、等着、盼着、活着。"文化大革命"结束，特别是改革开放以后，村里的人和事都发生了翻天覆地的变化，家庭收入有了提高，经济生活得以改善。随着营养的提升，家庭负担的减轻，母亲的病情一度好转，她又承担起家务的重担，有时还下田劳动，割草打柴、挑水浇菜。我上师专期间和工作以后，节假日或星期天回家，看到母亲不停地忙碌，时常劝她："别累着，注意身体。"可母亲总是说："我没事，我能干就干点，你大①为这个家，家里家外的受累了大半辈子，我干点就可减轻点他的负担，减少点他的劳累。"不管我一人回家，或者带着家眷回来，每次多少都给父亲、母亲买点食品、水果，她们自己总不舍得吃，孙子、孙女来了大都散给了他们，有时还往他们家里送。每次给父母的零花钱，她们都舍不得花，多由母亲保管着，最后也都送给了急需

---

① 大：方言，即父亲。

的孩子们。一生备受艰辛的母亲，病始终未得治愈，晚年时经常喘作一团，痛苦难耐，最终被夺去生命。写到这里，一股悲情不禁从心底奔涌而出：妈妈含辛茹苦把我抚养大，有点好东西妈都给了我，妈妈为了孩子什么都舍得下。我拿什么报答妈妈？给妈妈多少钱也是攒着给儿花。好好想想儿欠妈妈的太多，就是用这一生也难以报答。回想起母亲的一生，回想到做儿女的缺憾，心痛！心痛！心痛！我从内心敬重我的父母，爱我的父母。

六

少小时期，我活泼顽皮，爱蹦爱跳，一般不大生病。只记得六七岁时，肚子上长了个疮，一次，随大人们到红芋地里打草，看见蚂蚱就撵着逮，一兴奋，竟把身上长的疮丢在了脑后，奋力跳红芋垄时一不小心栽倒了，肚子上的生疮被抢破，鲜血直流，疼得我直叫。在无计可施之际，母亲研了一把碎土按在出血处，血霎时不流了。我忍着疼痛回到家，过了几天，没吃药没打针，竟然结了疤，没有发炎，我就是这样皮实，身上至今还留着那块疤痕。

母亲长期有病，家里经济负担沉重，加之我们兄弟多，且都上学，用度大，只靠父亲一人出工挣工分，年年的分红、收入很低，使家境每况愈下。我由于长期营养不良，面黄肌瘦，经常闹肚子、发烧，找当地医生看了几次，疗效不怎么明显。

一天，父亲与我的一本家堂哥商量要到相山木材厂

（村子里有人在那儿做工）拉锯末来家烧锅，顺便带我到县医院检查一下，我听了很高兴，因为那是去县城！

第二天天还没亮就起床，吃了早饭，坐上父亲拉的架子车出发了。这是我第一次出远门，第一次进城，心情无比激动、兴奋。傍晚，才到了县医院，找到有点远亲的、濉溪名医张朝相，给我看了看，说我是长期营养不良，没有多大疾病，并无大碍。他告诉我父亲，以后要注意给孩子增加营养，不然，时间长了，会酿成重症。拿点药我们就走了。

从县医院出来，已是傍黑，我们沿着两边高高耸立着阴森森杨柳的西北、东南向斜道走到二堤口。迎面来了一支杠子队，他们头戴绿军帽，腰束大皮带，肩上扛着一根1.5米左右长的木杠，杠子两头漆成红、白两色，背着语录包，排着整齐的队伍，雄赳赳气昂昂走过来。我们向路边靠了又靠，屏住呼吸，等他们过去，才敢继续赶路。翻过铁道，沿城南大道向东走去。

天快黑了，走到县城南关时称"永红中学"① 与南三桥中间路北的一家旅馆，父亲把我安置在那儿，他和堂哥拉着车子去相城了。都说"穷人的孩子早当家"，其实那是一种无奈。父亲和堂哥将我这个十来岁的孩子单独丢在人生地不熟的旅店里，不如此又有啥法？总不能让我陪他们继续赶路，甚至可能彻夜难眠吧！

---

① 永红中学：即"濉溪中学"。"文化大革命"开始后不久，改为永红中学。1970 年又恢复为"濉溪中学"校名。

旅馆是一所不大的四合院，坐北朝南面街。南屋中间是客栈的大门，上方挂着一块招牌，写着几个醒目的大字"南关客栈"。进了大门是一间过道，过道东边是厨房，旅客可以在这里自己烧火做饭。西边是库房。西屋是店主家人的住房，东屋和北屋都是客房。院子里有一个泥坯支起的炉灶，供店里烧水、旅客烤火烘物之用。

　　店员把我安排在东屋住宿，屋中间是一条约一米宽的走道，走道两边都是用草秸铺就的地铺，铺边横着几根大木头用来挡着铺草。当时，阶级斗争抓得很紧，外出人员不易立身，客栈住客不多。天黑了，我一人睡在三间空旷的通间大屋的草铺上，十分害怕，用被子紧紧地裹着蜷缩的身体，强忍着躺在铺上。夜深了，又来了几个跑脚力的旅客，他们入住后大声说话旁若无人，却帮了我的忙，我从孤寂的惧怕中松弛、缓解了下来，不知不觉睡着了。

　　夜里，忽有几个戴红袖箍的来客栈巡查，看是否有不明身份的人住店，我被他们叫醒，问我是哪里人，来干什么的。半梦半醒间我回答了他们，店主也帮着我解释，他们看我年龄不大，孑然一身，没带什么东西，也未发现我有什么可疑之处，问了几句也就作罢。

　　第二天一早，我起床后无事，又不知道父亲他们什么时候回来，忽然想起在家时听说大哥正在濉溪师范学习，就动了去找他的念头。一问，濉溪师范在县城以东的李桥孜，并不太远。我不容分说，出了客栈向东，到了河岸再向北转，一路走一路问，终于到了李桥孜，找到濉溪师范学校。大哥五沟初中毕业还没离校，是随全县初中教师和

33

初三全体同学被召集到濉溪师范集训的。

　　到了濉溪师范，门卫恰巧是我哥五沟中学的同班同学，认识我，我也认识他，见到后对我很热情。我向他讲明来意，他说："你不能进去，只能在这儿等着，我去喊你哥。"过了一会儿，他回来告诉我，你哥正在开大会，一时不能出来，你就再等会儿吧。我只得等大哥散会，就在校院外胡乱转悠。

　　濉溪师范距县城约两公里，在李桥孜西边临村而建，据说最早是李桥孜村的李家祠堂。学校北边和西边都是农田，校园门前是条土路，路南边是学校的运动场，运动场南边是一条河。对我这个十来岁的乡下小子来说，这是一所神圣的去处。我哥哥、我哥哥的同学，甚至哥哥的老师都聚集在这里，这里该是一个怎样高深的地方啊？但见"八"字形开间的大门两旁，不但墙上刷满了石灰水标语，还有许多彩色纸条写的标语贴满了大门的里里外外。我勉勉强强认得标语上的字，却不懂含义。我好奇地问大哥，大哥说："你还小，讲了你也不懂。"午饭后，我又一人步行返回客栈。

　　回到客栈，父亲他们早已从相山回来，正在火急火燎地到处找我，见我安然回来，才回嗔作喜，问我到哪儿去了，叫他们找得好苦。父亲拉着高高的一车锯末，我坐在架车把上回家了。

第二章 "文革"求学

党的十一届三中全会后，对"文化大革命"给予定性，认为那是一场历时十年的动乱和浩劫。教育战线无疑是这场浩劫的重灾区之一。在当时那种极不正常的情况下，我的求学之路必然是极其曲折艰难的。

一

1967年4月，接到学校"复课闹革命"的通知，我们返校上课。到学校一看，长期无人管理的教室破烂不堪，尘土没脚。门窗及其玻璃无一完好，全烂了，桌凳瘸腿烂面，黑板油漆脱落，教师办公室桌椅柜橱被砸，抽屉、箱柜被翻得底朝天，书报杂物碎屑撒满一地，墙上、屋梁上、柜橱上布满了蛛网。

开学头两天，师生集中打扫卫生，先室内室外，再整个校园，垃圾清除了几十车。学校请来几个木匠，用了将近一星期的时间才把门窗桌凳修补完毕，没有玻璃就用木板钉上暂时将就着。上课也极简单，没有正式课本，主要读报和指定篇目。还随着"革命形势需要"，开展一些诸如"早请示，晚汇报"之类的仪式活动。

1968 年，"教育革命"进一步深入。我所就读的学校根据上级指示，成立以贫下中农为主，有师生代表参加的"藕池小学教育革命委员会"，实行对学校的管理。学校还成立了毛泽东思想文艺宣传队，排练节目，在校园或进村入队演出。

二

暑假过后，我们和上两届小学毕业生一起，凡是愿意继续上学的，无须考试全部升入初中，进入五沟中学读书。那时，五沟区下辖的五沟公社只有五沟、藕池、王楼、九家四所"完小"①，来自全公社三届的学生聚在一起，分为"66""67""68"三个届别年级，实行军事化管理，年级叫作"连"，分别叫作一连（66 届）、二连（67 届）、三连（68 届）。连下设排，即班级，来自同一小学同一届的同学编为一排。

所谓升入初中，只是形式而已。上课同样没有课本，还是读报纸和学习政治读物。与小学时不一样的是，读报读书不只是老师读，有时也让学生站起来或到课堂前面读。

没过多久，藕池小学开办了初中班，我们又回到藕池学校上学，我就和二哥他们"66""67"两届的同学在同一班级读书。不是因为我聪明、跳了级，而是当时情况下时事赶的，三届学生一锅烩，也是迫于无奈。只赶齐时间，

---

① 完小：是完全小学的简称。有完整的一年级到六年级。

不赶齐学业水平是当时的常态。任课老师大多是民师，也有复员退伍军人、高初中毕业生和农业技术员，还有来自五沟农中的教师和个别在外地回原籍的公办老师。上课有了课本，开设了政治、语文、数学、农业常识和体育等课。政治课是老贫农、复退军人上的，上课不是忆苦思甜，就是讲村史、家史，讲贫下中农如何受剥削，如何吃苦受累，部队怎么苦练等。语文课本烙着那个时代的鲜明烙印，有毛泽东诗词、《毛主席语录》、《毛泽东著作》选篇和革命样板戏选段，还有《李大伯讲家史》《踏着烈士血迹前进》等革命作品。数学课程第一册设有：有理数的运算、代数式和代数式的运算、方程和方程组及其应用等，还有会计、测量等内容；第二册《平面几何》发了，没学，大概是无人能教。农业常识课是公社下来的农业技术员上的，上半时读课本，下半时带着我们下田劳动，从播种、栽培、施肥、打药到整枝打杈等全过程实践农作物种植和田间管理知识。体育课，转业军人带着我们学习军训。

1969 年暑假过后，升入初中二年级，学习课程增加了物理、化学。物理课程主要是学习"三机一泵"①，化学课程主要内容是农药、土壤、化肥。中学学制由"三三制"②改为"二二制"③。几届学生拼凑在一起，知识差距很大，程度参差不齐。有些任课老师水平不高，教学经验不足，自己尚在云里雾里，教的自然也就水里泥里和稀泥。大多

---

① 三机一泵：指电动机、柴油机、拖拉机和水泵。
② 三三制：当时我国中学的学制，初中 3 年，高中 3 年。
③ 二二制：当时我国中学的学制，初中 2 年，高中 2 年。

数学生数、理、化听不懂，"坐晕车"。课堂布置的作业，学生想做就做，不想做就不做，没有人督促、检查，也没有老师给予课外辅导。整个学期没有考试，学习没有压力。那个学上得轻松带自如，总体就是一个字：混。

1970 年，中小学改为春季始业①，实行春季招生。我们这届学业还有最后一学期（第四学期），依然执行改革前秋季始业的教育制度，1970 年 7 月毕业。本来上课就不严肃、不紧张，学业快期满了，更加松散，想来就来，不想来就不来，很少有人过问。虽说到暑期才能毕业离校，然而，一到午季，麦收在即，就都在各自的生产队挣工分了。午季过后，隔三岔五上学校一趟。暑假一到，就稀里糊涂地毕业了，连个毕业证也没有。但在名分上，我们依然是"初中毕业生"。按过去老乡的说法，算"半个秀才""知识青年"；按当时的说法，属于改造世界观、投身于无产阶级革命大潮、经风雨见世面的一员。

三

未到毕业就投入生产队参加农业生产劳动，进行锻炼，经受考验。考验到什么时候，锻炼到什么程度？何年何月是个尽头？没有人做出回答，也无人答得出来。平心而论，我是热衷于读书上学的，即使在极其混乱的情况下，我也力争多学点知识。所以，私下里我自视比其他同学学到的

---

① 始业：学业的开始。

东西要多。但是，眼下我仅仅混了个初中毕业的头衔，莫非此生就学到头了吗？然而，不老老实实回家务农，又有什么办法？我茫然。无法想象未来，也无从去想。只知道生为农民，回到农村，就是农民，农业劳动是自己的天职。那时，上山下乡的知识青年提出一句口号："滚一身泥巴，磨一手老茧，炼一颗红心。"同样适合我。于是在家劳动锻炼，到年底，落得个"还可以"的表现。这一年，我16岁。

不久，根据上级"小学不出村，初中不出大队，高中不出公社"的指示，五沟中学开设了高中班，从1970年春季开始招生，实行"贫下中农推荐，大队革委会审查，公社批准，学校接收"的招生制度。

1971年春，五沟中学高中班招生第二届。我们生产队回队参加劳动锻炼的初中毕业生有七人，一人参军去了部队，大队分来三个高中招生名额，概率50%。生产队召开社员大会，经过举手表决，我被提名、推荐上了，心里非常高兴，一边庆幸自己"还可以"的劳动表现，一边感激生产队父老乡亲对我的信任，锻炼考验关算是通过了。《濉溪县高中招生推荐表》填好后，我高高兴兴报送到大队革委会。几天后，不幸的消息传来，我被刷掉了，"政治审查"关没过去。究其原因，是由于"家庭问题"。

寻常日里看不见，一到关键就搁浅。"家庭问题"是横在我和我家的所有成员面前的一道坎。

读过私塾、被村里人誉为"村里秀才"的父亲，只能在生产队会计位子上任人摆布，"重要关头"还得下野，十几年间上上下下，提心吊胆，步履艰难，还时常遭人算计。连带着"根红苗正"三代贫农且病魔缠身多年的母亲也得不到优抚，更不要想贫病困厄的家庭得到照顾。我的大哥，原是村子里少有的初中毕业生，县第一批专训的社队农业机械手，方圆十多里的生产队柴油机发生故障都来找他去修理，可谓凤毛麟角，却连当民师的资格都没有，更无缘成为"工农兵学员"继续深造；血气方刚的二哥17岁准备入征，体检无问题，表现也很好，也是因为"家庭问题"被卡了壳，气得大病一场。上高中，充其量不过是个中等教育，也竟因"家庭问题"将我拒之门外。时也命也，空自浩叹。

"家庭问题"不但给我和家人带来厄运，也招致一些势利小人的欺侮和蔑视。我家南屋年久残破，屋面被风雨侵蚀得多处露天，一下雨就"床头屋漏无干处"。父亲考虑小修小补不能解决问题，一咬牙，决定四间屋面盖草全部推旧换新。找的是队里临时组建的建筑队。这个建筑队专施本队社员建修房屋工程，平时有工程时主业建筑，无工程或农忙时参加队里的生产劳动。工程施工的报酬由生产队记工分，建筑户的工程款由生产队年底在分红中扣除。我家此次修房工程共两天时间，中午招待一顿饭。第二天下午还有少许活儿，还需部分人员把屋盖新苫的盖草找平，屋脊压好。然而，吃过午饭，施工人员就都走了，该上工了也没有人来，父亲叫我去找。找到张三，张三推说叫李四去；赶紧找到李四，李四又推王五；又急忙去找王五，找到了王五，又推说他有事不能去。看到屋前屋后乱七八糟,气得我破口大骂:"老话说得好,吃饭吃个饱,干活干个了。现在饭吃饱了,人却跑了,还是人吗?"后在几位堂哥的协助下,天黑了很长时间才清理完毕。

我家房屋西边是邻居家的一片大空宅,有厕所、粪池和园地,还拴些猪羊,同时也自然形成了村子里的通道,南北通道宽两米左右,是左右两宅祖上所留的公共巷道,我家西邻竟然把他家的厕所挪到我家南屋西山巷道上。既侵占了公共通道阻碍通行,又使臭气直通我家南屋西山窗口熏入我家,还使我们出门就碰茅厕。在乡间,这是极不吉利的事。于是,我家迅疾阻止,那人不仅不顾邻里情面,还蛮横地与我家大吵了起来,这不是明摆着欺负人?大哥、二哥都要气疯了,要豁出去与他们拼命,在众人的劝阻下,强忍了下来。同时也在众人的指责下,那人才罢休。如此等等虽都是一些鸡毛蒜皮的小事,但在这些"小事"中体现出的是世态炎凉和令人直接感觉到的憋屈、窝囊。

春节过后,看着往日的同学高高兴兴去五沟中学上学,成为"高中生",心里的那份痛,简直无以言表。是失落?的确是。是怨恨?怨恨谁?是不服?找谁评理?是懊丧?全家都遭受"家庭问题"的戕害,又有谁能给我以宽解?较长时间我都不出门,不想见人。这是我人生中的第一次心灵创伤,这第一次,就创得那么重,伤得那么痛!

四

其实,我的一切并没有逃脱人们的眼睛。过了一段时间，母校的几个从小和我一起上学、不知什么时候比我低了一个年级的发小，来我家劝说，要我和他们一起再读。母亲也觉得我如此消沉下去不是长久之计，加之我年龄尚小，不忍心让我就此在土里泥里刨工分，也动员我到藕池学校重读。一天晚饭后，父亲给我说："你出生在这个家，被'家庭问题'缠绕，这是命，谁也没有办法，剪不断，抹不去。自己的事儿得靠自己！靠自己定夺，靠自己想办法，靠自己解决，不能指望任何人。你的同学、老师都想要你去藕池学校，你娘也是这么想，我也是这个意见，你自己看着办吧！"这是要求，是激励，更是力量，也是给了我之后攻坚克难的坚定信念。在父母关爱激励和同学们的劝导下，也考虑到在家里这样长期待下去也不是办法，迫于无奈，我同意了。

至于重读能起什么作用，可达到什么目的，我懵懵懂懂，父母也是回答不上来的，也用不着回答。他们唯一的目的就是不能让我就这样待在家里，他们认为儿子的最大愿望是继续读书，既然不能读更高一级的，哪怕"烫剩饭"也比没有书读好。至于将来能读出个什么样，那是将来的事，走一步算一步。1971年5月，我进藕池学校重读初二，上学期的课程已进行一半。年底，学校分家，属周大庄大队的学生新学期开学搬到周大庄小学开设不久的初中班上课。

周大庄小学是1966年之前在村子的一片园地上建立起来的，校园坐北朝南，中间是个篮球场，门前是条乡村交通干道，过了路是个水塘。院后是村里的一片水坑，远离村居，交通便利，环境优美。学校是从一年级开始逐级创办起来的。我们从藕池学校搬来时，这个学校已是第二年办初中，我所在的班级 15 人，上初三的课程。学校初中班，除个别国家分配的教师外，任课教师大多数是大队自聘的，有高中毕业生、新闻通讯员和下放我们大队的上海知青，还有因一些原因没上班的国家教师。他们都很敬业。给我记忆最深的是王彦全老师，物理、化学两科教学一人担，堂堂课都讲得口干舌苦，一有自习课就到课堂辅导，同学们对这两门功课学习兴趣都很高。数学老师是上海技校下放的知青，教我们识、画三视图，严肃认真地带领我们和泥捏制机械模型，并把指数、对数讲得深入浅出。语文教师虽然讲得死板，不敢向外拓展，但作业、作文批改得认认真真。政治老师虽然照本宣科，但从不缺席，他还兼任我们的班主任，在给我们下评语时，抱着词典措辞，使每个同学如其所述。

1972 年，上级下达指示，责成中小学上好"社会主义文化课"，学校恢复了考试制度。期中、期末都在老师的严格监考下参加考试，而且还被按成绩排名公布。物理、化学和数学几门课抓得紧的老师还经常举行阶段考试和摸底测验。为了提高学生学习成绩，学校还要求学生住校，恢复了早、晚自习。公社教办室还派员携带试卷到各学校巡回摸底考试。这一切使我在那一年里学到不少东西。

五

1971 年 9 月 13 日，林彪事件爆发。一时间，各种小道消息满天飞。

几天后，五沟公社来人到大队召开干群大会，学校放假，也让我们参加了会议。大队郑重其事地在南湖中心塘东一块晒垡地上，用大车、木板搭起了台子，公社领导站在台上严肃认真地宣讲了林彪反革命集团的种种罪行。会后，举行了游行，村民们振臂高呼口号，热情参加游行。

"9·13 事件"的发生，是整个"文化大革命"的一个转折点。许多事情都在静悄悄地改变。

1973 年，高中招生又恢复了考试。年初，全公社的初中毕业生云集五沟中学，参加县里组织的高中招生统一考试。考场戒备森严，门前用白灰画着笔直的警戒线，胸戴监考牌的老师严肃认真地组织考生点名，学习考生守则，宣布考场纪律，完了之后才让我们进入考场。一个考场三位监考老师，其中一位监考老师，50 多岁，微微翘起下巴，脸上堆满了皱纹，戴一副眼镜，坐在讲台放着的椅子上，纹丝不动，仿佛眼睁睁地直盯着我，还时不时地放言："注意喽，你的一举一动我可都看见啦。"他说话的时候还露出了残缺的牙齿。我不管你监考得严不严，也不管你怎样旁敲侧击，我只顾理出思路答我的考卷。前两场考试虽有些紧张，却也没怎么受影响。后来听说，那位监考教师高度近视，一米之外什么也看不清楚。他近视不近视、看

44

得清楚看不清楚似乎与我无关，我没考虑那么多，也不必考虑那么多，我唯一所求的就是聚精会神答好每一道试题，答好每一张试卷，以自己的能力考上高中而不必受政治歧视的窝囊气。考试科目有：政治、语文、数学、物理、化学、英语六门，英语成绩不计入总分，只作参考。不少学生不习惯这种煞有介事的考试做派，我却欣喜于这种严肃认真的氛围，甚至乐于聆听考试时那种安静环境中"沙沙沙"的笔尖摩擦试卷的"心血流动"之声！

考试过后，等了一段时间，一天，突然从高音喇叭里听到公社招生办广播通知，五沟高中新生录取名单中赫然有我的名字。顿时，我的心跳加快。既为我能被录取而欣喜若狂，又为是否还要"政审"、我会不会再次被刷下来而担忧。后来，我终于知道我这次并没有因"家庭问题"而失学，又知道我是全公社"中考"排名并列第一的其中之一。兴奋之情岂止"劫后余生"所能概括的！由于对这段经历极为珍视，所以，对当年的一切记忆深刻。那所学校，那所学校所在地，甚至某些单位的位置，如今想来，恍如昨天。

五沟中学是五沟大公社的最高学府，五沟公社是由撤销五沟区组建的。五沟区成立于 1949 年 4 月，虽经三建三撤①，五沟集一直是五沟区（五沟公社、五沟镇）府所在

---

① 三建三撤：五沟区 1951 年始建，1958 年 9 月随全县撤销区建制而撤；1961 年底随全县恢复区建制而恢复重建，1969 年 3 月，随全县第二次撤区而撤，五沟变为 23 个大公社之一；1980 年 12 月再次设为区，2001 年再次撤区划为五沟镇。

地，政治、经济、文化的中心。"五沟集在明、清时代是宿（县）涡（阳）沿线的路店，街沿路线呈西南—东北走向。清末以来，居民一百多人，西头十字路口为逢集贸易场所，商铺三五家"。我记事时，五沟集还不很大，整个集镇位于白（沙）尤（沟）路与白（沙）尤（沟）沟的夹间中。白尤路自西向东沿白尤沟南岸靠沟而筑，在五沟集段拐弯，与白尤沟分离开来。集面近似椭圆形，南北最宽处不足200米，东西最长也不过300米。中间是一条东西大街，大街的西段是农商贸易集市，据载为1954年所修建，门挨门、户挨户挤满了集镇上的原住民。1961年建设的、作为区政府所在地的标志性建筑"五沟礼堂"则坐落在集市中段街北。礼堂东西宽约15米，南北长约40米，东西两面各两个大门，南面一个大门是正门，可容纳千人以上，是全区大型会议、重大活动、文艺演出的重要场所。当年，在低矮古旧的屋宇间不啻鹤立鸡群，傲然挺立于五沟集中心。大街东段则为各机关单位及七站八所所在地。不过，两边坑坑洼洼的残沟还没有平整，仅有了街的雏形，还不是完全意义上的大街。街南，区委区政府与邮政所隔沟相望，再往东是公社建筑队、五沟饭店等。街北从西往东依次是供销社、商业门市部、食品站、粮站和医院。大街两端连着两条公路，东端接在拐了个弯的白（沙）尤（沟）路上，西端连接着南北向的五（沟）临（涣）公路。五临公路在白尤沟上架设一座木桥，这座桥是白尤沟五沟集段唯一的一座大桥。过了桥，五临公路东边是生产队的田亩，公路西边从沟岸向北依次是五沟小学、拖拉机站，过了拖拉机站，便是五沟集西端最北隅的一个单位——五沟中学。

五沟中学的前身是五沟区农业中学，创建于 1957 年秋。之初，叫五沟乡农业中学，1958 年 9 月，原小湖乡农业中学合并于该校，命名为五沟区农业中学。1960 年 8 月，转为县办中学，易名为濉溪县五沟初级中学，简称五沟中学。学校大门朝北，大门外是学校的运动场，西墙外是五沟生产队的农田。校园中间有一条南北通道，通道以东是教学区，南北布列着三排八间教室；通道西边北半部是两排教工宿舍，南半部是学校的菜园。学生宿舍是在教学区内南边两排教室之间，就东院墙搭建的一排小房子。房屋中间留有人行道，两旁是用土坯垒砌的约一米高的泥台，冬天铺上秸草，夏天铺着凉席，就是我们的床铺。校园内没有晾晒被褥的地方，我们的被褥都是随着季节变更带回家晾晒、拆换。

学生食堂在学校菜园南面，背靠着南院墙，是三间筒子屋，中间有一个大天窗，屋梁上结了不少蜘蛛网，人少或无人之时，燕雀就钻进来乱飞乱叫，老鼠也趁机出来蹦跳乱窜。春节后开学的一两个月，我们从家里带馍，每顿都是一人或几人地放一起，用网兜装起来，送到食堂装进大笼里馏。平时，我们向食堂缴面，换馍票，缴的多是红芋面。学生食堂没有专门的炊事员，两个做饭的都是上了年纪、经常挨批斗的"管制分子"。他们没有厨师技能，虽是极简单的饭食，也做得差到了极致，蒸出的馍不是不发，就是发过了头，黑如铁蛋，又酸又涩，馍里还时常发现鸟毛鸟屎；清寡的菜汤忽而没有盐，忽而咸得不能喝，没有汤时就喝蒸馍水，这也在批斗他们时被作为又一反动罪行狠揭深批。后来成了家，我学做饭时才清楚，分明是炊事员没有这方面的技能，哪儿是人家骨子里反动、蓄意破坏？哪儿是企图谋害革命事业接班人？

五沟中学 1970 年开设高中班，到"文革"结束，共招收了七届学生。我们是第四届。前三届是经推荐招生的，后几届名义上是推荐与选拔相结合，其实是以推荐为主入学的。只我们这一届，是唯一一届经统一考试择优录取的。或许正因为此，老师们十分重视我们这批学子，加上我们的勤奋好学，使长期体会到教育战线之不易的老师们看到了教育的希望，因而更加注重对这届学生的教学。作为学生也深知机会得来不易，十分珍惜。那个时候，我身体干瘦，腿很细，没有腿肚，显得腿长个高。学校倡导德、智、体全面发展，体育教师周孝宗事业心强，总想使学校体育项目出成果、出人才。开学不久，就把学生篮球队、乒乓球队组织起来，利用早上、课外活动带着锻炼，接着又要组织学生田径队。周老师看我喜欢运动，又能蹦跳，有意想让我当个体育运动员。我虽有个头但身体瘦弱，打篮球没有力量对抗，他就想叫我参加田径队。用他的话说："下身长，上身短，是跳高运动的苗子。"他就找班主任老师商谈，班主任当天晚自习就找我征求意见，我说考虑考虑。还未予答复，翌日早晨刚进教室早读，周老师就到班上来喊，叫我到操场去练跳高，无奈之下，跟着练了一早。我哪是跳高的料？当运动员，运动鞋、运动衣哪里来？课外时间蹦蹦跳跳、锻炼锻炼还可以，哪能丢掉良好的早读时光去专练跑跳？之后的几个早晨，我早早起床，拿着课本到校外晨读，周老师一连几天找不到我，也就放弃了这一念头。现在想来，真有点对不住他，我该给他讲清楚自己的志向和具体的困难，取得他的同情和理解。

那时学习生活艰苦，老师教得起劲，不仅布置课堂作业，还有课外作业，一周小测验一次，每月进行一次阶段考试，还开展数学、物理、化学竞赛和作文、演讲比赛等。学生学得努力，"勤学苦习夜继日，课堂上下读解算"。老师除狠抓课堂教学质量外，还指导我们成立课外学研小组、兴趣小组，把学习中的重点、难点以及延伸的问题拿到课外再学习、再讨论、再研究。班主任还为我们买来了收音机，课余时间组织收听学习外语，想方设法提高学生学习成绩，提升教学质量。

到了高中二年级，血气方刚、很有些想法的物理老师杨西安，率先在我们班开启教学改革。所谓教学改革，就是让学生上台讲课，授课内容还是出自我们所学的课本。教学改革后的第一节课杨老师指定给了我上，课题是"磁现象"。我接课时心里很矛盾，觉得让学生上讲台讲课是件新鲜事，既想上台一试，又怕上了台讲不出来，或者即使讲出来了，讲了半天也使人听得不知所云，那多丢人。虽然杨老师反复鼓励我不要担心害怕，备好课要紧，可我心里仍是忐忑不安、诚惶诚恐，生怕出丑。那时我哪知道什么叫备课？哪知道还要写教案？只是本能地、一门心思地看课本，把这节课的内容看透、领会、记熟。

上台讲课是在那天下午第一节课，我早早地走进了教室，到座位坐下之后，总觉着教室里的同学都在用不同的目光窥视我。有的同学小声说话，虽然听不清楚说些什么，可总感觉是在谈论我，议论我今天这节课会不会使他们白白消磨了时光，班上的一举一动都使我觉得与我有关，我的脸上一直火辣辣的，心里扑通扑通直跳。上课铃一响，我的心跳得更加厉害，快要跳出了胸腔。杨老师走上讲台，先说了几句，我只顾紧张，心里只在翻腾要讲的内容，也没听见讲了些什么。只见杨老师走下台来，右手在胸前潇洒地钩动手指朝我一挑，说："贺鲁，上来吧。"这时，我的顾虑反而一扫而光，迈步走上讲台，面对全班同学，实打实地说道："我很想上讲台，但由于学得不够，怕讲不好丢脸。今天我要讲的课题是"磁现象"，如有讲得不到位的地方，请杨老师和同学们予以指正，如果哪里讲错了，望大家提出批评意见。"导语之后，我按课文顺序把这节课的重点即磁性、磁体、磁极等概念及定义反复讲了几遍。为防止照本宣科，我上了台就把书本合起来放在讲桌上，凭记忆来讲，有故作老练之嫌。我把几个词的定义在黑板上展示：磁性——能够吸引铁质物体的性质；磁体——具有磁性力的物体，天然磁石和人造磁体都叫永久磁体；磁极——磁体的各部分磁性强弱不同，磁性强的区域叫作磁极。字虽然不多，可是我写得歪歪扭扭，字不成字，准备时精心设计的板书也未能用上。事先设计的练习题"磁的基本性质是什么"准备叫几个同学回答，问了几声没有人举手，我也不等了，就把答案一边讲一边写了出来。我一句接一句地紧赶紧讲，全部内容讲完只用了不到 20 分钟的时间。

这节课上得如何，是否成功，我不知道，但在那时，我初尝了"当老师"的滋味，萌生了"教师光荣"的意识，而且我在大众场合敢于讲话了，议论问题时勇于发表个人意见了，胆子从此大了起来。

在五沟中学上学期间，班主任曹老师对同学们非常关心，特别是对我关爱有加。当他得知我家经济境况窘迫时，就四处联系，给我找了个勤工俭学的活儿，解我燃眉之急。

当时，公社建筑队在五沟粮站建粮仓，曹老师联系后，约定我每个星期天去打一天工，到工地当小工，负责递砖、和泥、提泥兜。那时，我们星期一到星期六住校上课，星期六下午上完课才放学回家，星期天在家休息一天，星期一大早带着一周要吃的馍、面上学校。勤工俭学后，星期天我还要早起，步行 10 多里赶到工地，劳动八小时。中午，工人师傅下班回家吃饭，我就在工地上啃几个自带的凉馍，喝碗白开水，下午六点钟收工，一天 1 元钱工资，一个月能挣 4 元钱，月底发，基本解决了我上学的学费问题。我永远感激我的曹老师！他叫曹杰！

1974 年，学校又折腾了起来，经常组织师生走出课堂，下厂学工，入村学农。正常的教学秩序被打乱，学校刚刚燃起的教学热情被泼灭，刚刚兴起的积极进取的学风被扼杀。学校不再将提高教学质量放在首位，教学再次陷入无人抓、无人管的境地。学校多次找来马车，组织我们到距学校 10 多里地的邵常营窑厂拉炉渣给学校铺路，有一个星期天竟安排我们班级同学加班挖掘学校尘封多年的老井井盘。

学校的尘封老井，在学校北门外操场的路边上，已被淤平多年。我们不知道井盘有多大，是什么样的。也不知道埋在底下有多深。那时没有机械设备，也没有劳动经验。开挖之初难度不大，力气大的同学刨土上筐，其他同学抬筐将土向外运。当挖到有水的时候，连泥带水就要用桶来装，一部分同学一排儿站着传递泥桶向外倒。当向下越挖越深，泥水桶越来越重时，两米多的深度，桶往上提就愈加困难了，一桶泥水四五十斤，部分同学已经提不动了，力气大的也感到非常吃力。于是，我们想起了一个办法：找来几根木棒和一个滑轮，把木棒支起来，根据所学知识，利用滑轮原理，装备滑轮机械，用来提吊井下的泥水桶，减轻了人力，提高了效率。其实，这不过是日常劳动经验，即便目不识丁的老农也知道这个原理。但在当时的教育理念下，此举当归功于"学习与实践相结合""教育与生产劳动相结合"。提的问题解决了，倒的问题又来了。井口附近到处都是泥水，我们已站立不便，站哪儿也不得劲用力，于是开始清理脚底下的泥水。困难一个个被克服，进度不断增加。当挖到四五米深的时候，天黑了，我们点起了汽油灯。几乎刚把汽油灯固定好，井口就出现了塌方，泥水滚了下去。多亏撤离及时，只有一位同学的腿被砸伤，险些酿成大祸。已经淘了很深的老井又淤满了。我们只好作罢。劳累辛苦了一天，井盘没有挖出来，无功而返，大家都很懊恼。至今我们都不知道挖那口废井的井盘做何用，是真的检验我们课本知识的学习成果，还是锻炼我们本就是农村孩子所拥有的劳动意志？抑或因为那井盘为稀贵材

52

料所做的无价之宝？我们不得而知，只作一段记忆而已。

1975年1月我们高中毕业了。离校那天，学校召开了欢送会，中午还安排了欢送午餐。同学们巴望着午餐，不知道午餐上都有啥。大家兴奋地等待着，等待会议快快结束，好去午餐上大快朵颐。然而还没等大会结束，四弟突然来找我，说大哥外出换棉油已返回到五沟东九家村附近，因拉货太多，拉不动了，捎信叫家里去人迎迎。父亲正在工地修渠挖沟，走不开，就来找我。于是我急忙请了假，退出会场，欢送午宴也只好缺席，与弟弟一起出了校门，穿过街道，一路向东，去迎大哥。我和弟弟一路走，一路看，到了捎信人说的地点没有见到大哥，又向前走了两里多路，还是不见大哥的踪影，徘徊了一会，不得已心灰意冷地各自回头。

回到学校，已是下午三点多钟，同学们餐后的告别仪式都已结束，很多同学已经离校，只有少数同学还在办理未完的事务。我急忙收拾东西，并不顾念此生第一次毕业午餐没能参加，而是记挂着为何没能迎着大哥。我急促地与同学、老师告别，紧走慢跑地往家里赶。原来，大哥在路人的帮助下已先到了家。我这才放下心来，想起我被打乱了的高中毕业典礼，揣测毕业典礼上的种种情景，遗憾的同时也作会心的微笑。

两年的高中生活，有愉悦，有迷茫，有希望，有遐想。时隔四十年，在2014年6月28日"五沟高中七四届毕业四十周年同学会"上，面对一张张熟悉而亲切的面孔，我心潮澎湃、感慨激昂，回忆当年的读书生涯，向大家献诗二首，抒发一个过来人的情怀。

五沟中学读书生涯忆

清汤寡水馍碜酸，寝卧坯铺柴草垫。

苦读勤学夜继日，课堂上下解研算。

学工学农批资反，铺路翻砂挖井盘。

半混半学毕了业，东西各奔四十年。

卜算子·高中同学聚会咏

毕业别母校，分手还年少。

四十年来岁无情，聚首容颜老。

方恨相逢迟，又诉人生道。

银座①樽前叙别情。一片声喧闹。

---

① 银座：淮北"万马银座"酒楼。五沟高中七四届毕业四十
周年同学会会址。

第三章　回乡务农

　　科举制是中国人的发明。它开始于隋唐时期，延续千年而不衰。它在历史上为各阶层读书人开通了一条上升的通道，给希图改变命运的读书人点燃了希望、指明了道路。科举制尽管仅仅是单向的、狭窄的，却也增强了社会流动性。当然，任何一种制度千年不变，总会出现弊端，总会到达僵死的地步，从而引起读书人的愤怒和国人的不满。到20世纪初的1905年，科举制寿终正寝。然而，考试选拔的公正性、科学性却没有其他方法可代替，甚至连工地选工匠都要先看看你的手艺水平。因而，考试制度并不是科举制度所独有的，它是一种衡量一个人水平水准的办法。

　　然而，在当年，"考试选拔"毕竟是旧有的东西，在"砸烂旧世界"的政治气氛中自然在被禁之列。为了"创造一个新世界"，就要找一些新的东西替代。问题在于旧的打破了，新的尚未找出来，出现了许多似是而非的混乱现象。到1972年，部分高校虽然招生，但规定："选拔具有两年以上实践经验的优秀工农兵入学"，不招收应届毕业生。有部电影就公开宣称："手上有老茧的青年就有资格上大学！"再加上"知识青年到农村去，接受贫下中农再教育"的号召，高中毕业甚至初中毕业就意味着学生生涯的终结，意味着必须走向广阔天地。如我这般本就是农村青年，又有"家庭问题"，毕业即学生生涯完结，老老实实回乡当农民的，被称为"回乡知识青年"。

当了农民，才知道什么是自己的"主业"，这大概就叫"身份认同"。我不抱怨，也无从抱怨。反觉得多读了几年书是我占得的最大的便宜。在此后的岁月里，这种"便宜"逐渐发挥了作用，使我这个"回乡知青"，落了个"还可以"的身体、"还可以"的表现、"还可以"的农村锤炼。

一　挖沟挖河

回乡第一年，正赶上大张旗鼓的"兴修水利"高潮。水利是农业的命脉，各级都十分重视。春节前，主要参加公社组织开挖的社队干沟工程。公社技术人员扛着罗盘测量好后，把工程量按事先的规定分配到大队，大队再向下分解到生产队。对工程质量和进度，公社"水利建设工程会战指挥部"统一督促检查，集中把关验收。

从那个年代过来的人都知道，每年冬季的挖沟挖河是农村中最繁重的体力活。

工程地段离我家10多里地，公社、大队都对工程进度要求很紧，对工程质量要求很严。生产队就在工地附近的村庄上找了几间旧房子支灶打铺，安排民工食宿。临时安置起来的三间灶房拥挤不堪，光是灶具和油盐柴火就把屋子填满了，40多名民工吃饭的时候都是一手端着碗，一手拿着馍，或蹲或站在院子、巷道里狼吞虎咽。住的地方是借当地生产队的草屋，里面盛了半屋子喂牲口的秸草，我们就在秸草上打铺睡觉。屋里没有灯，半屋秸草，生怕引起火灾，也不敢点带罩子的煤油灯，天天都是黑灯瞎火摸索着上铺入睡。由于一天的劳累，睡在铺上只觉得软绵舒坦，倒头不一会便睡着了。几天之后，大多数人早上起来眼生"猫屎糊"，嗓子起燥——睡干草铺，上火了。

上工之前，大队曾召开动员会，那个时候，逢事必会，逢会必读几段"语录"。因为是挖沟，自然要读有针对性的关于"兴修水利"的最高指示，传达上级关于"大兴水利建设"暨开挖此沟的决定，接着讲兴修社队干渠的重要性，然后是"过河""跨江"什么的鼓励，还有"学大寨、赶郭庄"的重大意义及社队蓝图、展望等。参加挖沟挖河的我们，有一个统一的称呼：民工。

到了工地，公社"水利建设工程会战指挥部"已经画好了沟床和各单位地段的灰线，黑压压的挖沟大军从南到北绵延数公里。工地上红旗招展，到处竖着"水利是农业的命脉""大兴水利，造福人民"和"大打一场兴修水利的人民战争"等标语牌，人声鼎沸，号声喧闹，劳动场面热闹非凡、十分壮观。按照画好的灰线，我们把沟身的土取到沟岸的一边，按要求堆放好，准备将来就势将沟沿修成交通干道。

那时挖沟没有动力机械设备，工程初期是平地起土，土层比较松软，主要用锹、锨刨、甩，工程难度不大。随着沟床的逐渐挖深、沟岸泥土的不断增高，用锹、锨就甩不上去了，再往下挖就只能用架子车将沟床泥土往外运。

我们四人一辆架子车，连装带拉沟床泥土。下到沟底装土的时候，一人扶着车把，两人用锹刨，一人用锨撑着铁锨刨撒的散土往车上装。车装满后，四人一起往外拉，拉上沟岸，调过头来，再往前一推，由近及远一车挨一车往前倒。有几次，我们把车推到倒土地点，使劲一掀，劲大了点，架车翻了过去，两个轱辘朝上，还在转，几个人赶快把车翻转过来，拉回去，接着干。

民工伙食是生产队自备，粗、细粮各半。那时，生产队还筹不到大米，细粮只有麦面、豌豆面，粗粮有红芋面、玉米面和高粱面。菜蔬主要是萝卜、白菜、粉丝等。一个沟季吃不了几回肉，偶尔改善伙食做顿肉也只是叫大家沾点荤腥，不能随意吃。民工们吃住在工地，一般不回家，有要事偶尔回家一趟，也是天黑收工后步行回家，第二天一早上工前就得赶回工地。

从课堂到工地，由拿笔到握锨，农家出身的我并没有感到转换的困难。相反，新环境，新起点，反而让我热情高涨，干劲冲天。因为年轻活力四射，因为不谙世事处处争先，不怕艰难和流汗，我推车返回摸锨锹。几天以后，手脚皆磨出了血泡，两肩被拉纤的绳索勒得又紫又肿，浑身酸疼，两腿、双臂举动困难。但我仍不甘示弱，苦支强撑。怕人笑话我到底是个"学生橛子"，吃不了苦，受不了罪。小雪小雨，工程不停。早上踏着冰冻上工，一摸工具，凉之入骨。为了赶进度，有时晚上还要加班挑灯夜战。这条沟，挖了将近一个月，一个月下来，我本来就干瘦的身体又减掉了六七斤肉。

58

春节过后，生产队抽出一批青壮劳力组成远征队外出挖河，我和几个初高中毕业生都在被抽之列。

　　农历二月初，我们20多人拉着五辆装满了衣被、油盐、炊具和搭棚的棍棒、秸帘及柴草的架子车，迎着凛冽的寒风出发了。大地还被残雪覆盖着，路上还有些泥泞，走路还得尽量往行人行车走轧的辙道上靠。我们四人一辆车，我架着把，拉的东西并不很重，路虽泥泞，然而，走起来并不十分沉重，有时还能小跑一程。时紧时慢走了10多里地，一不小心，架车把猛地撞上路边一棵大树，刹那间，我的右手被掀起一块肉，鲜血直流。寒风一吹，疼得我咬牙切齿，浑身打战。几人急忙围拢过来，一人迅速接过车把，我用左手托住右手，在同伴的陪护下，到附近的村上医务室包扎。这时，有人就给我和带队队长说："这么冷的天，伤得这么重，到工地一劳累再感染了怎么办？现在离家还不太远，回家换人还来得及。"队长征求我的意见，我一时也有所动心，不知如何是好。就在这时，耳边忽然响起父亲的那句"自己的事儿靠自己"的话。我仔细一想，不能打着旗号去挖河，河还没挖，就半途而废，当了逃兵了。于是，我忍着疼痛，坚决要求随队前进，然后继续赶路。中午，走到浍河童亭段东的王圩村吃午饭时，我的右手肿了起来，膨胀了一倍，连筷子也不能拿了，解裤腰带都得他人帮忙。凑合着吃了午饭，我们又继续赶路。天黑了好长时间才赶到四铺，晚上在四铺小学教室的课桌上睡了一宿，第二天中午才到工地。

此次"出征"，是为新北沱河老河道除淤、拓宽、加深，工程地段在赵集公社①十里长山。到了工地，第一件事是搭棚、支灶，为了御寒，也为了使棚庵牢固，棚里面向下挖凹了一些，令人想起中国猿人的"穴居"。我们先把棚架搭起来，接头处用铁丝或绳子扎紧，铺上秫帘，并将其扎固在棚架上，再铺上一层塑料布，用泥浆糊起来。棚庵内撒上干土，铺上柴草，棚铺就造好了。20多人住在一个棚铺里，锅灶、炊具、面油菜柴占去了棚铺的三分之一还多，但是拥挤的最大好处是：暖和。

河道加宽主要在老河道东岸开挖，由于老河道河岸已经很高，运土较远，我们一开始就用上了架子车。20多人分成两组，一组两辆架子车，装车的只管装，拉车的只管拉，车装满后，一人架把，四人两个一边，喊着号子往上推，到了岸上，掉转车头，推起往土堆一撞，再顺力一掀，土下来了，四人赶快下去拉下一辆，架把的把车里的余土清完后，把车放下河塘接着装。这样循环往复，依次下去。起初，我由于手伤，一时不能负重，领队就指派我专门负责购置生活、劳动用品，并负责与公社、大队工程指挥部接洽联系，及时报告我们的工程进度和工程会战中的好人好事，也就是"跑跑腿"。对于领队交办的任务，我都以最快的速度完成。过了几天，伤势略有好转，我就到河塘与大家共同劳动。利用业余时间书写、上报好人好事之类的新闻稿件，也是我没有白白多读几年书的证明。由于这期

---

① 赵集公社：现为烈山区古饶镇的一部分。

60

来的都是青壮劳力，大家热情高，干劲大，不到一个月，我们顺利完成了工程任务。竣工后登上十里长山，站在山头俯瞰我们用辛劳和汗水挖掘的蜿蜒的新河道和河道里奔流着的清澈河水，一股诗情都融化在了强烈的成就感里了。

时间过去四十余年，那条河还在，而疏浚它的时候发生的些许趣事，至今仍记忆犹新。一天，我们从指挥部领来一袋大米，领队安排中午改善伙食：大米饭，猪肉烧萝卜。对于我们这帮民工来说这可是天大的喜事。一个喜欢调侃的小伙子风趣却也实打实地说："大米饭？还没吃过呀，今天是猪八戒娶媳妇——头一回，又加上猪肉烧萝卜，真是大开洋荤啦。"大家因为这顿洋荤，干得特别起劲。可是，炊事员没做过米饭，不知道米饭是怎么做的，就想当然地做。他把米淘好后，堆在大锅滗列子的笼布上像蒸馍那样蒸。到了中午，大家兴高采烈地收工回营，炊事员给每人盛了满满一碗米饭、一碗菜，大家急忙品尝，发现米粒还没有变，也不知道是生是熟，吃到嘴里硬得杠牙，咯咯嘣嘣嚼不烂，"原来大米饭并不好吃"。大家面面相觑，没人知道是怎么回事。正巧，一大队工程指挥部的干部路过这里，看到我们的饭菜，说米饭没熟。他看了一眼我们的饭锅，说米饭不是这样做的，做米饭煮和蒸都可以，但要多兑水，水要没过米两寸才行，哪能这样干蒸？于是大家又把不熟的米饭聚起重新煮，美餐不美，开洋荤开出了洋相，第一次的大米饭吃得如此曲折，让人哭笑不得。

二 积肥

"庄稼一枝花，全靠肥当家"。毛主席亲手制定的"土、肥、水、种、密、保、管、工"八字"宪法"，把肥摆在了第二位，我上小学时就知道。那个年代，村里人种地施肥有农家肥、化肥两种，化肥不仅货源少供应紧张，同时还未被人们普遍接受。老农常说："那么一丁点撒在地里能有啥效力？还得到公社供销社花钱买。"因而，化肥的使用量很小，农家肥仍是生产队 1000 余亩耕地的主要肥料。农家肥的来源只有靠"积"。

生产队有两个半亩多地大、两米多深的大粪池，用来积肥。队里上上下下都很重视肥料的积攒和沤制。每天早上，四位饲养员把生产队 40 多头牲口的粪便、尿液清理一遍，一筐一筐抬到大粪池边，一锨锨地把它们撒入池里，再撒盖上一层土。每隔一段时间，收一次大粪，与打碎的野草、鲜嫩农作物秸秆一并撒入粪池混合沤作。

收大粪，就是生产队派人到每家每户的茅厕收拢粪便。生产队有 60 多户人家，300 余口人，每户都有一个茅厕。一般人家的茅厕，是用土坯垒砌的很小的围墙，或是用农作物秸秆夹起来的围圈，中间垒个蹲蹬或挖个蹲坑。讲究的人家，则搭起房盖，里面砌个便池，可以防雨防晒。这种茅厕最大的好处是可以积攒粪便，至于卫生等问题就顾不得了。粪便积攒起来可以挣工分，家家户户都只用自己的厕所，在别人家厕所里解手就是肥水外流，所以在当时的农村很少有公共厕所。

收大粪一般都是男劳力去做。20多人挑着粪罐子，跟着定级管秤的从庄西收到庄东，再拐到村北。装粪人员拿着长把的舀勺先把粪便一勺一勺装进罐里，定级管秤的用杆秤称量出粪便的重量，定好级，挑粪的便担起粪挑往生产队的大粪池里送。定级管秤的一般都非常有经验，且为生产队信得过的老把式。定级按大粪的纯杂和浓度决定，定级管秤员用眼一看便分辨出粪便的等次来。一级大粪一斤可挣得生产队工分一分，二级二斤挣一分，三级三斤挣一分。一担大粪有四五十斤，远的要担一里多路，近的也有二三百米。

记得我第一次挑大粪，挑着两只罐子晃晃悠悠，总不像挑水桶那样容易平衡，粪罐上口大、中间粗、下底小、重心高，走起路来很难使之平稳，颠簸得很厉害，罐子又没有盖，粪往往会飞溅出来，时常溅得挑粪人一身。挑到粪池岸边往里倒时，不是罐子掉进粪池里，就是剩下半罐子黏黏糊糊倒不掉，一担粪全倒掉往往要颠簸十来下。一次我挑着满满的一担粪正走得起劲，突然，后边的系罐的绳子断了，两罐大粪全泼在了路上，还洒了我一身，我恼羞成怒。盛怒之下，真想弃掉当天的工分，逃之夭夭，一走了之。这时，"自己的事儿靠自己"，父亲的那句语气平和、掷地有声的话语又在我耳边响起，催我克服困难。我停了一会，赶紧拉来一辆架子车，把洒了的粪便连带着土铲上车送入生产队大粪池，连浑身的粪渍也顾不得了。由于接触时间较长，闻多了，适应了，也没感觉怎么脏、臭。

把绳子拴好，我又接着挑起担子运送。

　　粪池满了，沤些时日，通过发酵，水耗干后，就要出池，再积下一池。出粪池是力气活，都靠男劳力。20多人拿着铁锨分散在粪池四周，两人之间以能甩开锨的距离为宜，从池岸逐渐向里挖，甩上来，逐渐下挖。当撵到了池底，人站下去，甩程有四五米远，十多斤重的一锨粪泥甩上去，锨锨都要使出全身气力。一人一天要挖好多方，一天下来，手磨得紫红，累得腰疼臂酸，浑身还沾了很多粪渍。发酵后的肥不怎么臭了，干到半晌歇息，大家三五人一起，找个地方一围，手也不洗，掏出扑克就在地上打起来，两圈下来，个个脸上沾满了纸条，还争得面红耳赤；也有二三人或找个僻静处或在粪堆旁蹲坐，掏出老烟袋，装上老烟叶，点上火大口一抽，停顿一下，然后吐出浓浓的烟雾来；还有的拿张纸条，展开，撒上烟丝，一卷，再用唾液一粘，一支宝塔形的烟卷就加工成了。初学抽烟的使劲一抽，呛得直咳嗽，还流出眼泪来："这烟他妈的真厉害，还欺生啊。"我回乡务农期间，日复一日，年复一年，大家就是用这样的方式方法来排解艰苦繁重劳作带来的疲惫。

　　庄稼收清，地出来了，从粪池挖出的粪水也控干了，开始向地里运，准备种下季。那些年，运肥都是用大车、人拉，在车头两边各拴一条大绠，二三十个男女劳力把各自的拉绳拴在大绠上，沿着大绠两两一排依次排开，也有把拉绳拴在车帮上的。等粪肥装满了车，绠绳一紧，车将启动，一人领起了号子："大家一起来啊！"众人应和：

"一起来使劲喽!"号头接着领"咱们力量大啊!"众人接着和"顶天又立地呦""谁也别偷懒啊""谁也别耍滑呀""任务完成了啊""我们真高兴嗬"。在号子的激励、鼓舞下,大家齐心协力,很快把肥拉到了地里。一车能卸六堆,车两头若用秸箔挡起来装满可卸八堆。肥运好后,犁耕之前,再把粪堆撒开、散匀,犁地时掩埋地下,这就是施肥,施底肥。

三　麦收

淮北大地是麦子的主产区,小麦是淮北平原的主要夏季作物。生产队除了将上一年的一部分晚秋作物地晒堡休耕,翌年留作种植早春作物外,其他耕地全都种上麦子。麦子在淮北分为大麦和小麦。

在我家乡,大麦播种量很少。大麦的成熟期较早,大概比小麦的收割期提前一周。大麦的芒比小麦的芒更长、更锋利,大麦由于数量少,收割也就一两天,可算作麦收前的热身演练吧。每年收的大麦主要留作生产队牲畜的饲料,多余了才少量地分给社员。大麦脱下粒后,还有一层皮包着仁,若是喂牲口,这层皮连着麦仁一起加工成饲料,不除去。村里人用大麦磨面粉,这层皮也不去掉,与麦仁一起磨。但须用"箩子"过,最终剩下的糠糠皮皮依旧喂牲口或家畜家禽。大麦面没有小麦面好吃,也不如小麦面做的食品种类多,大麦面不好和。好不容易和成了,面团也不好擀,紧缩,拉力大,蒸出的馍吃着黏牙。现在市场上买到的麦仁，就是大麦粒脱了皮的仁，与大米、绿豆等一起熬粥，单从熬粥上说，小麦逊色于大麦，大麦仁更筋道。

小麦4月上旬开始抽穗，5月中旬开花受精，5月下旬灌浆成熟。在日光的照射下，将熟的小麦一派金黄，夏风一吹，麦浪滚滚闪金光，丰收在望喜讯扬。到了6月初，就该割麦了。具体开镰的时间，要看当年的雨水、气温、气候。我记得高中毕业回乡务农的第一个午收，是6月3日开的镰。

那个时候，大多数家庭处在温饱线以下，新麦临下来前，家里的粮食几乎吃光了，面临青黄不接，急等着新麦下来。要开镰了，生产队上下激动万分、兴高采烈。家家忙着把镰刀找齐，坏了的修理完好，盛麦的囤子放在外面晒一晒，打扫干净，多蒸几笼馍临时储存起来，以防麦收期间，顿顿做馍耽误工夫。

上学期间，农忙假参加麦收，生产队队长大都安排年龄大的学生"踩车"，年龄小的跟在拉麦车的后面拉着耙子搂麦，以避免撒落浪费，并不拿镰割麦。我看着割麦飞快的大人们挥舞着镰刀往前冲，非常羡慕，自然而然对生产劳动中的高超技能产生由衷的敬佩，也希望自己能试一把。

现在机会来了。白天，听了队长关于麦收的安排，心里竟有几分莫名的激动。晚上，跟人家学着磨好了镰刀。第二天吃过早饭，随着队长上工的叫喊，众人争相朝麦地进发。到了地头，一字排开，一人三垄，三人一铺①，每铺的中间一人必须是割得快的好手，冲在前面，一边割，一边挽好捆麦的麦鞠子放好，这叫作打铺（又叫冲趟子），两边两人随着中间打的铺即麦子摞麦子。

我初上战场不大会割，跟着打铺的后面，照着人家的样子，先从左边一垄割起。弯腰向前，右手拿起镰刀，拦一下，先用左手攥住麦子，能攥多少攥多少，然后伸镰紧贴麦子底下从前向后用力一拉，一把麦子割掉了，摞在中间打的铺上。刚开始，不那么顺当，麦子拦在手里总感觉抓不紧，镰刀也不那么听使唤，干了一会，才找到感觉，能一镰接着一镰割了。站起身来一看，被人家甩了老远，着急起来，弯下腰赶紧追赶。还有半截，觉得手臂没有劲了，腰也疼了。再看人家，不少人已经到头了，其他人也快割完了，就我们少数几个落在后面。心里越着急，越是割不快。大家看着我们几个笨手笨脚地在那里磨蹭，有几个看不惯了，赶忙过来接头，你一把，我一把，一会儿，割完了。回头看看，我的三垄不但撒得多，留下的茬儿忽浅忽深，跟驴啃的一样。谁也没说什么，但我却觉得脸上有些辣。刚坐下，队长又吆喝开工了，赶快起来，接着割。我刚又搭头，打铺的过来，到我跟前指导道："不要割一下摞一次，要三垄割平齐再摞，节省时间。还要左手拦麦与右手拉镰同时进行，做到镰镰相连，才能加快速度。同时镰刀要紧贴地皮，右手用力平拉，不要上抬。这样，既能

---

① 铺：方言，意为"组"或"伙"。

67

快，茬子又好看。"她一边说一边示范着给我看。我照着去做，果然加快了速度。第一次割麦子，记忆很深，腰疼、腿酸、手软，特别是那总是割不到头的麦垄显得格外长。

村里人将麦收形象地比喻为"虎口夺食"。所谓"虎口"即指变幻不定的天气。俗话说，六月的天，孩子的脸，说变就变。所以，麦子熟了，环环都要抓紧，抢割、抢运、抢脱粒，被称为麦收的"三抢"。麦子进了囤才能安全。一到麦收，村里人一切服务于麦收，一切围着麦收转。每天天不亮下地，冒着烈日的炙烤，在地里、场上拼抢，晚上披星戴月收工回家，时常还要加班到深夜，劳动强度之大，是经历的每个人难以忘记的。

麦收期间遇到了雨，没有打下来的麦子就会受捂、生芽子，损失可大了。记得读初中时，有一年，麦子普遍长势很好，灌浆期又风调雨顺，株株颗粒饱满，可谓丰收在望。哪知开镰没几天，下起了大雨，连阴了好几天，地里割掉未拉的，还有未割的麦子，经雨水一淋全生芽子了。拉到场上的，无论上了垛的还是没垛起来的，不是生了芽子就是被捂霉了。乡亲们痛心地说："这硬是老天爷不给饭吃！"捂霉了的麦子不能吃，碾了喂牲畜，牲畜也不爱吃。但发了芽的麦子也是村里人一年仅有的口粮，为了糊口、充饥，再不好吃也得吃。发了芽的麦子磨出的面发黑，做饭吃着黏，和面揉不成团，擀面条下到锅里一煮就成了一锅面糊，蒸馍不肯发，吃了腻结、粘牙，还总觉着不熟，交公粮也受影响。这场倒霉的阴雨给人们造成了极大的损失，使本将丰收的小麦得不到丰收。所以，麦收是一场硬仗。

麦子割下之后，要抓紧运到场上。我割了几天麦子，又被抽去装车、上场。生产队运麦子主要靠几辆大车。大车套上两头牲口，车把式拿着鞭子赶着。到了地里，看能拉几溜，大车走在中间，装车的拿着杈子分在大车两边，一杈杈挑着麦捆儿往车里放。当麦子装出车帮，就要上人去踩，叫踩车。踩车要在上面来回走动，把装上车的麦子摆好、踩实。赶车的要时时指挥着，这一杈往哪儿放，那一杈往哪儿摆，把握着麦车不能装歪。装好后的麦车足足有四米多高。大车两头分别拴条大绳，几人用两条大绳从两头将两边狠狠拴紧，以防走路歪车、抛洒。

拉到场上指定地点，抹掉牲口套，解开大绳，两人在麦车倒向的反方向，背靠紧车帮，双手反抠着大车杠，另外几人在倒向的一方拽紧大绳，随着"来喽！起劲"的号子，两边一起用力，麦车翻倒了，麦子翻下了。

装车要有经验，更要慎重。不然，一旦出现问题，既损失了小麦，又浪费了时间。

一次，车装好了，远看有点偏，不怎么严重，不忍心卸下重装，担心来回折腾抛丢麦粒，耽误时间，怀着侥幸心理将就着往场上运。几个人用绳向反向狠拴，扳过来一点，重心还是稍偏，车把式赶着高高的麦车从地里出来，小心翼翼地上路了。他已经很有经验，路上悠着又悠着，稳着再稳着，一点不敢放大步。哪知，过桥下坡，再一转弯，经过一颠一闪，车歪得更厉害了，在离场不到 100 米处拐弯时，两人多高的麦车一下子倒在沟里了，不得不重装，而在这里重新装车比在田里更麻烦、更费劲。由于装车没经验或者不慎，加之村道凹凸不平，每年都会出现几次翻车，有一次麦车翻了竟压伤了两个人。

麦子边割边拉，到天黑拉不完，生产队就派人到地里看。当时看麦的目的有三个：一防偷，二防夜间起雨，三防阶级敌人破坏。我和同时毕业的一位同学及其他几个小伙伴，经常被指派夜里下地看麦子。吃过晚饭，洗过凉水澡，抱着被子，拿条苇席，到了地里，几人分好地头，两人一起搭铺，把几铺麦子合起来，摊平，席子铺在上面，一铺一盖，不一会就睡了起来。第二天一早醒来，被子和露在外面的身体全被露湿。看了几年的麦子，我没有发现过麦子被盗，也没有遇上夜间下雨，更没有发现"阶级敌人"的破坏。

麦子运到场上，要抢着脱粒。

开镰的前两天，生产队就安排"按场"。十几个劳力挑水把场地挨个洒湿浇透，等到快要干了，撒上麦糠，石碌上好碌框套着牲口一遍一遍地碌轧，碾平轧实，晾干之后，才能打场，碾麦脱粒。

场上早上没有活。我们吃过早饭，才到场上。太阳把场和麦子上的露水晾干了，我们才摊场。摊场就是把这一场要打的麦子全部摊开、疏松，让太阳把它们晒透，便于碾轧。麦子摊开了，我们就坐在场边歇着，等晒得差不多了，有经验的老农到场上几个部位分别抓几棵麦子，在手里揉搓，一吹，再将揉搓的麦粒丢到嘴里一磕，一招手："行了，可以套场了。"几对马、骡、牛拉着石碌带着石砣

70

就上场了。牵牲口的站在中间，让牲口拉着碌、砣打圈转，并逐渐往前盘碾，好让碌、砣把麦子全碾到。我们这时的任务就是拿着锨和粪箕子等着，有的牲口拉了，赶紧跑过去接着；有的没接着或拉得稀没法接，拉在了麦子里，就得赶快清理干净，把污染清除，千万不能使其碾在麦子里。

碾得差不多了，半米多厚的疏松的麦场被碾轧成薄薄的一片。牲口下场，卸套，饲养员淘上几筐草，撒瓢料，给牲口加加餐。我们上去翻场，用杈子把麦子挑起翻过来，再挑松，晒一会，牲口接着上场，再碾轧。上午碾两遍，翻了晒一晌，下午再碾一遍，老把式抓起麦秸一看，见上面的麦粒掉得差不多了，招呼我们起场。起出的麦秸要垛起来，还得再碾一次。把麦秸一杈一杈挑出来，堆到要垛的位置，再用耢耙将杈子挑撒的麦秸耢净，剩下的就是麦粒、麦糠和碎秸，用木锨把它们堆到敞阔处。

场起好后，打场的人分为两部分，一部分人垛麦秸，一部分人扬场，把麦粒清理出来。

垛麦秸先从四个拐儿垛起，垛底打好后，上去两个人，用杈子把从下边甩上去的麦秸摆好，还要在垛上不停地走动，把垛起来的麦秸踩实，下边的人挑着麦秸一齐往垛上放。到一人高后，固定两三个人用杈子在垛一旁往上甩，其他人把离垛远的麦秸运来堆在甩秸人的跟前。当垛到3米多高后，垛要收顶，垛上的人用杈子把垛顶摆成横着的三棱柱体，最高点是一条线，两边平整砸实为斜平面，既可以防风，又利于防雨。

扬场这边，看好了风向，两人站在麦堆两头，用木锨铲起一锨，往上一撂，探探风力，判断出扬程和麦粒下落的位置，确定自己的用力大小。然后，一锨接一锨地上扬，麦粒和麦糠由于轻重不同，在风力的作用下分离出来。风大的时候，扬场不需要怎么用力；风小的时候，不但要用力，上扬还要有技巧，否则，粒、糠不肯分离。扬场的时候，还要有一人拿着扫帚，不停地在麦粒上清扫，撇出落在麦粒堆里的碎秸和穗头等杂物。活儿并不重，只是那扬飘的麦糠，还有土、灰什么的，纷纷扬扬，落得满头满脸满身。相比之下，打场比割麦的活计要稍轻些，但有些黏人。

麦子拉到场上，并不是就安全了，有时正碾着场，乌云上来了，再有风儿送点雨星儿，或者远处响起了几声隆隆的闷雷，就得"抢场"。赶紧把正碾着的麦子收起来，堆成堆，再用防雨的东西盖起来，雨一过，场晾干，接着干。

头几场打下的麦子，晒干后并不急着上库，而是分给村里人顾急、尝新、改善伙食，他们早就等着、盼着吃新麦嘞。村里人扛着、担着队里分得的新麦奔回家，人人喜气洋洋，个个心情激荡：吃上新麦了！

麦子第一遍碾完，虽然麦秸垛了起来，过一段时间还要扒开再碾第二遍，这是因为第一遍麦秸里还夹杂未碾净的麦粒，再打一遍把它们碾净。同时，必须经过二次碾轧，麦秸被进一步轧碎碾揉搓软，才能作为饲料，用来喂牲口。

由于没有机械，一切劳作全靠人力、畜力，生产队700多亩小麦，几十人甚至上百人连天加夜，从开镰到把麦子收清，全队全力以赴要干将近两个月。

这几年，我弟弟承包了与以前生产队种麦差不多的耕地工程，麦收实行了机械化，收割、脱粒在收割机上同时进行，运送使用了运输专用汽车，几百亩小麦不到两天全部收清。回想当年的麦收，万分感慨，故书诗一首，来抒发今昔对比之感：

观 收 麦

机器隆隆冲麦浪，南湖北地麦收忙。

割脱运送似流水，千亩麦田一日光。

不再拿镰背灼热，无须牛马去打场。

如今农业机械化，秸秆还田粒归仓。

四 抗旱

毕业的第一年，进入夏季，雨量越来越少，麦收之后，发生了干旱。那时农业生产十分落后，基本上是靠天吃饭。等了几天，依然是晴空万里、烈日炎炎，看不到有雨的迹象，农作物无法正常耕种，费了很大的劲打起的红芋垄迟迟不能插秧。生产队上下人人心急如焚，心照不宣：不能再等了，再等就要错过夏种的季节，要误农时了。得"与天斗"，向天要粮了。于是，生产队决定：全力以赴，抗旱抢种。

天还灰蒙蒙的，队长响亮的喊工声就响起了："上工喽！都到北湖抗旱栽红芋……"我和几个小伙子被队长安排到红芋垄上扒坷淳①。

我带着镶头随着挑桶的、抱秧拉秧的、拿瓢的劳动大军向北湖进发，来到地头，不由分说，各人按照队长的安排扎头就干。旱天打起的红芋垄净是坚硬的泥坯块，歪歪斜斜地卧躺在那儿。插芋秧有均匀的株距，摊到大坯块，就得将泥块打碎做出坷淳来；摊到大坯块间的空当处，就得把近旁的坯块打碎取土围起坷淳来。坷淳既不能太大，也不能过小，以能盛约 0.5 升水为宜。太大了，灌的水浸下后，坷淳口的干土太多，栽下的芋秧不易存活；过小了，灌进的水就会溢出来，造成水的浪费。坷淳扒好后，紧跟的是挑水浇水的。那时，生产队的水源只有村外的几个塘、两条沟和村子里的大坑。沟离灌地近，但存水少；塘存水多，却离灌地比较远。

挑水的都是男劳力。一开始，水源充足，打水方便，行程近，挑水比较轻松，一担水挑来趁浇水的忙不过来，把两只水桶放在两垄上，扁担搭在两桶上，还能坐上小憩两三分钟。随着不断挑舀，沟里的水越来越少，近处用完了，就要到远处去取，后来，五六十斤的一担水压在肩上要走一里多地。挑水的把水挑来，走在垄沟间，把两只桶放在两边的垄上，交给浇水的。

浇水的有男有女，他们或一手提着水桶，一手用瓢一瓢一坷淳地浇；或一手提着桶錾，一手托着桶底一点一点往坷淳里直接灌。

---

① 坷淳：方言，即小土穴。

74

等坷埫里的水浸完才能插秧，这是抗旱栽红芋的最后一道工序，多是女劳力为之，劳动强度稍微小些，但要有技巧和经验。她们一手捏着秧苗，把根部放在坷埫中间，另一只手拿一个坷垃把秧根压在坷埫底，再双手把坷埫周围的土一拢，湿土在里，干土在外，一棵芋秧栽好了。老把手栽的秧，挺拔又整齐，若不是坷埫外有抛洒的水印，很难看出是抗旱插的秧。

　　坷埫扒完后，浑身酸疼，手上也磨出了几个泡，还傍了一身泥土。虽然很累，但看到芋秧还没有插完，我就忙着帮助栽，栽了一会，不但速度很慢，秧苗也插得歪七扭八，湿土裸露出很多，还沾了两手泥。这使我明白：谁说"庄稼活不用学，人家咋着咱咋着"？我看农业生产也是要靠技术，也难怪毛主席他老人家要让"知识青年到农村去，接受贫下中农再教育"，好让那些城里的学生们知道吃穿的不易，让他们知道粮食是怎么生产出来的。对于农业生产中的劳动技能，农村学生尚且需要学习、锻炼，城里知青更有必要。

　　接着，抗旱浇地种豆子。生产队在水塘边深挖了一个水口，安装了一台水车。水车上方是一个用铁架支起的齿轮，直径约1米，一条每隔0.5米有一直径约15厘米的圆皮叶的环形铁链，上端卡在齿轮上，下端将上滚的一边装进直径约为16厘米的圆铁皮管内送入水底，圆铁皮管上端与一出水簸箕相接固定在铁架上，齿轮两边各有一"乙"形的把手。

　　到了地里，队长先安排八人绞水车，我在被点之列。

一班四人，一边两人对站着双手紧握把柄，一探一撇地用力绞动，便把水绞了出来。四人用力要一致，绞得快，水的流速就快，由于惯性的作用，也感觉着绞得轻巧。绞慢了，不但出水少，还感到水车死重，太慢了就不出水。

水出来后，从出水簸箕流入水渠送到要浇灌的地里。其他人有的放水，有的泼水。放水的拿着铁锨在渠边来回巡逻，发现哪儿漏了或将要渗水，赶紧上去培土，确保水渠畅通，不得溢漏。水顺着水渠流入要浇的地里。浇地不能漫灌，灌得太过，无法及时播种，且浪费水，又必须把地润透，不润透无法耕种。因此，在地里由远及近挖了很多小坑，将水由水渠注入小坑，四五个人占一小坑用盆或水瓢向四周泼洒，这就是负责泼水的，浇透为宜。一个小坑可泼浇150平方米，浇好了再挪至下一小坑。

绞水车四人一班，一干半小时，虽然很累，但干半小时可休息半小时。休息时，四人一副扑克牌，就地玩起来，不知不觉中，赶走了劳累，消除了疲惫。地浇好后，晾了一天，就耕种了。过了几天，抗旱栽的红芋返青，豆子出土焕发新叶，绿油油的一片，胜利成果确也使人感到心旷神怡、其乐无穷。

五　种收棉花

棉花是淮北平原上的主要经济作物。对于棉花的知识，我不但从小耳闻目染，中小学《农业常识》课本里最先学到的农作物知识也是关于棉花的。上学期间，农技人员曾带领我们学习棉花的栽培及田间管理知识。所以，我对棉花还是熟悉的。棉花生铃前虽然开花，但棉花不是花，我从小就知道。

说它是经济作物，主要因为生产队每年生产的棉花大都按照订购任务卖给供销社棉麻公司，获取的资金是生产队的主要经济来源，也是村里人年底的主要红利，所谓"吃饭靠红芋，花钱靠棉花"。其实，棉花不单是生产队的经济来源，也是棉衣铺的纺织原料，又是村里人日常生活的主要食用油料，还可以做吃食。农闲时刻，村里人用石窝把棉籽砸碎、捣黏，做顿棉饼子、棉籽丸子，又鲜又香，特别好吃，常用以打牙祭。

棉花是淮北地区在地里生长时间最长的本年生农作物。4月中旬播种，到11月中旬吐絮结束后拔柴，将近7个月，200余天。期间要进行间苗、定苗、锄地、脱裤、打杈、去疯枝、打顶、打药、灭虫、浇水、施肥等田间管理，是所有农业生产管理中投入劳动量最大、劳作最繁杂的农作物。我在家务农的几年，感受很深。

棉花从播种准备就工序繁杂。棉花播种前15天左右，就要进行施肥整地造墒，要把地整得无明暗坷垃，上暄下实，平整无洼，既要利于灌溉，又要利于水在大雨后及时排放。整地的同时，既要选出优良品种，又要对选好的良种进行日晒、温水浸泡，捞出控干后还要进行药剂拌种。

播种时，几个犁把式掌犁，每个犁子上只套一头牛，把犁铧拆掉，只用犁盘，从整好的地边开始每隔60厘米犁出三四厘米深的沟子，犁后跟人端着、挎着棉种，往犁沟里每隔20厘米丢二三粒，还要一些人紧跟着把犁沟封上。后来，生产队听说薄膜覆盖既能保温保湿又可以保墒提墒，促进棉花快出芽、出好芽，就派人上集市买来几扛塑料薄膜，把播种好的棉垄用塑料薄膜盖起来，用土把薄膜压实。几天后，棉芽陆续出土，果然，薄膜覆盖的棉芽出得快、出得齐、苗势壮。

棉花长到一拃来高，三片真叶后，就要为棉苗锄地松土。第一次下棉田锄地，我拿着锄与大家一起一到地头，队长就招呼说："今个是棉花的第一茬耪地，要把土的表面耪松耪透，锄掉地里的小草，棉棵根旁的草锄不到的，要伸手把它拔掉，地不要耪得太深，棉苗还小，耪深了棉根容易受损。"队长话音一落，每人几垄扎头就锄起来了。开始，只知把地耪透，不怎么会锄，锄一下，挪一下，两脚乱动，急着向前赶。前进了一段回过头来一看，锄过的疏松土壤中，脚印一个接着一个，像条小路。旁边的老乡看不惯了，过来告诉我，耪地要两脚一前一后站稳，前腿弓，后腿绷，两手一前一后握紧锄把一下一下耪，两脚不能乱动。我按照老乡说的，又仔细琢磨了一会，拿好锄，两腿前后叉开，锄到必须迈步了，前脚不动，后脚绕过前脚向前迈一步，依然前腿弓，后腿绷。过了一会，适应过来了，不但锄得匀，锄得快，而且锄过的地，疏松的土壤中间是一串整齐的脚印。这是我回乡务农以来第一次参加锄地。

我家乡的锄，由锄把和锄头组成，锄把是一根一米多长的木杠，笔直软弹，圆润光滑，锄头是一根勾折弯曲的铁杆，一端有裤，一端有榫头。有裤的一端叫锄裤，锄裤装着锄把，有榫头的一端与锄板相接。锄板是一块弧形润滑类似于等边梯形的铁板，长底是一条锋利的弧线叫锄口，非常美观漂亮。

棉花在田里生长期间，要锄地五六次，除被安排参加别的劳动外，我大都参加。苗期锄地，主要是使土壤表面保持疏松，土壤温度、空气、水分、养分得到较好的调节，促进根系生长得快、扎得深，增加吸收水分、养分和抵抗外界不良影响的能力，因而要锄得匀、锄得浅、锄得透。蕾期的锄地，主要是起到保墒、消除杂草、促根下扎、控制生长的作用，一般是雨后锄、浇后锄、有草锄，一次比一次锄得深，最深要锄 10 多厘米。

棉花的田间管理还要经常下田整枝打权，脱裤腿、去枝叶、打顶、打偏枝、抹赘芽等。除此之外，就是打药。

打药、消灭棉花病虫害是棉田管理的重要内容和主要劳作。棉花生长的不同时期，防治的是不同的病虫，所用的农药种类、药剂及其配制各不相同，较为复杂。一旦出现差错，不但损失药效，还有可能导致人员药物中毒。因而，生产队抽一些文化水平高一些的年轻人去给棉花打药，我是回乡知青，自然在被抽之列。

打药从 5 月中旬棉花苗期开始，经蕾期到 8 月下旬花铃期终，生产队 100 多亩棉田一遍接一遍要打三个多月，10 多人一天到晚专司打药，被村里人称之为"打药队"。一开始有下派到大队的农技员来现场指导，时间一长，我们就掌握了要领，农技员不在，我们就打开药瓶自己配药剂。

打药工具是喷雾器，起初是简易的，双肩桶背在身上，就像《红高粱模特队》小品里说的："收腹勒紧小肚，提臀把药箱卡住，向前看清棉株，这边加压，这边喷雾。"后来改用先进的，对好药，打足气后，再往身上背，喷药时就不需再加压了，气不足了，可随时脱掉药桶补气。

打的药有"666""1059""1605""3911"和对硫磷、乐果乳剂等，尽是些剧毒农药。那时，也没有什么防护措施，讲究点的，也就是戴上口罩，穿上长裤、长褂。棉花矮的时候，还不觉得什么，棉花长高了，天也热了，就感到不好受了。不讲究的，以前咋样还咋样。打一桶药出来，身上湿湿的，不知是药水还是汗水，或是药汗交加。每年都有打药中毒的，附近村上还有中毒抢救不及时死亡的。

棉花开花后，长出的果子成熟时裂开，果子内部的柔软纤维，就是棉花。棉花在棉棵上晾晒几天后，就要采摘。

摘棉花不怎么累，多是妇女去摘。男劳力派做其他农活，只有农活不多时，才男的女的一起上。摘棉花的工具是一双手、一个篮子或粪箕和一个口袋。把篮子或粪箕放在跟前，摘下的棉花一把一把放进去，凡能够到的都摘完了，再把篮子或粪箕向前挪一下，接着摘，摘满了倒入口袋里，收了工背回缴给生产队。

摘棉花眼要尖，手要准，也要快，看准了，五个指头一起上，一个指头掐一瓣，捏到棉壳根，一下摘干净，不能在棉壳上留下没摘干净的棉尾。摘得快的，两只手十个指头全动起来，就像在弹琴，摘得既利索又干净。我开始摘棉花时，也看清了，左手扶着棉壳，伸出右手来摘，几个手指不容易使唤，不是戳着棉壳尖扎了一下，就是棉壳里总留着一点尾，还得再抠摘一次，摘得速度很慢。仔细一琢磨，几个指头使劲向棉壳里面伸，捏紧一摘，就干净了，过了一段时间，适应后也摘得快了。半天之后，两只手十个指头也能同时动了起来，且一下就摘干净。

摘棉花是按劳取酬，论摘得多少给工分。收了工，人们把棉花扛到场上，队长拿秤一称，记上，第二天一早就公布出各人所得的工分来。

棉花吐絮时怕下雨。下雨天开的棉花会发黄，还容易生棉瓣，纤维吐不出来，减产变质。连阴雨时间长了棉花会在壳里发霉，甚至烂掉。

棉花晒干后，要轧花脱籽。生产队卖棉花卖的都是皮棉，脱下来的棉籽，不但是村里人的油料，还是生产队牲口的精饲料。生产队早几年就安装了轧花机、弹棉机。

轧花机的主机是两个齿轴，棉花通过两个齿轴快速转动交错挤轧，把籽、絮分离。轧花机的驱动，是由一个踏板上下跳动，牵动曲轴转动，曲轴通过皮带、齿轮带动其他部位一起转动完成。轧花机由三人操作，一人在前面，一只脚踩着踏板，趴在机板上，两手不停地把棉花铺匀向机里续。两人在后面站立，面朝前，各用一只脚踏着踏板。曲轴上的大轮转动起来后三人顺力一踩一抬，轧花机便发动了起来。轧好的皮棉捆起来，好向供销社棉站送，轧下来的棉籽每天清除一次，晒干后送入生产队仓库储存。

集体的棉花轧完了，接着给私人轧。这也显示出当年的风尚：先集体，后个人。私人轧棉花的加工费不要掏腰包，而是用轧出的棉籽折抵。农闲时，轧花机也对外营业，附近村子的人们很多都来我们队轧花。轧花机一个冬季都干个不停。

弹棉机比轧花机复杂一些。它的主机是一个斜着布满钢刺条的圆滚，有两个踏板一上一下地跳动，驱使曲轴转动，曲轴通过皮带或者齿轮带动整个机体各部转动，促动圆滚高速转动。圆滚的高速转动把棉絮撕成绒。

弹棉机需五人操作，一人在机械中间坐在机杆上，两脚踩着踏板，双手将棉絮均匀地向机子里面续。后边三人，一人与中间的背对背坐着，双脚踩踏板，另两人站在后面各用一只脚各踏一个踏板。还有一人把弹出的棉绒一卷一卷卷起来，放好。轧好的棉花只有经过弹棉加工才能够用来纺线、织布和套棉衣棉被。

那时，没有专门的厂房，也没有除尘设备，轧花机、弹棉机都放在一个不大的屋子里。"咔嚓"的轮轴声交杂着"嗡嗡"的机械声使机房里劳作忙碌的人员听不见人语，满屋尘、絮飞扬，落人满头满脸满身，即使戴上口罩，半天下来，咳吐的黏痰里也尽是棉丝、尘灰。

轧花机、弹棉机由于全靠人力，功效不大，所得的收入也不高，但毕竟是生产队的进项，总能增加些收入，并为村里人所必须、必要，坚持使用了许多年。后来生产队添置了柴油机，再后来有了电，使用了电动机，轧花机、弹棉机经改装使用动力机械来带动，减轻了劳动强度，提高了功效，提升了经济效益。这一机械设备一直使用到生产队解体。

棉花是钱，棉籽的价值也很高。生产队很重视棉籽的收储和利用，除了自己轧花收入的棉籽颗粒归仓外，还派人外出用棉油去换棉籽。我大哥就干了几年换棉油的营生，虽是苦力叫卖，但也是生意。换来的棉籽除缴够公家的外，剩余的便是利润，归自己所有。因此，我大哥不仅为生产队拉来一车一车的棉籽，也给家里的生活带来了较大的改善。大哥在村里率先盖起了新房，全是换棉油挣得的。

生产队的棉籽就是用来榨油的。机械化以前，村子里有个油坊，村里人叫作碾屋，是 1970 年老大队分家时，扒藕池村北的大仓库分得的砖、瓦、棒盖起来的。共三间，西边两间是碾坊，东边一间是榨房。

碾坊里用砖垒砌了一个大圆槽，深约 60 厘米，宽约 30厘米，用石头铺的底。槽里有两根 4 米长的粗木杠从中心穿着个直径 1 米、重约 300 公斤的碾盘，粗木的一端固定在圆槽中心可以转动的桩柱上，另一端伸出槽外，安装上牲口拉环。打碾时，把棉籽放进槽里摊匀，一个碾盘套上一头牲口，在槽外沿着圆槽拉着碾盘打圈转，槽里的棉籽轧段时间要翻动一次，当碾到用手一抓一搦能搦成团时为止。碾好了的棉籽盛出来，放入榨房。

榨房靠北是一台榨油机，靠南墙支一口大地锅。榨油机机身是由铸铁打造的框架，中间是一个下垂的螺旋，螺旋底端固定着一个压盘，螺旋中间安装着螺盘，通过螺盘的转动，带动螺旋下移，驱使压盘不断下压，榨出油来。

榨油的都是男壮劳力，一班 10 人，我没有参加过，有幸看了几次。首先把碾好的棉籽上锅蒸，蒸好后取出往四股箍条摞起的圈子里装，脚踩锤砸整实，再把上边的两股分次拿掉，做出圆塔状，平放入榨油机里，十块一垛平对平、尖对尖摆好放正，螺盘插上铁棍转动，十几圈之后，油就榨出来了。一垛能装一百多斤棉籽，可打二十多斤油，七八十斤饼。榨油多是冬天进行，烧锅一蒸，榨房里暖烘烘的，休闲的人们常把榨房挤得满满的，他们一边叼着老烟袋，一边谈论着奇闻趣事。榨房虽然不比今天的空调房间，但坐在里面在当时的村子里已是莫大的享受。

榨油赶到晚上的班，还可以享受生产队最高待遇——加餐。加餐，基本是就地取材，提前找保管员领几斤面。到了午夜，两人带上两三斤新榨的棉油和领的面，到谁家去做，就在谁家或就近的菜园里薅棵白菜、拔两个萝卜，加餐的食料就备齐了。餐食也很简单，先把棉油熬制一下，去油沫，炸几碗丸子，用炸剩的油兑上水，做白菜面条，锅开后一层油，再揉个萝卜菜，就是丰餐佳肴了。劳累了的劳力们，吃着焦脆的丸子，吸着油腻腻的面条，那叫一个香，吃了这顿饭，几天走路都很精神，这顿饭喝的油比平时一个月吃的油还要多。

别小看这顿加餐。那个年代，很多人把它看得很重。把它看作比过个节吃喝的油水还解馋，把它看得比劳累一夜所挣的工分还实惠。为了这顿加餐，队里每逢夜班榨油，社员们都争着抢着干。

后来实现了机械化，生产队购置了柴油机、电动机和新型榨油机，机械一开动，直接把棉籽往榨油机里送，刚一续，那边的油和饼就都出来了。比人力、畜力榨油减少

84

了工序，减少了劳力，提高了效率。

六　红芋季

红薯又叫山芋、白薯等，各地的称呼不一样。我的家乡则把它叫作红芋。它是一年生植物，蔓生草本，长两米以上，果实为地下块根，块根呈纺锤形。现代营养学称其富含蛋白质、淀粉、维生素、氨基酸及各种矿物质，有"长寿食品"之誉。20世纪六七十年代，红芋是我家乡的主要农作物，占常年食料中的90%以上。不但村里人的食材以红芋为主，就是家里饲养的猪、羊等家畜家禽也离不了红芋，连交公粮、到市场上交易换钱等也靠的是红芋。所以，当年流传着一句民谣：红芋饭，红芋馍，离了红芋不能活。红芋是大地母亲的馈赠，是我父老乡亲繁衍生息的重要依凭。

红芋的吃法很多，洗净能当作水果生吃，可直接下锅做饭，切片晒干磨成面粉可做各种面食，如蒸发面馍、做死面馍、烙馍等，还可以制成淀粉，制作粉丝、粉皮和凉粉等，烹调多种美味佳肴。煮熟的红芋切成片晒干，是非常美味的休闲食品，现在流行的薯片之类，大约就是受此启发制出的。现在仍满街叫卖的烤红芋不是也很好吃吗？此外，红芋还可以制糖、酿酒等。在那自耕自给、糊口度日的年代，天天都是红芋饭、红芋馍，哪一天也离不了红芋，离了红芋就过不了这一天。红芋吃多了，胀气、胃酸，又不能不吃。于是，聪明的农家主妇们发明了许多吃法，除日常饮食外，红芋还可以做成许多菜肴，如拔丝红芋段、油炸红芋块、爆炒红芋条等。

红芋春、夏栽培，秋、冬收获。在我家乡，春天栽的红芋叫春红芋，夏天栽的红芋叫夏红芋，也叫晚红芋。红芋的收获劳作叫作"起红芋"，红芋的收获季节叫作"红芋季"。

红芋秧，都是生产队自己培育的。红芋种，也叫作"红芋母"，是越冬储备的上一年的晚红芋。育红芋秧都是有经验的老农干，先挖一个长方形的坑，放上捂好了的牲口粪便或晾干整碎了的农家肥，把红芋母放进去，盖好，保持一定的温度和湿度。出苗后要经常洒水。栽植红芋要打红芋垄，把红芋秧栽在垄上。红芋的田间管理不像棉花那样繁杂，主要是锄地、除草、翻秧。

大面积起红芋一般在农历八月。遇到青黄不接的年份，7 月中下旬就开始小起，每天起一点每人分个三五斤救急、糊口，其余的仍在地里长着，等待最后的收获。起红芋前，用镰刀先将红芋秧割掉，把地晒一晒。大面积起红芋时，男女老少齐上阵。老把式赶着牲口拉犁把红芋垄两边的土冲开，只剩垄中间红芋集中的部分，下到地里的人员分成两部分，一部分，多为成年劳力，拿着抓钩把红芋起出来；另一部分，劳力或半劳力跟着起红芋的，把红芋拾成堆。一块地起好后，队长、会计到地里一看，估计有多少，按照工分和人口的比例，会计算好后，在地里就分。

生产队的红芋种植面积很大，一块地少则十几亩，多则几十亩，甚至上百亩。红芋的长势难免有些差异，果实大小不一是常事，分红芋免生矛盾的有效办法就是抓阄抽号，按抽的号数顺序依次来分，摊哪儿是哪儿，由运气来决定。这一传统的做法在处理一些重要问题时大家都能接受，特别是在分配问题上，尽管事实上存在着不均，但大家也说不了啥，谁能向"天意"提意见？

分红芋前要先把号抽好。队长把写了号数的纸片儿揉搓成团，装在帽壳里，每户一人来抽，抽出的号交给会计登记，就确定了先分后分顺序。分红芋用两个大筐、一杆秤。拾红芋的用粪箕把搓净了泥的红芋送入大筐并将其装满，队长掌秤，两人抬起来一称，算出重量来，再称下一筐，另外两人把称好的红芋擺成堆，一筐接着一筐称，第一户的称好了，接着往下分。

全部分好后，无论是白天或者晚上，只要天不是特别阴沉，没有雨，每家每户都要抢着把红芋切成片，撒开晒干后，收在囤里储藏起来。把红芋切成片是红芋季最重要的劳动、最繁重的劳作。切红芋片不是用菜刀，而是用一种专用工具——锼子。红芋锼子是用一块木板，在一端开个豁口，钉上刀片，刀片两端可以加塞，用来调节锼的红芋片的薄厚。锼红芋时，把红芋锼子放在板凳上，人坐在红芋锼子上面压稳，使它不得乱动。锼红芋既要有力气，又要有技巧，一手拿着红芋要用力向刀上推，削下一片，退回来，再向前推削第二片，这样依次进行下去。锼得快的，既要向前推得快，又要回拉得快，前一下与后一下能连贯起来。但要十分小心手，千万别被刀片刮上，一旦刮上便会掉块肉。我父亲锼红芋特别快，全队无双，他锼起来快到后一片能推着前一片往外飞。父亲锼红芋的动作很麻利，左胳膊挎着盛满红芋的箕筐，右手不停地将红芋往锼子上推，快起来的时候看不到红芋是怎么进入右手的，一会一筐就锼完了。父亲锼红芋时，我们兄弟姊妹得有一人给他往箕筐里不停地装红芋。父亲红芋锼得快是长期磨炼出来的，也是被生计逼出来的。我和哥哥都在上学的时候，母亲身体欠佳，白天的活都难以支撑，晚上更无力再熬夜劳作，我们放了学能帮个小忙，但平时家里家外的活，特别是重活大都是父亲干。家里人口多，红芋分得多，父亲带着我们时常干到深更半夜。

红芋切成片，还要及时撒开，使其尽快得到风吹日晒，变成"红芋干儿"。我锼红芋不快，多是父亲他们锼，我来撒。撒红芋片也要有技巧，先把锼出的红芋片扒入粪箕，左臂挎起粪箕将红芋片向外一颠，右手随即跟着用力一拨，红芋片均匀地撒在地上。颠簸不好，就撒不开，成疙瘩。撒到地上的红芋片不能使它们压摞，压摞了风吹日晒不均匀，干得慢，撒不开要再下功夫把它们摆开，带来重复劳动。

红芋片撒在地上，晴天一般晒三天就可拾起来，天气不好时要晒得时间长些，超过四天仍不能拾起的红芋片就会变质，变质轻一点的红芋片吃着苦、酸、涩，变质重的就不能入食了，禽畜都不吃。从地里拾起来的红芋片，还要在场上或路上易堆积且较干燥的地方摊开再晒一两天，干透了才能入囤。

拾红芋片就是凭一双手，外加箕筐、口袋或被单，劳

88

动强度不大，但劳动量却很大。把箕筐向前一放，蹲着用双手一片一片把红芋片拾到箕筐里，跟前的拾完了，把箕筐向前挪一下，接着拾，满了，倒进口袋或被单上，全拾完了就担、扛或用架子车运回家。

红芋季也要三抢，抢起、抢切、抢拾。红芋到了收获的季节，要抓紧时间起出来，不然，过了季节，红芋在地里就会生芽、霉变、坏烂。起出来的红芋，堆在一起，时间长了，也会捂烂捂坏，要抢着切成片，撒开晒。红芋片晒干了，要抢着拾起来，入了囤才安全。

红芋季和麦收一样，劳动量大，强度也大，参加劳动犹如上战场，拼着抢着干，一干几十天。红芋季和麦收又不一样，麦收的劳作自始至终是集体性劳动，忙的是生产队，集体收割、集体脱粒、集体晒收，收好晒干分给村里人时就可以直接入囤。红芋季忙的主要是家家户户，生产队集体把红芋起出来后，分到每家每户，接下来的切片、撒晒、拾收，都是每家每户自己的事情。

一年一度的红芋季要忙两个多月，春红芋起完，收毕了，才起晚红芋。春红芋含粉量高，多用来制粉和磨面；晚红芋含糖量高，多用于制糖、酿酒和煮、蒸、烤了吃，翌年的红芋也出自晚红芋。

七　养猪

为响应上级关于"大力发展养猪事业"的号召，队委会研究决定：发展集体养猪，以增加生产队收入，壮大集体经济。一天，不知生产队从哪儿买了两头母猪，用长长的绳子拴在车棚里的车帮上，我和几个人好奇地凑过去瞧了一眼。两头猪都是黑的，一大一小，本地猪，大的100多斤，已"带猪仔"（怀孕），小的五六十斤，两猪正在争吃谁撂给它们的草菜秧。哪里想到，翌日，队长就找到我，说了一车子的话，什么响应号召，什么新生事物，还有政治任务、对你的考验什么什么的，我都记不清了，总之，要我来喂猪。考虑到自己是来接受再教育，进行世界观改造的，哪能对队里安排的工作挑挑拣拣呢？尽管不情愿，我还是勉强接受了。

队里还没盖猪圈。队长说："现在就两头猪，不着急盖圈，等以后发展了，上规模了，再考虑，暂时拴起来喂养。"两头猪的喂养也很简单，活儿不怎么重，每天早、中、晚三次煮食端喂，白天拴在室外，打些青草什么的给它们打牙祭，晚上圈到生产队空闲的红芋炕房里。红芋炕房在村东头牛屋南边，是为每年储存过冬的鲜红芋而建的，有好多扇天窗。储红芋时，房内的温度高了、湿度大了，打开天窗好进行散热散气；不储红芋时，天窗拿掉，房里通风透光，还很凉爽。两座炕房中间盖了一间烧堂，支着一口大锅，天冷时大锅既能烧水做饭，也能通过它给烧房加温。现在恰是用它给猪煮食的时候。

我喂猪也没有什么新招，还是村子里传统的喂养方法，煮一锅料食，每顿掺些泡好的干红叶和一些菜叶、嫩草搅和搅和给猪儿们吃。只是得细心、有责任心。每天把猪圈清理一遍，多采一些鲜嫩菜叶、青草，给猪改改胃口，增加它们的食欲。

母猪生仔那天，我看守了一天一夜。下午，母猪就烦躁不安，衔柴做窝，临产的时候睡下，睡起来，又折腾不停。我烧点面汤喂了一下，缓解它的焦躁情绪。下仔的时候，我一刻也不能离开，给猪仔清洗，防止它们被捂、被压。大母猪第一窝下了十多个，未出现任何问题，到了天亮，很多乡亲来看时，猪仔个个活蹦乱跳，争相吃奶。母猪睡在铺上，舒坦地哼哼着，出着粗气，敞开胸怀让崽儿们尽情地吸吮。我也因成就感而欣喜若狂。过了一段时间，小母猪也将"下窝"（临产），生产队盖了两进猪圈，改善了喂养条件。猪仔进食后，每天上、下午我把猪群赶出去两趟，到田头、沟渠、水边玩耍嬉戏或找青草、虫子、蚌壳吃。每天与活蹦乱跳的几十头猪为伍做伴，看着它们一天天长大，我的心里那是一个"滋儿"①。

渐渐地，我与我喂大的猪儿们有了感情，更加注意对它们平时的喂养、卫生和疾病的防治。我看了许多有关养猪方面的书籍，得到一些科学养猪知识，在传统的基础上，探索试制发酵饲料，进行科学喂养。每天清除一次猪圈，一个月用白灰水喷洒一次，经常保持猪圈的清洁卫生，使猪群始终在干净的环境中生长。我自学了猪的疾病的防治常识，定期给大小猪打预防针，猪偶尔生了病我一般不请兽医，而是自己给猪进行医治。

年底，大队因县里开展党的路线教育活动和掀起"农

---

① 滋儿：方言，舒坦痛快的意思。

业学大寨"的新高潮,要抽调一批高中毕业回乡青年到难点队、班子瘫痪队蹲点,帮助、指导工作,我被抽去,离开了生产队的养猪业。

八 蹲点

"蹲点",是当年十分流行的一种"促后进变先进"的工作方法,即通过组织手段,派一些人到指定地点去,帮助那里的人们解决一些问题,以达到上级的要求。

我蹲点的单位是我们大队朱家南队。由于这个队的牛屋等公共设施、社员的住所以及大部分耕地都在朱家村的南部,故而叫作朱家南队。全队30来户人家100多口人,生产队没有办公室,也没有会议室,平时没人办公,也很少有会议,偶尔一次会议就在生产队的牛屋里或场上召开,与会者或蹲或站或席地而坐,将场地一围就成了会场。

在大队集中培训时,大队两委、部分生产队干部和蹲点的全体成员开了一个见面会,安排蹲点的同志与将去的单位负责人见面认识并互通一下情况。会上,与我见面的是朱家南队的文书(兼会计),他还是大队的革委会委员。见面时,我向他汇报了几天来学习培训和我本人的情况,并谈了我的想法和顾虑。他向我通报了他们队的基本概况、存在的主要问题,鼓励我消除顾虑,大胆开展工作,并说:"你与我们队的人都不熟悉,没有矛盾,没有偏见,利于工作开展。"并把生产队的转变希望寄托在我身上。我去蹲点单位报到那天,就是这位文书接待的。随后,他把我安排在一处两室一院的民房寄宿。院墙是依房屋的朝阳面筑垒的，院子很小，院门朝东，临路，里面堆积着一大堆雪。屋子是堂屋，两间屋子在西边一间开了个门，当门支一口带风箱的锅灶，灶门朝里，锅灶前堆满了杂乱的柴秸，不知是房东还是生产队用来为我准备烧火的，东间靠后墙是一块地铺，房东的两位近邻临时寄宿在此。地铺对面是一张铺有秸草的单人软床，看起来是为我准备的床铺。屋中间放着张不足一米见方的"案板"①，作为给我准备的做饭炊具、吃饭饭桌和办公桌。

这个队只有两位干部，一位是大队革委会委员兼生产队文书和会计，另一位则是生产队长。两人之间不和，工作各干各的，平时不通气、不研究，敷衍塞责应付着。

翌日早上，文书召集全队社员在生产队的牛屋里开会，20 余人参加，这时，我才第一次见到队长。会议由文书主持，他首先向大家宣讲了大队抽调人员进驻生产队蹲点的决策部署和重大意义，随后把我介绍给大家，并要求大家以后大力支持我的工作。我接着讲了几句话，大意是：我们到基层单位来，是大队根据实际需要做出的决策，是党的路线教育的深化，是进一步推进"农业学大寨""跨河过江"的需要。队长也接着讲了话，明确表态：支持拥护大队的决定，真诚欢迎我的到来，希望在今后的工作中能密切配合，把工作搞好，使大队满意、群众满意、自己满意等等。会后，队长邀请我到他家吃了我蹲点后的第一次

① 案板：方形、有腿的面板、菜板，形似现在家庭的小方桌。

早饭。

按照大队关于"搞好调研，协助工作，帮助解决问题"的要求，我一边参加劳动，一边进行调查研究。生产队给我配置了锨、锹等劳动工具，便于我接触群众。生产队集体劳动，无论是队长安排的还是文书安排的，他们都事先向我通告一声。他们把劳力招呼到工地，交由我来安排任务。通常的农活自不必说，上工的都知怎么干；需要分包的劳动，根据参劳人员，工程量化到人，任务完成之后，挑选代表组织检查验收。对不合格的，指出存在的问题，促其返工，并动员其他人来帮忙，既保证了整体工程质量，又凝聚了人心，增进了群体间的团结、友善。劳动中间休息的时候，我还按照上级要求，组织社员群众学习党的农村政策及工作方针，宣传党的基本路线，学习科学技术知识、社会知识，知晓当前形势，做一个社会主义条件下的新农民，如此一来锻炼了我在人前讲话的能力。

蹲点期间，我学会了做饭。家里的饭，都是母亲做，做好了就吃，很少了解、注意母亲怎么做的，自己从未做过。蹲点之初，在队长、文书家吃了几顿，不是长计。于是，队里给我置办了炊具，送来了油、面，我就自己生火烧饭。开始学和面，面多了不肯成团，水多了粘手粘盆，也不成团。结果，面多了加水，水多了加面，一会儿加水，一会儿加面，越加越多，不一会加了大半盆。以为凑合着能擀面条，结果粗条大绺的面条下了大半锅，面条不成条，一锅面糊了，吃了一两天。我细心琢磨着、试验着，果然苍天不负有心人，几次之后，掌握了窍门，不但能按定量

94

和好面，且能把面擀成条，还会蒸馍、做汤了。

一有时间，我就深入农户，与他们促膝谈心，了解他们的所思、所想、所求。经过一段时间的相处，我对这个队生产落后、班子瘫痪的情况有了深入、详尽的了解。问题是多方面的，既有客观因素，也有主观原因，根子还在于"穷"，加上不团结，越穷越捣，越捣越穷。情况了解、问题弄清后，我在力所能及的情况下，一边帮助解决阻碍生产发展的问题，一边把调研的情况写成调查报告，报大队党支部、革委会。我调走时，大队认真研究了我提出的意见，采纳了我的一些建议，选配了朱家南队的领导班子。至今我回家路过朱家南队，与当时的社员群众遇到时，谈起那段历史，还会浮想联翩，感慨万分。

九　被选召到大队

1976 年夏，大队在南湖中心塘西岸建了两栋 24 间砖草房，从各生产队选调的复员军人、高中毕业的回乡青年、能拉会唱的村里艺人以及手工业技术人员共 20 多人，成立大队"农企宣战斗队"，大队书记亲自挂帅，一位副大队长具体负责。我从朱家南队蹲点结束，随即被选召到大队这一新组建的队伍里。

"农企宣战斗队"全体人员分为三个组，即毛泽东思想文艺宣传组、农业科学实验组和企业生产经营组。毛泽东思想文艺宣传组的主要任务是：编排文艺节目，利用农闲时间进村入队宣传毛泽东思想、革命大好形势以及好人好事，有时还参加公社文艺会演；农业科学实验组的主要任务是：在大队从各个生产队滚动划拨的几十亩耕地上，在公社农技人员指导下，进行科学种植实验，培育良种；企业生产经营组又分为电焊、木业、铁业和榨油业几个门类，并为企业组投资购置了电动机、电焊机、榨油机以及斧镢锛锯锤，引进了铁匠炉，主要任务是开展副业生产，壮大集体经济。

"农企宣战斗队"建立了规章制度，明确了工作职责，定期召开会议，研究部署阶段的工作任务。三个组既有明确分工又能积极协作配合，平时各干各的，关键时候，不分彼此，大家一起上。毛泽东思想文艺宣传组演出时，农业科学实验组和企业生产经营组人员帮着布置场地，运收道具，做好演出的后勤保障工作。农作物种、收时节，毛泽东思想文艺宣传组、企业生产经营组和农业科学实验组人员一起抢收抢种。农业科学实验组和毛泽东思想文艺宣传组人员一有闲空就到企业生产经营组跟着技术人员学拉锯、打铁和电焊等技术。铁匠师傅是从邻社请来的，会打镰刀、菜刀、抓钩、铁锹等常用的生产生活用具。我在铁匠炉房先是看了一两天，就学着抱大锤。抱大锤是学打铁的第一步，说简单点，就是跟着铁匠师傅的小锤指点砸；说不简单点，就是抡大锤同样需要许多技巧。首先要弄清、熟记师傅小锤点的用意，他用小锤在铁碪上"当"一下，是表示叫大锤做好准备；"当！当"两下，表示叫抱大锤的跟着他砸，小锤落点在哪儿，大锤要砸在小锤的落点上；"当——"表示终止，停下来。初学之际，我抱着大锤跟着师傅小锤的击点砸，不是跟不上点，就是砸不到点，有时竟与师傅的小锤碰到了一起。经师傅指点，仔细琢磨，我掌握了技巧：既要眼疾，又要手快，还得锤锤落实。苦练了一段时间，我抱大锤不但能紧跟师傅小锤的指点，且能与同伴配合，同抱大锤跟着师傅的小锤夯。"叮叮当当，叮叮当当"宛如一曲欢快的乐章。

榨油机安装后，来榨油的客户络绎不绝，大队长指定四人排班轮流上岗，我在其中。当时大队通电时间不长，设备也不先进，加之管理不善，榨油机开机不长时间就断电。一停电我们就徒步三四里路去电工家找电工来修，一检查，电压不稳定，变压器跳了闸，他用根棍子一戳闸，电就又来了，我们接着榨。几次之后，再停电，我们就拿着棍子到大队变压器那儿自己戳，避免来回走好多冤枉路。

这期间，我还学会了拉锯，试验了利用秸秆制沼气技术，创作了一些歌颂农村、农民的曲艺小品。我用我的表现体现了一个"回乡知青"的价值。

十　烈山拉炭

特殊年月，百业凋零。农村更穷，农民尤苦。到了20世纪70年代中期，村里多数人家连基本生活也难以为继，吃穿成了严重问题，甚至连烧柴都成了难迈的门槛。

村里人长年烧的柴主要是生产队分得的农作物秸秆和平时所拾的秸草。生产队的农作物秸秆也只有秋季的豆秸、玉米秸、黍秸、谷秸、芝麻秸和棉柴等可以做烧柴分给社

97

员。但生产队还要在这些秸草中留足挖沟挖河的民工烧饭、烧煮耕畜饲料等用到的烧柴。麦秸、红芋秧、花生秧则是耕畜的饲草，每年也很紧张，生产队全部收储起来喂牲口，不得做烧柴来用。村里人每年分得的柴草有限，大都不够常年的烧火。不够，就利用农闲时机打草拾柴来做补充，或想其他办法解决。那时，打草拾柴都很困难，无论田里还是路旁沟边的小草在很嫩时就被打了喂牲口了，很难打到能做烧火的野草。生产队麦子一割，收了工的社员们赶忙带着锄头、镢头发疯似的抢扒麦茬，时常废寝忘食、夜以继日，那时的麦子麦棵稀、麦垄薄，麦茬又较浅，扒了很大一片也只拾得了一小捆，且很费劲，麦茬锄起之后，要一把一把聚拢起来，用镢头、棍棒一遍一遍地把泥土捶掉。拾棉茬、黍茬就更费劲了，要一棵一棵找着扒或跟犁子一棵一棵地抢着拾。即使这样，大多数家庭的烧柴还是不能满足所需，有的家庭缺口还很大。为解决做饭的烧柴问题，村里人不得不外出购买煤炭或其他可燃之物以补柴草的不足，十年前，我父亲就同本家堂哥一起上相山拉过锯末来家烧锅。那时本地还没有煤矿，公社炭场的煤是按计划供应国营单位和优抚人家的，有门道的也可以通过关系特批。普通人家，特别是穷乡僻壤、拉不到关系的农民，只能望而兴叹，可望而不可即。要买煤炭，只得拉着板车长途跋涉，到烈山矿区的居民家去买。农村人哪来的钱？所谓"买"，大多是用农产品或其他物资交换。

烈山距我家150多里路。1976年秋的一天，我和周芳鲁各拉一辆架子车，载着红芋片，带着干粮，周芳鲁还拉了一棵桐树树干，结伴去烈山拉煤。那时，公路拐弯绕道，我们一大早出发，经韩村过了临涣入萧淮公路，走在阳光照晒的柏油公路上，感觉柔和软绵而有些黏脚，母亲做的粗布鞋不时被粘在地上，不仅走着费劲而且想快也快不了，太耽误时间。于是，我就把鞋子脱掉放在车子里，赤着脚拉车赶路，先是感到舒服、利落，走了段路程，脚底粘了厚厚的一层油泥，快天黑了，想洗洗穿上鞋，哪知到了河边怎么洗也洗不掉。不掉就不掉吧，也顾不得那么多，穿上鞋继续往前赶。这层油灰严严实实地粘在脚上，苦苦折磨了我十多天才被磨搓掉。

天黑时分，我们到了徐楼公社翟桥村，晚上在周芳鲁的表哥家住下。周芳鲁的表哥早年曾在我村做过活计，我们互相认识。他们夫妻对我们十分客气，盛情为我们做了顿面条，调了盘凉拌萝卜。又累又饿的我，只觉得面条就着凉萝卜那叫一个爽呀，简直是天底下最好吃的美味佳肴。到现在我仍然喜欢吃面条，也曾几次揉搓个生萝卜做凉拌，甚至浇上香油，却怎么也调不出当年的那种滋味来。

翌日中午，我们到了烈山洪庄，家家院里院外都堆了很多煤炭。一问，有的是从矿上拉来的，有的是矿区居民分得的，有的是在矿旁路边拾到的，还有的是在煤矸石山上捡来的。交换中，有的一斤红芋片只给二斤半煤，有时也能换到三斤。我们每人换了600多斤煤全部拉着返回。我们天黑时回到了临涣，在路边歇了一宿。早上起来草草吃点干粮继续赶路，不一会走到了全程最艰难的路段。在我们那一带，拉重车由北向南，凡是走过这段路的，无不

99

摇头慨叹。这段难行的路程，是临涣至涡阳的古驿道，从临涣东端浍河上游低凹的五孔石桥爬到又高又长的河岸，再拐向铁路岗继续攀爬，长度约 1.5 公里，连续上坡、拐弯再上坡，坡高有 50 余米，坡度很大，拉着重车不拼命往上爬就可能被重车拽下坡。实在拉不动了，我们就停下来将一辆车子横放在路旁，两人一推一拉先将一辆送上一段，再回过来拉运另一辆，一段一段地向前挪，直到翻过濉阜铁路，我们才长出一口气，第三天傍晚我们回到了家。生活！一切为了生活！"脸朝黄土背朝天，一颗汗珠摔八瓣"是我那时生活的真实写照！

十一　在上海知青婚礼庆典上的发言

1976 年国庆节，我们队的上海男知青朱桦与藕池村的女知青小陈结为伉俪。为表示隆重庆贺，生产队召集全体乡亲为他们举行婚礼。我正在实验田里劳动，队长找到我，要我在典礼上作为青年代表发言祝贺。

我脑海里顿时闪现出上海知青上山下乡进村入队以来的幕幕场景。1969 年冬的一天，连下了几天的大雪终于停了下来。地上、树上、房子上到处白茫茫的一片。傍晚，听说下放到我队的上海知青已经来到了公社，生产队被通知去公社接。队里的很多人集中到生产队牛屋旁的场地上打探消息，看看队长派谁去，或者有什么说的。只见队长一句话也不说，亲自带着两个人，急忙套上两匹马，赶着大车迅速去了五沟。其他人在场地上议论开来，想象着大上海来的这批新人都是什么模样，来到时该是怎样的情景，但等了很长时间也没见队长他们把上海知青接来，就都陆续回家了。

　　他们是翌日才被接到村子里的，生产队把他们安置在几天前就粉刷好的两间草房里，当门支了一口带风箱的锅灶，门前是一片空地。东邻是生产队的一户居民，再往东就是村子的老围沟；西边是生产队的磨坊，再往西聚居的都是生产队居民；磨坊前后是个通道，出了磨坊向北便是生产队最初的牲口房、仓库。刚入村、洋里洋气的上海知青被一拨拨村里人围着瞅着，也不知道这些知青好不好意思。来到我队的是两位男知青——朱桦和小高。他们到来之初，既不会烧锅做饭，也不会打水挑担，更不懂劳动生产，属于麦苗、韭菜分不清的那种。队里就指派专人给他们指导，帮他们做饭。村里人淳朴善良，看着从大上海来到穷乡村、远离爹娘、举目无亲的知青，从心底里怜惜他们、心疼他们，手把手教他们烧火做饭，教他们使用农具和劳动种田。生产队还组织他们读书、看报，给他们讲村情农耕，指导他们了解淮北农村、淮北农民，熟悉农业生产、农村生活。

　　七年过去了，小高被国家招工离开了生产队。朱桦因"家庭问题"还在继续接受再教育，能够"抽上来"离开农村，似乎是一个遥遥无期的梦。"家庭问题"及其他阻碍一个人改变生活境遇的所谓条件卡口，则是一道没有谜底的谜。这时的朱桦其实早已历练成了一名名副其实的淮北农民，"滚了一身泥巴，磨了一手老茧，炼了一颗红心"。

然而，身上的泥巴、手上的老茧虽都是看得见摸得着的，但谁又能顾念和理解他那颗"红心"？我们都是知识青年，相比之下我反倒比较幸运，我是回到家乡、跟着父母一起生活的，而他们则远离父母、远离过去的生活轨迹、习惯，一切从头开始。按照当时的政策，知识青年在农村结婚，便意味着在农村安家落户，将成为一名地地道道的农民，将与招工、推荐上学等关涉前途命运的一切事情无缘。他们是对前程命运无望了，还是因年龄太大等不起了？是真的横下一条心决心在农村干它一百年，还是真的与"有问题的家庭"彻底决裂、背叛？想到这里，我感慨万分，直到典礼开始，思绪还在我脑海里滚翻。当司仪宣布我发言时，我登上典礼台，满腹的话语奔涌而来。在那大喜的时刻，在那隆重的场合，登台面对父老乡亲和来宾，倾吐感言，至今难忘。搜索记忆，述其大概：

各位乡亲、各位来宾、新人们：

大家晚上好！

在这金秋送爽、谷黍飘香、举国欢腾、万民同庆的国庆佳节到来之际，我们迎来了朱桦和陈女士最隆重、最圣洁的婚礼，在这里，让我代表全队青年向他们表示热烈的祝贺和衷心的祝福！

七年前，他们响应毛主席"知识青年到农村去，接受贫下中农再教育"的号召，告别父母，离开城市，上山下乡来到这里，劳动锻炼，接受考验。七年来，他们与农民群众同吃同住同劳动，滚一身泥巴，磨一手老茧，炼一颗红心，经受了锻炼，赢得了考验。

他们从繁华、优越、亮丽的城市来到这穷乡僻壤，是执行知识青年上山下乡任务的具体行动和真实体现。

他们的到来，给村子里带来了新的有生力量，他们以其具有的知识和活力与村里人一起奋斗在艰苦生产的第一线；他们的到来，带来了城市的生活方式和城市文明，使村里人尤其是青年人打开了眼界，给偏僻闭塞的乡村增添了城市文明元素；他们的到来，为城乡交流架起了桥梁。他们的亲人及有关单位多次派人到这里来看望他们，调查、了解他们在农村的生活和锻炼情况。上海来人就要与社、队和农民群众接触、交流，村里也有一些人多次奔他们家，去上海采购、看病或办其他事情，使原来毫无关联的上海人与我们村里的人建立了紧密联系。这种联系，使得上海更加了解我们农村，了解农民；也使得农村人更加了解上海，了解城市，了解城市文明，了解城里人。

朱桦和陈女士共同从上海来到这里，由恋爱到喜结良缘，经历了人生最美好的时光。他们在接受贫下中农再教育中建立家庭，在对理想、信念的追求中建立家庭。这样的爱情是纯洁、真挚的，是美满、幸福的，我衷心地希望他们佳偶天成的一对新人在今后的人生道路上，携手并进，比翼双飞，努力工作，共创美好未来。

我的发言赢得了阵阵掌声，获得了村队领导的好评。

在当时的社会形态及其历史背景下，我的发言是由衷的。不过，我把对前途命运的思考化作鼓励，把疑惑、迷茫化作精神与光明。以苦为乐，以困难为考验，以波折挫败为锻炼，每一个生活的强者都是如此走过来的！因此我说，我不算生活的强者，但我学着强者的模样完成了从少年到青年的转变，使我对人生有了初步的体悟，使我懂得了路是一步一步走出来的。所以，从这种意义上说，我感谢回乡务农的生活，感谢那段劳累、饥饿、奋斗、挣扎的生活。

第四章　大学之梦

　　上大学是梦，是我小时候的梦想。从小就以为大学里都是些有知识有学问的人，不是一般人所能上上的。长大后更希望能通过自己的奋斗，考上大学。上了大学，就成了有文化的人，就是国家的人了，就改变了贫穷劳苦的命运。然而现实是遭遇"特殊年代"，原先的路走不通，改道了。不是停止招生，就是凭根红苗正、两手老茧上学。因此，似水流年岁月，大学梦尤其遥远。但是无论怎么模糊、遥远，这个梦总潜伏在我的心底，催我奋进，激励我顺境中要谦虚谨慎，戒骄戒躁，勇于拼搏；逆境中要包羞忍耻，不得懈怠，勇于坚持。"长风破浪会有时，直挂云帆济沧海"。京剧《沙家浜》中有一句台词：最后的胜利往往就在最后的坚持之中！

　　1977年12月，关闭了十年之久的高考大门，终于重新打开。在这个昭示着春意的冬天里，对我个人来讲，这是一个重要的转折，我终于梦想成真，如愿以偿走上奋战高考的战场。没有这场高考，我不知道自己会有什么样的命运，可能一辈子腿插地墒沟，在痛苦和迷茫中枉费一生。恢复高考不仅仅是我个人的机遇、幸事，更是整个国家、整个民族兴旺发达进入新时代的开始。我不禁咏道：

105

一九七七好运来，高校招生体制改。

根苗出身不再论，全凭考卷来决裁。

拯国救民大手笔，改革开放序幕开。

富强自此时代启，贫弱从这 goodbye。

一

回乡务农时期，村子里先后毕业了十来个高中生，虽说都是"文革"中就学的，但也算是村子里的知识分子。除一名当了民师，一名经营大队的商店外，其余的都在生产队参加农业生产，接受劳动锻炼和考验，这就形成了回乡知青中"比、学、赶、帮、超"的氛围，无论在大队还是生产小队，我们都经常利用农闲时间阅读报纸、定期在生产队显要位置或人员比较集中的地方出墙报、黑板报，把党和国家有关农村农业农民的方针、政策、决议和生产队的重大事项、重要队务公开报道给村民，宣传村子里的好人好事，丰富村里的文化生活，活跃村民的思想，提高社员群众对国家大政方针和队务的知情度。

十来个返乡知青中，我和周芳鲁、周丙珍等几个相处较好，我们一有闲空，就聚到一起，看报纸、谈形势、议人生、论作为。我们在劳动锻炼中互相鼓励、互相帮助、互相支持，以期在接受贫下中农再教育中，做出成效，做出贡献，体现自己的人生价值，尽量在当时的历史背景下找寻属于自己的人生道路。

1977 年中秋节前的一天，我收了工刚到家，周丙珍就急急忙忙闯了进来，神神秘秘地告诉我："今年大学、中专招生要实行考试了。"我一听感到很惊奇，心里有种莫名的兴奋、紧张和冲动，将信将疑地问："你是怎么知道的？"他说："我是刚听我表哥说的。"我接着问："你表哥是干什么的？他怎么知道？"他答："他是淮南煤炭矿业学院的工农兵学员，今年年初分到芦岭矿实习，今天来的，现在我大伯家，他说他们学院里已传得沸沸扬扬了。"我急不可待地说："咱们赶紧一块去向你表哥问问详细情况。"

周丙珍的大伯没有儿子，老两口都已到古稀之年，是生产队的五保户。前一年，他家房子因年久失修，破损得不能住了，临时搬到村子里的碾屋居住。我们俩赶到周丙珍大伯家时，他表哥正在帮着烧灶做饭。他表哥比我大几岁，穿一身矿工工作服。当年，只这身工作服就足以令人羡慕和敬畏。简单客套后，我直奔主题："今年大学招生真是凭考试吗？"他说："今年高校招生决定恢复考试，中央已经召开了今年的高校招生工作会议，中央会议上定的，我们学校都已传开了，但还没有见到文件，上级还没有公开宣传，城里有些人家的初、高中毕业生已经开始复习准备了。你们也要抽时间翻翻课本、看看报纸，学习学习、准备准备。等上级文件下来，听到宣传，再做准备，就可能有些晚了，早准备为好。"

回家的路上，我既高兴又疑虑：上大学真的不凭老茧凭考试，不凭出身凭成绩了？如果真能那样，那么我的机遇真的来了！天，真的能变？！以前的"工农兵学员"靠大队推荐，再经公社同意，县招办批准，即可保送。而我既无人际关系，又有"家庭问题"，根本尝不到被推荐的滋味，更过不了审核、批准关，所以很少打听此类毫不关己的事情，也无心关注。眼下恢复高考制度，每个人都有资格参加平等的高考竞争，我就有了考大学、上大学的机会，从小上大学的梦想就有可能成为现实。让我疑虑的是，这还是耳闻的消息，可信度有多大？即便允许参加考试，是否分数面前能做到人人平等、择优录取？又是什么力量促使国家方针、政策有如此大的转变？但又一想，这年代就是小道消息满天飞，到头来证明八九不离十。人家在大学里读书，见多识广，能传给我们的消息大概不是空穴来风、凭空捏造。

回到家里，我翻箱倒柜，从墙角旮旯里把已被尘封虫蛀的中学课本零零落落地搜了出来，放在床头，一有闲空就翻一翻。由于没有高人指点、老师辅导，我便认为，在当时的形势背景下，高校招生，考试重点应该是党的基本路线、基本理论、大政方针、重要新闻、国内外重大事件等。学习和了解这些知识，唯一途径就是生产队的报纸。生产队每天的报纸都是公社邮递员直接送到生产队长家的。自此之后，我到生产队长家看报纸就去得勤了，觉得是重要的内容就暗暗地收集起来，挤时间背会、熟记。我就这样一边劳动，一边利用劳动之余，晚上看看书报，做做习题，同时琢磨着恢复高考的消息的真伪，所谓"复习备考"也就渐渐有点懈怠，未十分当真，更没怎么重视。

二

　　10 月中下旬的一个早晨，我正在地里干活，远远听见村里的高音喇叭在广播今年高考的消息，驻足细听，确是中央人民广播电台正在播报恢复高考的新闻。我随即放下手里的工具，侧耳倾听接着播报的关于教育部《关于 1977 年高等学校招生工作意见》（简称《意见》）的新闻。我清楚地听到，《意见》规定：一、招生对象：工人、农民、上山下乡和回乡知识青年、复员军人、干部和应届高中毕业生（在读高中生成绩特别优秀的可以自己申请报考）。二、报考条件：政治历史清白，拥护中国共产党，热爱社会主义，热爱劳动，遵守革命纪律，决心为革命而学习，具有高中毕业或相当于高中毕业的文化水平。身体健康，不超过 25 周岁，未婚。三、录取办法：坚持德智体全面衡量，择优录取的原则。自愿报名，统一考试，地市初选，学校录取，省区批准。考生可在报名时根据特长和爱好，按学校和学科类别填写两至三个报考志愿。我听完后心潮澎湃，激动万分。天晴了，天确实晴了。恢复高考招生方案实际上等于取消了所有的限制条件，不论家庭，不论出身，不论社会关系，不论农村人还是城里人，也不论毕业时限，只要是高中生或相当于高中毕业文化水平的青年都可以报考。只凭几张文化试卷，就给所有的人平等的机会。尤其是对于像我这样长期被"家庭出身"这个"紧箍"压在社会底层的人，不啻喜从天降。对于没有家庭背景、找不到

"后门"的普通人家的子弟，高考是一个"跳出农门"找到适宜自我发展的方向的绝好机会。

距考试只有一个多月，我们几位准备报考的同人凑齐一套完整的课本轮流传阅。那时没有复习资料，也找不到老师辅导，只有依照课本背记定义、定理、定律、公式，做做题目，遇到不会的问题也找不到人答疑解惑，只有今天解决不了放到明天，明天解决不了放到后天，实在解决不了的就放弃掉。

系统复习时才发现，自己对课本上的知识会得太少了，数学课本中的平面几何、立体几何都没有学，高中二年级物理、化学学得马马虎虎，题目大多不会做。说是复习，不如说是重新学习。

知道我复习迎考的消息，村里人大都很关心，见了我就给我鼓劲打气。他们说："能让咱报考，已经是时来运转了，良机不能失，争取考上，为咱村争光。"我担忧地说："上学时学得就不怎么好，又丢下近三年了，书中的题目都做不出来了，去考可能也是个陪衬。"他们从精神上鼓励我："不要有顾虑、有包袱，要横下心来，好好复习。"父母也关切地说："考试是硬头活，你不会就做不出来，你会了才有可能考好，要好好复习，今年考不上，明年可以再来。"这些平实的话语，使我很受感动，很受鼓舞，力量倍增，信心满怀。

也有一些人看我复习，讥讽、嘲笑我。他们不相信我能考上。有的说："别妄想了，什么恢复高考，能恢复得了吗?"还有的甚至说："复习有啥用? 费那个劲干啥? 老鸹子放屁响不高，那大学也是你上的？你老林①上没长那蒿。"我哪里肯听那些人的酸话。殊不知，我要学石板下的小草，愈压愈强，最终总能冒出来！于是，我干脆躲在家里，暗下决心，认真复习。

复习的日子是艰苦的，每天从早上六点一直看书、做题到深夜，天天是在背书中睡着的；复习的日子又是幸福的，那是我懂事以后，第一次觉得命运就实实在在地掌握在自己的手里。

那时，村子里还没有用电，晚上复习还是点着煤油灯。第二天早上一看，满脸满头一层煤油灰，咳出的痰都是黑色的，并带着一股浓重的煤油烟味。

高考报名是在公社大院内的公社教办室，报到的那几天，五沟热闹非凡，从四面八方拥来的男男女女直奔公社大院。我们几个是开报的第二天去报的名。到公社一看，大院里挤满了人，有十几、二十多岁的，也有三十余岁的，还有抱着、领着小孩的。他们的脸上镌刻着生活的沧桑，只有他们才深切地体会到：十年的按压，十年的禁锢，十年的岁月，十年的辛酸！看着那些年岁明显偏大的考生，我向他们行注目礼！但愿他们也能实现自己的梦，把逝去的青春夺回来。公社教办室门口并排放了两张办公桌，桌上放着几本报名登记表格，门旁张贴着 1977 年高校招生的有关政策规定。我向前仔细一看，报考条件中还附加了一

———————

① 老林：方言，指祖坟。迷信说法是谁家老林冒青烟或者长出奇特物种，谁家就将出光宗耀祖的大事件、大人物。

小段不显眼的文字；另外，对实践经验比较丰富并钻研有成绩或确有专长的，年龄可放宽到三十岁，婚否不限（要注意招收 1966 年、1967 年、1968 年三届高中毕业生）。哦！国家想到了！报考条件中附加的这一小段文字，为"老三届"① 初、高中毕业生找回了高考的机会。三十岁上下、领着抱着孩子来报名的大都是"老三届"毕业生。

报名由公社教办室一位干事负责，他曾是我在藕池学校读初中时的数学老师。报考类别分为：大学文科、大学理科、中专中技三类。我当时心想：两年的高中课程只学了不足一半，高中二年级的学习时间都被耽误了，且回乡务农近三年来，所学的那点知识也遗忘殆尽，复习时间又那么短，中专要比大学考上的希望大、概率高，就偏向报考中专。当时，还有个最朴素的想法，就是想离开农村，离开日出而作、日落而息的循环往复的无味生活。只要能考上，无论大学、中专，都属于天堂，于是我就在报考志愿栏里填报了"中专中技"。招生报名表填好后报到公社教办室我的老师那儿，他却包揽做主，大笔一挥，毫不客气地给我改为报考"大学理科"。

三

1977 年 12 月 10 日，是启程赴城赶考的日子。中午，

---

① 老三届：即 1966 年、1967 年和 1968 年毕业的初、高中毕业生。

112

母亲特地炒了两个菜，还支鏊子烙馍，倾家所有，为我送行。吃饭时，母亲一边为我打点背包，一边唠唠叨叨："你多吃点，路程远，别路上饿着。再吃个馍，出了门，不知道啥时候能吃上晚饭。"父亲蹲在我的旁边，只顾吸烟。他的沉默隐含着太多的内容，叮咛与祝福都随烟袋窝里的缕缕青烟化作祈祷飘散在空中，潜藏在我的心中。

吃过午饭，十几位同学和农友来了，左邻右舍也来了，他们簇拥着把我送到村头。我背着背包，挎着书包，二哥骑着自行车送我去公社，在家人和乡亲们期待、祝福的目光中，我们上路了。

我坐在自行车上，一路思绪万千。自 1975 年高中毕业回乡务农，已有三年。一千多个日日夜夜里与村里人一起寒耕暑耘，摸爬滚打，朝夕相处。挖河、打井、修渠，事事参与；犁耕、耙拉、耩种，样样都干；扬场、垛垛、扛粮，处处都有我的身影。滚了一身泥巴，磨了一手老茧，我的青春赢得了考验，我的坚强意志经得了磨炼。三年来，我没日没夜地劳动锻炼，足迹遍及村里的每一寸土地，生产队只要有活，我就出勤，无活也下地割草、打柴、拾粪，很少在家闲着，也很少赶集上市。我是在故意锻炼自己吃苦耐劳的精神，强化自己艰苦奋斗的意志，使自己完全适应农民角色，同时也是为了尽可能多挣些工分，增加家庭收入，减轻父母的负担。再加上"家庭问题"的拖累，我在阶级论、血统论的泥潭里苦苦挣扎，似乎只有比别人更加努力，更有吃苦耐劳和奉献精神，才能证明自己的人生价值。

考试集中在县城几所学校。二哥把我送到离家10来里地的五沟公社拖拉机站大门口，我们共乘卡车奔赴县城。

两卡车载有上百名考生，十来届的学生来自不同学校、不同届期，大多数都不熟识。我和少数几位认识的同学围在一起，一路上畅谈着几年来的人生经历，议论着在接受贫下中农再教育中的收获和感受，表达着参加高考的激动心情，还互相提问所学知识，检测检测记忆情况。记得我的一位初中同学叫王俊玲，家住前藕池，初中毕业被推荐上了高中，高中毕业后又当兵去部队进了"毛泽东思想大学校"，从部队刚一复员又赶上恢复高考，可谓是如鱼得水，春风得意，一路顺畅。闲谈中他突然问我："你可知道党的干部选用原则是什么？"我想了一下，从未接触过这方面的知识，回答说："不知道。"他告诉我说："是'任人唯贤，不任人唯亲'，部队学习时首长经常给我们讲这些知识，很重要。"那时，我在农村劳动锻炼，很少有机会参加会议，又看不到上级文件，哪里了解这方面的知识？这个问题我至今记忆犹新。

到了县城，我们被安排住在正在建设中的县政府招待所，刚完成主体工程的宾馆还未装修，也没有床铺。十多人挤在一个房间里，草秸通铺，两人一个被窝"打通腿"。饭堂是未盖好的大会议室，十来间大的筒子屋，有两三间还未上好顶，举头可望蓝天白云。理科考场设在城关一中，文科考场设在当时县城南关的濉溪中学。

第二天就要考试了，考生们还在抓紧最后一晚复习，有的在走廊抱着书本，来回走动，默默背诵；有的坐在被窝里相互提问；还有的向他人求解问题。服务员催促三遍之后，灯熄了。回乡三年来的经历又在我眼前一幕幕涌现。虽然天黑得伸手不见五指，但我脑海里却如白昼一样明亮，似乎看到了这几年经历的每事、每物，还有那挥之不去的临考遐想。那一夜，我久久无法入睡。

四

12 月 11 日上午考语文。吃过早饭，我随着赴考的人群踏着冰雪奔向 2 公里远的城关一中。大街两旁站满了看热闹的人，他们一边用好奇的目光观看，一边指指点点议论纷纷。那时候，沱河路还骑在火车道上，我们走到火车道附近还要警觉地观察一下南北向有没有火车驶来。

到考点一看，大院里站满了人。来考的有工人、农民、售货员、教师、待业青年、复员军人和刚毕业的应届生，还有在读的成绩拔尖的学生等，可谓工农兵学商，各行各业，包罗万象。年龄差距很大，大的 30 多岁，看上去好像大叔、大妈，小的不过十六七岁，稚气未脱，还有十四五岁的小娃娃居然也来一试锋芒。夫妻、父子、母女、兄弟、姐妹、师生、师徒一同来考的大有人在。很多人还挤在墙角，凑在树旁抓紧最后一刻时间复习。送考的家人、亲朋跟着考生提醒再提醒、叮咛又叮咛。

在考场前，监考老师叫我们排好队，按册点名，宣讲考生注意事项，宣布考场纪律。已听到的消息，一个考场 34 位考生，只有 1.5 人的录取比例。我看到自己所在的考场，"老三届"的高中毕业生就有三个，还有我高中的物理老师郭瑞标，工农兵学员毕业。我暗暗推测，如果按照这个录取比例，别的不说，就他们，当时全公社最看好的几位考生都录取不完。我不无失落地想，今年怕是没有我的份了。我知道大多数考生是来陪衬的。高考中断了10余年，积压了数届毕业生，这样的报考和录取是空前绝后的。但既然来了，就要应战。

由于是恢复高考的第一次考试，考场戒备森严，一个考场三个监考老师，两前一后，还有巡考人员在屋外来回巡视，同时考场门口有武警战士守卫，学校周围还有民兵站岗放哨。

理科语文试卷只有两道作文题：

1. 从"科学有险阻，苦战能过关"谈起；

2. 紧跟华主席，永唱《东方红》。

任选一题，写一篇作文。

第一道作文题中，"科学有险阻，苦战能过关"两句诗，是同年全国科学大会召开后，报刊上公开发表的党中央副主席、中央军委副主席叶剑英《攻关》① 诗的后两句。

第二道作文题题意是：1976 年 9 月，毛主席逝世，写一篇继承毛主席遗志，永远在无产阶级专政下继续革命的

—————————

① 《攻关》全诗为：攻城不怕坚，攻书莫畏难。科学有险阻，苦战能过关。

116

文章。

　　显而易见，作文题政治色彩较浓，紧跟形势。我选择了第一道题，主要写了自己在这几年的劳动锻炼和复习迎考中攻坚克难的切身体会和感悟。

　　当我端坐考场时，昔日的学校生活和复习迎考的画面重现在眼前，多少个寒窗苦读的日子，多少书本汇成的海洋，在这份试卷面前汇成了汹涌澎湃的思潮，我完全进入了忘我的境界。

　　这次考试共考了两天，语文、物理化学、数学、政治四门，每门满分100分。尽管试题不是太难，用现在的标准衡量甚至可以说太简单。但当年，对于整天没日没夜地劳动、革命、战斗，学业不扎实，又荒废了许多年的一代人来说，已经是险阻之难了。许多试题看不懂，审不明，不会答。有些虽然答了，但观点模糊，答题内容空洞，层次混乱，文句不通，甚至文不对题，错别字连篇。同时，由于长期不摸笔写字，上考场紧张，有些本来会做的题目也答不上来了。后来，听说有不少考生只能在试卷上写写对"四人帮"的控诉批判等，写下一些打油诗。有心摘录几首，再品昔时况味：

（一）

数学漫道难关，才疏学浅难攀。

恨"四人帮"当道，阻塞知识源泉。

惭愧，惭愧！题中大多不会。

（二）

117

小子本无才，老子逼我来。

考试干瞪眼，鸭蛋滚滚来。

（三）

中央决定复高考，知识青年拍手笑。

白天战天并斗地，夜晚擦枪又磨刀。

一颗忠心红又红，两种准备牢上牢。

身居乡村小茅屋，心怀"四化"大目标。

那场考试，竞争异常激烈，可谓你死我活，答题都蒙严了试卷，不让他人偷看。

高考之后，我便在惴惴不安、焦虑怀疑中苦苦等待。焦虑，是因为自己上大学的心情太迫切了；怀疑，是虽然参加了考试，但考试能否做到尊重知识和公平竞争？此前也有过考试，可存在交"白卷"成了英雄，得高分可能政审不合格，或因其他原因被排除在外的情况。我生怕再次吃"政审"的亏，同时担心自己的学业成绩不合格。

五

终于有一天，我从高音喇叭里收听到自己通过初选的通知，心里非常兴奋，甚至感觉是在做梦。邻里、亲友纷纷来我家道贺，真乃"人逢喜事精神爽""春风得意马蹄疾"，那些天里，走路好像特别轻松，那种脚下生风的感觉是我有生以来没有过的。

志愿是初选后填写的，填报志愿时没有人指导。我生长在闭塞的农村，二十好几了不仅没到过、看过任何高校，甚至连大学的名字都没有听说过。大学是个什么样，它们都在哪里，我只是高考报名后走亲戚，到过淮北市里本家堂哥的老表家，闲谈中听他讲了他在合肥工业大学上学时的情况才了解，所以合肥工业大学便是我意念中唯一的选择。填报志愿时，就在《高校招生考生报考志愿表》的第一、二、三志愿分别填写了合肥工业大学的数学、物理、化学系，对于第四个志愿认为反正无所谓了，就很随便地填了一个学校和系，已记不清了，"是否服从分配栏"也没有填，当时也不知道我们本地就有个淮北煤炭师范学院。后来才知道，合肥工业大学是国家部属重点工科类大学，其开设的语文、数学、物理、化学等文理系，是为本校及其附属中学培养师资的，招收的名额很少。

当年考试成绩对考生是保密的，也找不到关系打听自己的成绩，听说初选的3个里才能录取1个。"成绩是参考，政审、关系很重要"，我最怕听到这个消息，却偏偏有这样的传言。我没有关系可找，又有家庭社会关系"污点"，也不知道自己的考试成绩，只能听天由命了。

"1977年高考招生政审表"我是如实填写的。有关部门对我进行政审，是秘密进行的，能否过关，天知道！据说当时是凭考试成绩录取还是凭家庭出身录取，上层仍有争论。"凭成绩说话"仍难直起腰杆大行于天下。

初选后没几天，通知体检，全县通过大学、中专初选的考生一同进行体检。体检中心设在正在建设中的濉溪二中，那里刚盖好几排教室，门口还坑坑洼洼、凹凸不平，

119

院子里还残存着积雪。大卡车把参加体检的考生送到县城二堤口就拉货去了。

晚上，我们住在二堤口旁县种子公司的粮种储藏库，被子下面垫着一米多高的棉籽。身体的差异不是录取与否的重要决定条件，参加体检没有什么思想压力，此次进城比较轻松。也有一些人到县医院去找关系，以求体检中得到关照。我们不找关系的几个人一块在老城、新城和铁道线上闲逛，畅谈几年来劳动锻炼的感受、对恢复高考的感怀、参加高考的感想和今后努力奋斗的方向。

体检时间一天，我被检查出两眼色弱，其他一切正常。我一时有些紧张，带队和体检负责人安慰道："色弱对报考医学、化工、航空、军校等专业有一定的影响，报考文、理科一般不受影响，不影响录取，不必担心。"我才未把这当一回事。

体检后又是漫长的等待，我不得不再一次面对长期使我发怵的这件事：等待的煎熬，煎熬的等待。整天延颈举踵，引领而望，期盼着邮递员送来消息。

农历正月二十前后，村里一位报考中专的考生收到了学校发来的录取通知书，一下午张罗着晚上请客，而且是炫耀式地大张旗鼓。我们一块玩牌的小学民师被请走了。这无疑是给我的一个打击，我的心里恰如俗语所说：十五个吊桶打水——七上八下。又过了两天，周芳鲁被蚌埠医学院符离集放射专科班录取，也接到了录取通知书，我虽前去道贺，但僵硬的笑容下包藏着一颗失落惆怅的心。

我开始胡思乱想：是因为我的分数比他们都低？还是

120

因为家庭问题被政审刷掉？我已经很努力了，为什么得不到命运的眷顾？难道我必须放弃所有的梦想？我整天心神不定、烦躁不安，一连多夜睡不着觉。

又过了将近一个月，也没等来什么通知，我渐渐有点儿麻木了，麻木到心灰意冷，提不起精神，一时间，犹如丢了魂一般。母亲心疼地劝说道："看来今年没有什么希望了，复习复习再考吧。"父亲对我说："既然你想上大学，就是砸锅卖铁，爹也要圆你的大学梦。"父亲叫我去找一亲戚的近邻——孙疃中学的化学老师，到他那儿去复习。那一瞬间，我哭了。因为我知道，到学校复习一年，会给家庭带来多大的损失，而且复习一年又会怎么样？可是，我无法放弃，因为，上大学是我自小以来一直的梦想。

东邻西舍也来安慰说："这次都过初选了，没考上也差得不是太多，只要再努努力，下次肯定能考上。"我已看到，人家考上的都已上学一个多月了，也无法打听有没有希望了，无法了解是什么原因未被录取了。看来我要迎接人生第二次打击的考验，收拾收拾心情，不等了，准备复习再考吧。

正当我整理书本、准备去复习的时候，一天早晨，邮递员骑车刚到村头就大声嚷道："周贺鲁，你考上了。"随着话音，人已进了我家院子。邮递员是本大队朱家村人，公社电信所的临时工。我和家人都赶紧走过来，左邻右舍也都围拢过来。邮递员一边扎下车子一边说："贺鲁，你的大学录取通知书下来了。"说着从邮包里拿出一封信，在众人面前晃了一下。我伸手去接，他把手缩了回去，接着叫我拿私章来。我说："没有。"他说："这是挂号信，没有私章，不能给你，现在也不能给你拆了看，你吃过饭上五沟刻个章，再到电信所去拿。"说着，骑着车子就走了。是死灰复燃，还是枯木逢春？是天意的捉弄，还是人间的玩笑？悲喜交集，哭笑不得，五味杂陈……无论多丰富的词汇也难以描绘我此时的心情。望着邮递员匆忙离去的背影，我立马奔五沟，刻私章。

天无绝人之路，我的大学梦终于实现了。捧着录取通知书，我心想：就这一张纸，使我从小立下的神圣壮志降临眼前；就这一张纸，使我恢复了青春风采，重振了为理想继续奋斗的雄心；就这一张纸，改变了我的命运，使当初的回乡青年，成为恢复高考后的幸运儿。

我高考被录取的消息不胫而走，不但让我和家人兴奋不已，也让村里人感到无比振奋。至今要问我一生中最快乐的时光是什么，我会说，就是我收到安徽大学宿县地区师范专科班录取通知书的那一刻。

六

高考感怀

淮北大地浍水南，乡僻农舍是家园。

父严母励师友亲，草棚绳床灯阑珊。

农村生长知疾苦，回乡落锄盼朗天。

腹有文章开考时，东上宿州喜开颜。

122

上学的前几天，家里人忙上忙下，为我准备上学的衣物。父亲上集给我买来布料、新床单，母亲为我赶做了新衣服、新被褥。正如古人所说："慈母手中线，游子身上衣。临行密密缝，意恐迟迟归。"

那时，宿县的公共汽车只到孙疃浍河桥北，还未通到五沟、韩村等集镇，从五沟、韩村到宿县虽然不足百里，但没有公共汽车，只能搭乘其他车辆，很不方便。上学的前一天，父亲就去五沟集镇上联系，结果在公社拖拉机站打听到有一辆从五沟到宿城运沙子的拖拉机。

上学那天，二哥如同送我去参加高考一样，一大早就借来一辆自行车。当我走出村头坐上二哥的自行车出发时，父母的身影越来越远，直至看不到了。但我知道，他们依然在村头伫立，并且已经落泪了，那是他们看到儿子圆了梦想流出的喜悦的泪水，又是他们看到儿子远行落下的担忧的泪水。

二哥把我送到公社拖拉机站，让我搭乘拉沙子的东方红拖拉机上宿县去。一路上颠簸起伏，一路上深思遐想。回望来路，二十多年的时光就像一场纷飞的落叶，从童年、少年，一路飘到青年。从小学、中学，经回乡务农，到跻身于高考，有幸参加平等竞争，日复一日，飘在岁月中，荡在生命里。未来的新生活，也在脑海里不停地翻腾。大学是什么样的？大学课程怎么上？高校的老师怎么教？进入高校后要怎么学……对于一个闭塞乡村的小伙子来说，未来的一切都是新鲜的，不可想象。

拖拉机把我带到宿县西关入城的路口。下了车，不知道学校在什么地方，有多远的路程。我提挎着大小背包，一边走，一边问，走走停停，见人就问，累了就歇，歇会儿接着走。在微风的吹拂下，伴着沙沙作响的杨柳叶，顶着灰蒙蒙的天，走了一个多小时，安徽大学宿县地区师范专科班才出现在眼前。

到了学校，首先映入眼帘的是"热烈欢迎未来人类灵魂工程师"的巨幅标语，下面摆放着盛开的鲜花。几位早到的同学急忙帮我提包拎被，带我去报到、领物品、入寝室，到处是软言温语、欢声笑颜，我顿失疏离陌生感，感到无比温馨、亲近和愉悦。

校园坐南面北，大门外边东西对称的两栋教学楼是宿县地区实验中学。进了大门是学校的南北通道，过了两排对称的教室是学校的篮球场，场上对称安装着两副篮球架，这是校园的中心。球场南面一带是教工宿舍，东边是南北排列、相隔很近的几排教室，过了几排教室是一片开阔地带，这片地带的北半部是学校的大操场，灰渣铺就的环形跑道已有些毁损。南半部是学校的菜园，菜园中间有一口机井，上面盖了间机房，住着看管菜园的老师傅。菜园东边靠院墙还有几栋新建的简易教工宿舍，教学区与操场、菜园是一道内墙隔离的，中间开了个大门。西边紧挨篮球场的是学校的礼堂，主席台面南，是学校集会、公开讲学和文艺演出等大型活动的举办场所，过了礼堂是学校的政务后勤劳服区。整个校园没有楼房，礼堂是学校的最高建筑。

男生寝室在校园的西南角，是栋筒子房，坐南面北。

门正对着一条南北通道。门前是一片不大的空地，耸立着几棵参天大树，砌着的砖混自来水水池，是 200 余位学生洗刷、晾晒的场所。筒子房内走道两旁是临时围砌起来的单间宿舍，一间寝室 6 张高低床，上下铺，住十多人。

进到校园的深处，依然可见浩劫后的遗痕。男生寝室过了空地往北，左边是低矮的废旧厂房，据说那曾是惨遭破坏的校办工厂，门旁堆积着坏损的机械和碎钢烂铁；寝室右边是破旧的实验室和医务室，试验器皿、器械、物品残缺不全；再往前就是学生食堂，食堂是几间空旷的大筒子房，没有桌凳。尽管学校的物质条件很差，但对恢复高考后的第一届大学生，对于大多数刚从农村出来，经历过艰苦磨炼的 77 级学子来说，又算得了什么？它更激起我们求知上进的欲望，促使我们更加刻苦努力地读书。当时流行着一句口号：把耽误的光阴夺回来。

到了学校，我才真切地感觉到自己的生活发生了变化，最触动我的是我的同学们以及由他们共同创造的学习氛围。正如我在我的一首《高考抒怀》的诗中所言：

> 安师专校门初开，学子喜从四面来。
> 工农商学兵齐备，叔伯兄弟成一代。
> 择优万骏勤奋蹄，考制十年断又来。
> 堪做改革前奏曲，强国健步自此迈。

在我的记忆中，真正的读书阶段应该从 1977 年算起，即使今天我也觉得是这样。

125

入校的前两天，主要是新生报到、购置配备学习和生活用品的时间。还没有开始上课，教室里就已坐满了人。这些是不寻常的一代学子，他们经历过那场浩劫，深知青春中学识和机遇的可贵。历史与现实教会他们用行动诠释一切，"夺回被十年浩劫耽误的时间"不能停留在口头上。于是乎，我们积极投入紧张的学习之中。有的复习中学数学，有的钻研高考数理化试题，还有的在预习新课本。在此后的学习生涯中，尽管我们这群人年龄相差甚远，班上最小的与最大的相差一旬，但学习中激烈的争论、帮人解难时的诲人不倦、向人讨教释疑时的学而不厌，使我们这些怀着精神追求和知识饥渴、以天下为己任的一代高校生，决心用有限的时间，尽可能学到更多的知识，全力用知识武装自己，以本领打造自己，为将来投身社会干事创业奠定坚实的基础。

　　到校的第三天，班级进行入学教育，班主任谢景彩老师首先向我们介绍了学校的概况。这所学校的前身是宿县师范，始建于1949年，校名为"皖北区宿县师范学校"，1952年更名为"安徽宿县师范学校"，是宿县地区培养小学教师的基地，1966年被迫中断招生。"文化大革命"中后期又断断续续招收了几届工农兵学员。推荐上来的工农兵学员有些基础差，又学不进去，混了几年毕业，分配到下边学校任教，不称职，还闹了许多笑话。谢老师给我们举了两个事例。其一：有一工农兵学员分到一所小学教高年级的课，教了几天，教不下去了，磕磕巴巴照本宣科还时常念错，学生及家长意见很大，以罢课相威胁要求换老

126

师。学校把情况反映到公社，公社决定把他调离学校。他得知后给公社及学校写了一封信，不想离开学校，其中想写"我还想在这里干下去，我不能教大孩，可以教小孩"，他把"教"写错了，写成了"交"字，又一想，教书少不了张口讲话，就在"交"字前加了个"口"，写成了"我不能咬大孩，可以咬小孩"。其二：一工农兵学员分配至某学校担任班主任，按学校布置的任务想在班里搞个学习园地，要到教务处领笔纸墨，他写了一张领条，将要领的墨汁瓶写成了"黑汗瓶"，在该校闹了一场嘲笑风波。谢老师接着说道："为了扩大招生，今年年初，经上级批准，学校又在这里新设安徽大学宿县地区师范专科班。我们学校今年还招收了两班师范学生，比你们早来了一个多月。"并讲道，"高考的恢复，在社会上产生了巨大的影响，受到广大青年以及全社会的热烈拥护。在这次招生过程中，我们发现大批优秀学生，保证了高校新生的质量。中国科技大学破天荒地首次招收了一批 10 多岁的神童，开设大学少年班，被录取的人中最小的只有 11 岁，然而他们中学的数理化课程都已修完，有的还学了大学的微积分课程。"

最后，他还引导我们正确认识高校，适应高校生活，实现角色转变。高校的学习是一种自主学习，学什么，怎么学，学到什么程度，都是由自己决定。学校和老师的要求只是辅导性的。这与中学阶段系统的有督导的复习迎考有很大区别。中学时，主要精力是放在各门课的知识学习上，有明确的目标和范围，还有老师和家长的督导。来到高校，学习的方式就发生了变化，虽然也有老师督导，但这种督导大大减弱了，学生的自由增加了，责任也变大了。高校老师主要传授学习方法，引导学生进行分析、归纳、推导，知识的获得需要靠自己去做，要学会培养自己获取知识和信息的能力。学习不仅仅是在课堂里、教科书里，还在其他方面，如图书馆、实验室和丰富多彩的课外活动以及各类竞赛，还有聆听各类讲座、讲坛，及利用与同学、老师交流的机会，互相切磋等。高校里的学习同时要求我们在以后的学习过程中，除学好所设课程外，还要再学些文学，懂得一点文科方面的知识，也要有一些文化艺术方面的爱好和修养。

这是我上大学的第一课，也是让我开窍的第一课，几十年后，谢老师的声音还言犹在耳。

安徽大学宿县地区师范专科班 1977 级招收六个班：两个中文班，两个数学班，一个物理班，一个化学班。我所在的"数二班"招收了 47 人。师资有原来在高校，后来下放到中学任教，不久抽调上来的教师，有从其他大学调配而来的，还有原师范的著名高级教师。安徽大学宿县地区师范专科班学制二年，培养目标主要是中学教师。

入学的第一学期，我们的伙食采用包伙制，国家每人每月发给 17.5 元钱、36 斤粮票，一日三餐便有了着落。菜的花样很少，几无变化，早、晚餐永远是馒头、稀拉儿的清汤，另加咸菜。中午每人四两米饭，用搪瓷小盆上笼蒸的，四人一搪瓷盆，领来用筷子画个"十"字分开。六人一盘菜，围蹲在食堂外狭长的院道上狼吞虎咽，吃不饱可拿饭票另加。食堂有几次说是改善伙食，炒的净是猪肺，价格便宜，头两次吃着还香，后来就吃不下去了。现在想来，也够难为办总务的老师，以那点资金，在那种物质环境下，面对一群胃口正旺的年轻人，不精打细算搞点精神会餐能行吗？

第一学期专业课主要是中学数学、物理、化学复习，因过去中学阶段学得不够，毕业后还要到中学去教这些知识，打牢这方面的基础是关键。同学们学习都非常努力，除认真完成老师布置的作业外，许多同学还通过一些途径弄来复习资料和习题集，大家争相传抄，课堂上下，尽日解算。

学校非常重视学生的学习，采取多种措施抓教学质量：经常聘请一些社会知名学者、教授来校讲学，著名的物理学教授葛旭初曾被学校两度请来讲学；举办写作和数学、物理、化学等知识竞赛，办校刊，鼓励大家投稿等。校园学习氛围十分浓厚，同学学习都很拼命，你追我赶，谁也不愿落后，你六点钟起床，我就五点钟起床，别人十一点睡觉，我就十一点半就寝，个个争先恐后，人人唯恐时间不足。尽管课桌破旧，但同学们一坐在课桌前，便如久旱逢甘霖一样，如饥似渴地学习。尽管灯光暗淡，但同学们每天都自觉到教室上晚自习，不到十一点，几乎关不了灯。要是晚上学校停电，我们就到距离学校两公里的宿县火车站候车室，在昏黄的吊灯下看书学习。星期天，大家都早早地把要换的衣物洗晾好，办妥生活事务，就扎进教室、图书室看书学习，一坐就是半天，很少有人上街闲逛，偶尔上街，也多是到宿县小淤口的新华书店买些学习用品和所爱之书。

研究讨论问题时，我们争论得非常激烈，时常为了一个问题争得面红耳赤。求证或解算一道立体几何题，几个人利用墙角架杆支杠，造出立体实感，增强空间概念，探讨问题的解决方法。

带几何复习课的王显斌老师、教初等代数复习课的谢景彩老师和讲中学化学复习课的凌先昭老师都是享誉宿县地区的著名教师，他们深入浅出、举一反三的教学教法，阅历丰富、深厚渊博的知识功底，凝练流利、抑扬顿挫的授课演讲，行云流水、条理分明的课堂板书，衣冠楚楚、风度翩翩的仪表风采，生动易懂、透彻明了的教学效果，使我们心悦诚服、钦佩由衷，更增添了我们的求知欲和学习积极性，且为我们日后登上讲台树立了形象和榜样。正所谓"学高为师，德高为范"。

那时，中学课程复习没有课本，老师一边授课，一边给我们编印讲义，给我们搜集的题目，既有难度、深度，又有新意、趣味，更具有代表性、典范性。

第一学期四个月的学习，使我们对中学数学、物理、化学知识有了纵深的了解、全面的把握，为日后走上中学教坛打下了扎实基础。

学校不但重视学生的知识学习，还重视学生的身体健康、体育锻炼。每天早上第一件事就是各班整好队伍，伴随着学校高音喇叭送来的晨曲进入大操场集体跑步晨练。每天课间操各班都组织得非常认真，从不间断。课外活动时班级之间经常开展篮球、排球、乒乓球等比赛。我们入学不久，学校就开展了一次长跑比赛，这次长跑比赛给我的印象非常深刻，至今记忆犹新。学校提前一天进行动员，要求全体同学人人参加，提前做好准备。其实并没有什么好准备的，我和一些同学既没有运动鞋也没有运动衣，还是穿寻常的鞋、衣，要说准备，只是在乍暖还寒的天气里少穿一点，以防跑起步来淌汗，跑不利索。听了动员之后，我的心里有些恐慌、害怕，一是担心跑不动，二是怕坚持不下来。

学校把参赛运动员集中在大操场上，长跑活动开幕式一结束，随着裁判员一声枪响，同学们便像离弦的箭一样冲了出去。长跑队伍跑在宿县的环城大道上，构成了宿县一条流动的风景线。由于没经过训练，开始，我不甘示弱，奋力向前冲，身前的人一个一个地被我甩在了后面。可是好景不长，我觉得步伐越来越重，呼吸越来越急促，怎么也使不上劲，只得放慢速度。看着我身后的同学一个接一个地超过了我，我的信心减少了许多，坚持到底的决心开始动摇。汗水浸湿了我的衣衫，布满了我的脸颊，脸色也越来越苍白。就在我准备放弃之际，听到手提喇叭在喊："同学们，加油啊！5000 米的终点就在前面！"就这一句话，一声铿锵的鼓励，让我感到了希望，看到了光明。我用上全身的气力，向终点冲去，200 米，100 米，50 米，10 米，终于到达终点。这一次长跑比赛，不仅使我得到了锻炼，还让我深刻地领悟到一个道理，那就是"人生道路多艰难，拼搏苦战能过关"。

6月中旬，午收季节，学校组织全体师生到宿县地区农科所参加麦收。

吃过早饭，我们从学校出发，步行约3公里到达农科所试验田。上千亩金黄色的麦田，在阵阵干燥的风的吹拂下，麦浪起伏，沙沙作响。饱满的麦穗儿压弯了秆儿，好像弯着腰恭敬谦卑地等待着开镰的农民。

农科所试验田在宿县南郊三八河西段以北，南端有宿县地区的火葬场。参加麦收大军的除农科所工作人员和我校师生外，还有宿县卫校、电校、农校、工校、师范等校的师生。农科所准备了很多镰刀，拿到镰刀的人员负责割麦子，没拿到镰刀的打麦捆、拉麦子。

这是一支曾经历练过的劳动大军啊！农科所的人真可谓慧眼识英雄。割麦快的首先开镰冲趟子，随后依次排开，弯腰挥镰，你追我赶，只见人头攒动，只听"唰唰"作响，三镰迈一步，两步放一堆。打麦捆的紧随其后，抓把麦秸拧成绳鞒子，两手抓着两头紧贴麦铺，将麦铺抿住翻过来挤压结实，挽个节系上，捆好的麦捆整齐地排成一溜。接着是拉运的，三匹大马驾一辆马车，五六个人跟着装车，装麦子的将麦捆或抱或扛，装上车，垛得高高地、摆得齐齐地、捆得紧紧地送到场上。我先是被安排捆麦子，太阳照在身上火辣辣的，不一会儿浑身是汗。这又算什么？我忽然想起在生产队收麦子，一股干劲涌上心头。半晌后，场上的麦子拉多了，我和其他几个同学又被抽到场上。

在打麦场上，我们用麦杈把麦捆抖散，均匀地摊到场上进行晾晒，过一会儿像翻烙馍一样翻两遍，在火炉般的太阳下晒到中午，开始脱粒。那时脱粒已不是牛拽马拉，而是用脱粒机。我们很多人排在脱粒机旁向机子里不断地续麦，随着隆隆的机器声，另一边分离出的是饱满的麦粒和麦秸、麦糠。脱粒并不累，就是太脏，尘灰、麦糠吹得人满脸满头满身都是，呛得人喘不过气来，对面也看不出谁是谁，说话扯破了嗓子也听不出说的什么，但仍能带给我们乐趣：机子一停，躺在松软滑溜的麦秸上休息一会儿，还能嗅到麦秸散发的特殊味道。那是家乡的味道，丰收的味道，家家户户蒸白面馒头的味道！

中午，我们学校部分同学被留下接着干。午餐六菜一汤，鸡鱼肉蛋皆有，很丰盛，不可与学校的伙食同日而语。半斤大的馒头我吃了三四个。在学校四两饭也就觉得吃饱了，若觉未饱顶多再加饭二两，可这顿饭不知肚子怎么这么能盛，吃的量竟超出平时饭量的一倍多。

入学后的第一个国庆节假期，使我记忆深刻，至今难忘。9月30日下午上完课，我收拾好东西就赶忙奔向宿县公共汽车站。到站一问，当天开往孙疃的公共汽车没有了，想乘车去孙疃得等到明天早上。那时还没有开通宿县到五沟、韩村的客运线路，宿县公交通到离我家最近的点就是孙疃。回学校等到明天吧，学校从今晚就已停伙了，又没有小吃铺，饭店也很少，宿县只有几家国营饭店，买什么都得有粮票，别说没有钱，就是有钱也很少有地方买到吃的，吃饭成了问题。我们几个一商议：不等了，步行回家吧！

宿县离我家七八十里。起初，不知是思归心切，还是想体验一下徒步的魅力，心情很兴奋，走得很起劲。出城后，感觉一切都很新鲜，道路两边的棉花张开了嘴吐着棉絮向我们微笑，地里渐趋成熟的庄稼散发着沁人的芳香，撒满红芋片的大地在午后的阳光下显得那样耀眼，头上的一群群鸟儿也在为我们加油鼓劲。走了一段路程，我们开始觉得两腿有些酸，兴奋的心情也消失了，但仍然坚持着往前走。又走了一程，两腿抬动困难，手臂摆动不起来，口也渴了，只想歇一会儿。还未坐倒，远远看见从后面来了一辆运输卡车，我们几人老远就招手示意，想搭乘一程。可司机不买我们的账，快到我们跟前时故意放慢速度，慢悠悠地到我们身边又轰的一声跑走了，懊丧之下我们坐在地上休息了一会。后来，我们走走歇歇，歇歇走走，过了孙疃天就黑了，地里到处是星星点点的灯火，农民们正在抢着切、拾红芋片。我们早已无心欣赏风景，有路走路，没有路斜刺里穿过田地直往自己家的方向奔。过了五韩公路，我就看到我队王林地里灯火一片，我加快了脚步，很远就听见了熟悉的话语声，那是乡亲们在赶切红芋片，霎时亲切感扑面而来。找到家人，已是晚上十点多钟，看到父亲和我弟、妹都在摸黑夜战，我忘记了疲累，放下手里的东西就干，当把我家所分的红芋切完撒好已是深更半夜。回到家里，胡乱扒了两碗饭，倒在床上就睡着了。

一觉醒来，已是旭日东升。因为怕吵醒我，让我多睡会，家里人发出一切动静都小心翼翼。我起床后看到母亲一边忙着做饭，一边又去摊晒作物。我赶忙过去烧锅，并劝母亲："不能这样忙活，别累着。"母亲说："没事，这段时间我心情好，饭量也长了，感到浑身有力气了，我的病好像跑走了。身上一有劲，我就不想闲着。"母亲的声音是我所熟悉的，母亲的话语是我所期盼的。几个月没见母亲了，看到她果真如她所说的身体好了起来，我感到一股幸福的暖流涌上心头，这是我最大的欣慰，这是我家最大的幸福。尽管步行七八十里走来，但我却如自己所愿找回了"家"的感觉，找回了父母面前"永远的孩子"的感觉。这个国庆节我过得特别愉快。

从第二学期开始，我们开始学习大学课程。专业课主要学习数学分析、高等代数、空间解析几何、概率与数理统计等。数学分析是中学数学知识的拓展和延续，高等代数是中学代数的继续和提高，空间解析几何是在三维坐标系中，用代数方法研究空间曲线和曲面性质的一个数学分支，是用代数方法研究几何图形的一门科学，概率与数理统计是研究随机现象的数量规律的学科，有独特的概念和方法，内容丰富，结果深刻，是近代数学的重要组成部分，其理论与方法已广泛应用于工业、农业、军事和科学技术中。

这些课程逻辑性、理论性强，推论严谨，又很抽象，都是新概念、新定律，公式繁杂难记，很难理解和掌握。一开始，对老师讲的新知识，我虽然表面上听懂了，但没有明白知识得来的原因，正所谓知其然不知其所以然，总是感觉学到的知识不实在，但还硬着头皮跟着老师讲的进度赶，到头来，不太懂。至于做习题就更困难了，课后习题没有几道会做的。好在我有股"咬定青山不放松"的倔劲儿，刻苦坚持决不放弃。终于琢磨出了道理，捋出了头绪。挤时间课前预习，了解老师即将讲什么内容，相应地复习与之相关的内容，获得一个大概的印象；课堂上认真听讲，注意老师的讲解方法和思路、分析问题和解决问题的过程，记好课堂笔记；课后认真复习，把课本与笔记对照起来，逐一弄懂每一堂课所学内容的每一个环节，并把新知识与相关旧知识对接、联系起来理解掌握，有时还到图书馆查找资料和与同学一起研究探讨，弄清知识得来的原因，理解透彻之后，再做习题加以巩固。学习中，我还经常采用迂回的学习方法，提高学习效率。我先把那些一时难以想通的问题记下来，转而继续学习后续知识，然后不时地回头复习。在复习时由于后面知识的积累，就解决了前面遗留的问题，进而又促进对后面知识的深刻理解。采取这种迂回的学习方法，不仅温故且知了新，更因知新而"巩"了"故"。

进入高校后，我之所以如此顽强刻苦学习，是因为深知学习机会得来不易。经过"文革"和"回乡锻炼"，经过一系列人为的经济、政治的重压，我终于可以施展自己的能力与才华，此情此景怎不令人倍感珍惜？加之学习机会稍纵即逝，我更加抓紧眼前的一切，自愿付出体力、脑力去占有知识以丰富和提高自己，在不断的追求、探索中成长为一个真正的"对国家有用的人"！

两年的师专学习生涯很快要结束了。要毕业了，同学们人人笑容满面，个个欢欣鼓舞。我们满载着收获即将投入检验自己的新征程中。有的同学记录下学习生活了两年的校园里发生的有纪念意义的人和事；有的走出校园，把宿县一些有代表性的风景拍摄下来，作为纪念，作为终生享用的一笔精神珍藏；还有的用卡片、笔记本互赠留言，用"快张开翱翔的翅膀，勇敢地面对用武之地，执着地追逐理想，去迎接美好的希望"等豪情壮语互相鼓励，互相鞭策。大家都用一颗虔诚而快乐的心，展示一个真诚的自我，送出一个灿烂的微笑，给学业画上一个完美的句号，给即将开始的事业推开一道绚丽的大门。两年的同窗生活里，我们相互关心，相互帮助，取长补短，共同进步，情同手足，亲密无间。离校的前一天，班里举行了毕业晚会，同学们一一做了美好的道别，为师专生涯涂上了最后一笔暖色。

我的毕业感言是这样记载的：还记得刚踏入这所校园时，对一切都充满新奇。刻苦学习之余，积极参加各项活动，身心充满着活力，我带着这份激情与活力度过了两年的高校生活。高校自由的生活方式与高中阶段"填鸭式"及回乡"鞭牛式"生活有很大的区别，大多数时间都需要自己去安排。高校两年，我合理地安排自己的生活，并注重于自己各方面的发展。两年的时间，郁郁葱葱的校园里，活跃着我们"青春"的身影，洒满阳光的教室里，绽放着我们"勤奋"的笑容。仅仅两年，我的思想境界、知识水平、文化修养、分析问题和解决问题的能力都上了一个台阶，为"到宽广的大海扬帆远航、到浩瀚的天空展翅飞翔"

137

奠定了坚实的基础。

离校那天，我怀着依依不舍的心情，默默地到学校食堂、礼堂、教室、操场转了一圈。特别是从寝室到教室的一条隔离教学区与教工住宿区的东西向的水泥路，长不足百米、宽也就是三四米，古树夹道，夏日里如穹窿般的绿荫隧道，冬天交错的大树下洒下的斑驳的阳光碎影，是我们两年高校生涯里最难以忘却的记忆。那天，我又一次也是在校的最后一次，独自在这条校道上来回走了两趟，然后才恋恋不舍地告别了给我知识、教我做人的母校。

回首当年，我们这一代高校生，不仅阅历丰富，思想倾向也千差万别。不同的年龄、背景和人生际遇使我们抱着不同的生活理念和态度，但又都怀着同样的对精神与知识的双重饥渴，怀着同样的忧患意识、价值观念和以天下为己任的使命感，在人生的大方向上大致相同。我们争先恐后地汲取，平等坦诚地交流，面红耳赤地辩论，又在学业上共同长进，一同经历了亢奋、怀疑、反思、迷惘、觉醒的心路历程，便有了同学之间彼此相惜、互相理解的关系，直至几十年后我们仍然做到"海内存知己，天涯若比邻"。

在计划经济体制下，又逢拨乱反正、百废待兴，改革开放浪潮也将涌起，各地区各单位竞相延揽人才。一毕业我就被"统包统配"到濉溪县教育系统。母校也于1979年由"安徽大学宿县地区师范专科班"更名为"安徽师范大学宿州专科学校"，学制仍为两年。1983年更名为"宿州师范专科学校"，学制改为三年。2004年脱胎换骨，发展成为地方本科院校，更名为"宿州学院"。

宿县师专学习生涯记（一）

宿师生涯未能忘，泥腿没净上课堂。
"文革"压得十年苦，改革机遇万里光。
稀粥咸菜能果腹，数理解析可文章。
悬梁刺股真堪有，踌躇满志奔四方。

宿县师专学习生涯记（二）

入学背挎提，泥土销未及。
书卷不释手，解读算研习。
早晚咸菜馍，午饭一角米。
心系大前途，岂敢骄自己。

七

加入中国共产主义青年团是我青年时代的追求。

从读小学开始，我所接受的就是社会主义教育、新思想教育。老师不但教授文化科学知识，还谆谆教导我们要热爱祖国，热爱人民，从小立志，刻苦学习，使自己成长为德才兼备的社会主义新人，为祖国效力。在小学的学校教育中，我不仅学识字、学算术、学唱歌，还初步接受了共产主义思想教育的启蒙。伴随着"我们是共产主义接班人——"这首高亢激昂的《少年先锋队队歌》，小学二年

139

级，我光荣地加入了中国少年先锋队。童年时期对一切都是真诚的。入队那天，我抚摸着胸前的红领巾，暗暗下定决心：今后一定要努力学习，用知识武装自己，"时刻准备着"，让自己成为社会主义建设的有用之才。从此之后，我学习更加努力刻苦，值日劳动积极，不怕苦，不怕累，处处事事力争当先。正是那"用烈士鲜血染红的红旗一角"的红领巾的光荣感、使命感激励着我。几年之后，我以优异的成绩读完了小学。

上了初中后，随着知识的积累和年龄的增大，在时代背景和教育发展的影响下，我逐渐懂得了：年轻人要成长进步，必须靠近团组织，主动接受团组织的教育和培养，并刻苦学习政治理论和科学文化知识，要做到成绩优异，表现突出。我是这样想的，也是这样做的。我的学习成绩和其他表现一直在班级名列前茅。初中二年级，我就向学校团组织递交了入团申请书，提出了入团申请。到了初三快毕业的时候，其他递交入团申请书的同学都被批准了，成了光荣的中国共产主义青年团团员，而我则被拒之于共青团大门外。学校召开新团员入团宣誓那天，当看到新团员排着整齐的队伍，踏着乐曲走上主席台，学校领导给他们佩戴团徽，带领他们在团旗下宣誓的时候，我伤心极了，强忍着苦涩的泪水，把它向肚里咽。

进入高中后，我更加严格要求自己，勤学好问，一丝不苟，与同学打成一片，成为他们的知心朋友，互相帮助，共同进步，积极完成所担负的班级事务。入学不久，班主任和团支部负责人就分别找我谈话，要我提高思想认识，积极要求进步，经得住组织的考验。不久，我向团支部递交了高中阶段的入团申请书，结果，还是未被批准。出于关心，一些师生劝慰、鼓励我，要我继续努力，不能松劲泄气。之后我又递交了几次申请，一次次都是搁浅。我渐渐地对这事就麻木了，你爱怎么着就怎么着吧，我已无所谓了。

踏进师专之后，国家迎来了全党全国各条战线在思想上、政治上、组织上的拨乱反正，逐步清理了极左政治意识形态控制一切的局面。从中央到地方各级共青团代表大会相继召开，制定了新的《中国共产主义青年团章程》，摒弃了"唯成分论"及其以"家庭出身"画线论人的错误倾向。党、团员的发展走上了正轨，不再只论社会关系，而是重在个人表现。通过组织的帮助和自己的努力，1978 年，我光荣地加入了共产主义青年团，在大多数同学看来，这并不是什么非常艰难的事情，有的在小学时期就不知不觉入了团。但对我来说，从萌生入团愿望并奋力争取，到终于成为共青团员，我历经了近十年的考验。我漫长坎坷的入团之路终于走到了终点。入团不仅入得较迟，而且入得不易，那时，流行一句话叫作"走过夜路的人方知光明的可贵，吃过黄连的人才懂蜂蜜的甘甜"。从此，我学习了大量的共青团知识，时刻以"你现在是一名共青团员，应该具备共青团员应有的坚强与自立"告诫自己，进而，加入中国共产党则成了我那个时期的一个新目标。我更加努力地学习，积极参加各项活动。在枯燥紧张的学习生活中，我找到了自己前进的目标，也多了一种奋斗的快慰和追求的享受。

第五章 十年执教

三尺讲台，是施展才华的天地；

教学新法，发挥点石成金的魔力。

挥洒汗水耕耘，为了今天的幼苗早日成才；

倾尽心血浇灌，为了祖国的花朵更加绚丽。

深夜，批改作业，陪伴着的是爱人的鼾声；

黎明，撰写教案，抚慰着的是孩子的梦呓。

把自己当作一片映红东方的朝霞，托起希望，捧起旭日；

把自己作为一支熠熠生辉的红烛，照亮别人，燃烧自己。

这首诗歌道出了教师职业的辛勤和期望，平凡而伟大，没有教师经历的人很难写出如此有感触的诗句。"捧着一颗心来，不带半根草去"，是陶行知先生对教育工作者的崇高评价和道德要求，"学高为师，德高为范"是"老师"称号的基准。然而，长期以来，教师的命运多舛多难。

自古以来，所谓"学成文武艺，货与帝王家"，所谓"不为名相但为名医"，成了读书人的崇高志向。在职业选择上，很少有人愿意从事教书行当，所谓"家有三斗粮，不当孩子王"。究其原因，是因为教师在经济地位、社会地位上都不如其他阶层。相对于有钱人，他们贫穷；相对于社会上的三教九流，他们无力。他们在文明传承上的功绩无人击赏，甚至连教出了优秀学生的也被社会所遗忘。"老师"的称呼甚至被"教书匠""酸秀才""穷书生""布衣白皮"等所代替，他们是一个不能少却不被重视的阶层。直到中华人民共和国成立后，教师才成为国家干部，取得了"人民教师"的光荣称号，并被誉为"人类灵魂的工程师"。

"文革"结束后，党中央拨乱反正，以德以法治国，大力落实知识分子政策，多措并举提高教师地位、待遇，教师迎来了"科学的春天"，获得了"第二次解放"。我就是在这个背景下，从一个腿插地墒沟的农村回乡青年变身为师专毕业生，走上了教师岗位。

我没有丝毫看不起自己的自卑，也没有丝毫对平凡和辛苦的害怕，相反倒觉得自己幸运。教师职业，是我与之厮守的衣食依靠。

一

1980年春节过后，我按照宿州师专的要求，带着《安师大宿州专科学校介绍信》，到濉溪县教育局报到。当时，县教育局正在组织开展数、语、理、化、外各科教研活动，会议、座谈、学习在县商业局服务公司下属的濉溪饭店举行。手续交到教育局人事股后，我被留下来参加相应学科的活动，吃住在县供销社招待所（县教育局对面，淮海路西），十多人一起住在三楼的一个大房间里。数学组教研的议题是《怎样应对今年的高考，把握重点，攻克难点，抓好复习》。参加教研活动的都是各学校的高中教学骨干、全县知名教师。我们由于刚从学校毕业，对高中教学、教材和迎考情况不掌握、不了解，且与参会的老师们不熟悉，所以多是倾听，权当上课，很少发言。教研活动结束的第二天，教育局宣布了我们被分配的单位①，我被分配到百善中学。从濉溪乘坐公共汽车回家的路上，远远看到一片松林掩映的百善中学校园，那就是我将要奉献青春的地方！我激动得把头伸出车窗外看了好长时间，直至其消失在茫茫原野之中。

我是 3 月中旬肩挎手提行李乘公共汽车去百善中学报到的。

百善是濉溪县境内的公路交通枢纽，南北向的肖淮路与东西向的宿永路在这里交会。宿永路沿百善大堤穿三（铺）、四（铺）、百（善）、柳（孜）、铁（佛）而筑，此堤历史上被称作"隋堤"，是隋唐大运河的遗址。早年，濉

---

① 我们被分配的单位：安师大宿州专科学校 77 级毕业分配到濉溪县教育局报到的共 18 人：陈传荣、王洪安分配到濉溪中学，周传军、高祥分配到孙疃中学，雷霆、任启安分配到濉溪二中，周爱华分配到临涣中学，程家谋、徐凤平、邹久林分配到古饶中学，车敬全分配到铁佛中学，赵宏城分配到四铺初级中学，单永田分配到赵集初级中学，任明义分配到五沟初级中学，唐大典分配到徐楼初级中学，刘从军分配到岳集初级中学。

溪县以此堤为界分南北两大区域，大堤以南，称为"南五区"①，大堤及大堤以北地区为濉溪县北部。而恰在这分界线上的百善，则显得十分重要，集镇不大却车水马龙，远离城市却商贸活跃，百善中学也成为隋堤南北非同一般的学校。

我从韩村乘公共汽车到百善四岔路口下，这是我第一次走进百善。几经周折到百善医院找到了在此工作的乡亲王彦艾。他见到我很惊喜，看了看说道："你这大包小包行李的，干什么来了?!"我说："我被分配到百善中学了。"他紧接着说："春节在家，没听说你分到百善来，只知道你考上了宿县师专，这么快就分配了?"我又回答说："我们学制两年，开学晚了两个月，实际上在校学习时间只有一年多，春节前就毕业了。春节后到县教育局报到，报到后才知道分配结果，我事先也没想到能分到这里来。"王彦艾高兴地说："来了就好，我总算在百善有亲人了。马上我送你去中学。"他安排好医务，骑辆自行车，就送我去了百善中学。

王彦艾家住后藕池，是我藕池小学的校友、学兄，比我高三届，我上四年级时，他已小学毕业走进了韩村中学。他于1972年初高中一毕业就到了周大庄学校，当了民师，当时我在该校读初三，算是我的老师。他爱人是我的远房堂姐，我得喊他姐夫。

---

① 南五区：指1961年年底，濉溪县恢复区建制所设的南坪区、孙疃区、五沟区、临涣区和双堆区。

王彦艾对百善中学人地很熟，进入校园后凡遇着的教职员工无不与他热情地打招呼。到了校长室，我交上介绍信，校长把教务、总务主任叫来，简单向我介绍了学校概况，分配了我的工作和宿舍。校领导就一人，校长兼着党支部书记。校中层领导有：两位教务主任、一位总务主任和一位校团委书记。之后，我去房间打扫整理。随后知道，我在五沟中学读书时的物理老师杨西安、数学老师刘秀凤和政治老师李景新都在这里任教。当年的师生如今成了同事。晚上，杨老师在家设宴请了校长、主任和几位教师为我接风，王彦艾也被留参加。真是"他乡遇故知"，亦属人生一大乐事。

　　百善中学在百善集西南，距百善街约一公里，是"大跃进"时期在一片林地上建起的一所学校，当地人把那儿叫作"黄林"。校园四周围着高墙，大门向北，门前约60米的校道通往县乡公路，校道两旁耸立着两排断续成荫的松柏，松柏再往外便是田亩。学校靠公路新建了两栋教工宿舍。南门是个小门，出了南门便是学校的操场。操场很大，占地十多亩，全县中学生运动会曾几度在这里举办。南门和北门位于校园中轴线的两端，也位于校园南北通道的两端，学校几排教室以南北通道为对称轴坐落在通道两旁。

　　学校职工宿舍较为零散，不集中。靠公路有两栋，另有几位老师由于家庭人口多住在闲置的几间大教室里，除此之外，校园中轴线以东还有一个职工宿舍院，北屋（主房）七间，东、西屋（偏房）各三间。说它是院，它不是个完整的院落，南面敞着，没有房屋，也没有围墙，学校里的人都叫它"工"字房。七间主房校长办公兼住宿占了中间三间，西边两间是图书室，东边两间是总务办公室，东、西偏房住着一位教务主任、一位教师和几位职员。我的宿舍被安排在"工"字房西屋南端，是筒子屋间隔起的单间，隔音极差，这屋稍微有点动静，隔壁听得清清楚楚。十来平方米的房间除门之外还有四扇窗户，光南墙就有三扇，可用"通透"来形容。南墙的三扇窗户，两边的两扇小窗外面已被用砖砌上了，里边的窗扇框残格断，玻璃零落残破，黏糊的几张报纸也发黄脱落耷拉着。纵横斜拉的屋梁布满了不是很高的空间，显得随意而凌乱，为一些家藏动物提供了出没的活动平台，所以老鼠成灾。到了晚上，鼠儿们的嬉戏打斗使你聒噪难眠，久不能寐。最可恨的是它在你的蚊帐上蹦来蹦去，还时常钻到床上。睡不着我就开灯，灯一亮老鼠就慌张躲藏，一关灯，就又上了来。就这样要拉锯好多次才能度过一夜。灯的开关安装在梁上，开关线垂吊在床沿。老鼠恨我夜间开灯打扰，影响它们玩耍，一次竟把电灯开关线捋到了屋梁上，费了好大的劲才找到，不知它们是如何弄上去的，让我领教了老鼠的聪明。我把窗扇卸下来，想把窗洞用泥填满抹整齐，自己不会干，抹了半天，一扇窗户也没抹好，一校工见我笨手笨脚，看不下去了，就过来帮忙，人家几下就把窗洞填平，用抹子三推两拉抹好了。我感激得不知说什么好，当时心里蓦然闪出了伟人的一句话，就劳动技能来说，"高贵者最愚蠢，卑贱者最聪明"。无论什么时候，我应对劳力者有充分的尊

147

重与敬仰。把窗洞填平抹光后，从屋里看南墙才像墙样。

最可怕的是房间里经常有蛇出没。一次，我在盛东西的纸箱里竟发现了一条很长的蛇皮。还有一次，晚自习后一位同学到我宿舍来问问题，我们正全神贯注于问题的讨论中，忽听水桶旁有响声，回头一看，是一条盘作一盘的大蛇在戏水。我们刚一动身，棍子还未拿到手，它迅速从床底钻入墙洞逃跑了，吓得我从此不敢再把床靠墙而放。

那时，百善中学还是完中①，学制"三二"制，即初中三年，高中两年，全校共五个年级十个班，每个年级两个班。我到百善中学之初已是学年的下学期，学校安排我接替请产假的 W 老师代初二数学兼初二（2）班班主任。

回首当年，初为人师，我觉得我任教的第一节课颇有几分神圣的味道。备课时，我虚心请教了老教师，将导语、引入、板书、提问等一字不漏地写进教案，然后走上讲台，开始我职业生涯的第一课。

走上讲台，有几分激动。当年老师教改逼着我走上讲台给同学们讲课的情景，以及曾千百次设想过的当人民教师、站在讲台上的情景，一下子成了现实。按照我教案的设计，我对睁大眼睛盯着我的全班 60 多名学生说道："很高兴与同学们走到了一起，从今天起我们就一起学习了。我们初二（2）班是这个学校大家庭中的一员，我们要团结好、学习好、身体好，有什么问题我们共同想办法解决。"然后我开始介绍数学是怎样一门课，说道："数学是重要的

---

① 完中：即从初一开始到高中全都有的中学。

基础科学，是通向科学大门的金钥匙，伽利略说：'大自然是一本书，这本书是用数学写的。'不懂数学就无法真正认识大自然。华罗庚说：'宇宙之大，粒子之微，火箭之速，化工之巧，地球之变，生物之谜，日用之繁，数学无处不在。'"随后问道，"谁能举出我们日常生活中应用数学的事例来？"停了一会，有几位同学举起了手，我指一下，一位同学站起来说："我家的钟，还有学校的挂钟，从 1 到 12 表示 12 个钟点，1 到 12 这组数字无论是按正方形框，或是长方形框，还是圆形排一周的位置，是按等分圆周角分列出来的。"我问同学们："他说得对不对？"大家异口同声回答道："对！"然后我按座位表点了一位同学，叫她再举例。她说："我上学来回骑的自行车，停下来时，必须把车腿打开，才能放稳，这是利用了三角形的稳定性原理。"我说："回答得很好。数学就是锻炼思维的体操，会使人更聪明。学习数学能使人更合乎逻辑，更有条理，更严密，更精确，更深入地思考和解决问题，能激发人们的好奇心、想象力和创造力。"我接着说，"代数、几何都是数学，这两个门类只有到了初二才接触，在这之前，这两门知识统称数学。将来我们会了解得更清楚，它们是两个互不相同的领域，然而笛卡儿直角坐标系的建立却为用代数方法解决几何问题扫除了障碍，这在数学上，也实现了代数与几何的统一。要学好数学，一要勤动手。不是光用脑子想想就可以了。有很多问题，一时没有想明白，要用手去写写，说不定就做出来了，用脑子想出来的问题，再用手去写写，可以增强记忆。二是做作业。学习数学一个很重要的方法就是要完成老师布置的作业，如果只是课堂上听听，是远远不够的，在完成老师布置的作业的同时，还要多做课后习题进行巩固。三是课前预习，课后复习。上课之前做好预习，这样才能在听课的过程中重点听自己预习时不太懂的知识点。下课要及时复习，加以巩固课堂上所学的知识。"那时，初中毕业考中专是热门，大多数成绩好的初中毕业生都是报考中专。我告诉学生："得专心把基础题弄懂做会，考试时大部分还是基础题。"说完还有十多分钟，我让学生预习新课。

平心而论，我不知道我的第一堂课，学生听懂了多少，但我是把我所学和我的经验毫无保留地捧了出来。如果说引经据典讲道理有些严肃，那么，哲理说导和课堂提问、表扬鼓励则让课堂气氛活跃，点燃了学生的学习热情。同时，我也明显地感觉到课堂效果是不错的，从而开启了我此后教师生涯的良好开端。虽是第一堂课，虽是第一次见，但我能从那双双有神的眼中看出学生渴求知识的强烈愿望。有的腼腆地试探着与我交流，有的壮着胆子向我问问题。下课了，有几个还跟着追着问。我告别了梦幻般的学生时代，成为一名人民教师。第一次以教师身份走进课堂，感觉一切都是那样美好。

工作不久，就遇到教师评级涨工资。过一段时间我才知道，那个时候，教师增资不是够条件的都能长，而是按比例下发增资名额，学校组织评定。当时我经常看到：学校上课之后，学校里几位较有影响力的人物聚在"工"字房总务办公室，大都在晚上，咕咕唧唧"密谋"到深夜。

亲眼看到那些平日里摆出一副正人君子模样的学校领导和正襟危坐的中学教师，如何为几块钱的增资，阳奉阴违，献媚讨好，奴颜婢膝，钩心斗角；怎样为未涨上几块钱大发雷霆，寻死觅活，不依不饶。这使初涉社会的我见识了人的多面性和社会的复杂性，印象深刻。震惊之余，大惑不解。

当我把"评定增资""得奖评劳模"和为得到提拔重用巴结领导等一些奇怪现象讲给我的老师李景新听时，李老师说："刚毕业的几年对一个人的专业成长至关重要，这不仅关系到别人如何定位你的问题，而且将影响个人的职业态度与终身发展。尤其是前两年里，如果能沉下心来做事，工作习惯养成了，基础也算打好了。千万别小看前两年，它往往足以决定你将来几十年甚至是一生事业的发展。刚毕业不要被社会上一些阴暗现象所影响，不要被利益功名所吸引，不要热衷于搞与教学业务无关之事，分心太多，业务半生不熟，一时捡不起来，其他事没做成，教学又沦落到'不咋地'。要趁现在的大好时机多读些书，拓展、丰富自己的涵养和知识。"我知道，这是李老师在开导我，是教我学着用正直冷静的眼光看待社会，看待教师队伍中的种种人和事，见怪不怪，走好自己的路。

二

无论如何，对于一个来自农村的师专毕业生来讲，能留在交通便利的县办完中教书，已经算是幸运。而且，百善中学比我所上过的中学从校容校貌到公共设施、教学条件都好得多。此时，改革开放已在全国轰轰烈烈地展开，教育兴国政策已成为普遍共识，教学走上了将教育质量摆在首位的正轨，加之让我担任班主任，尽管有许多方面不尽人意，但有学校领导的信任，有老师前辈的指引，我仍看到了光明前景，这激发了我的工作热情，让我准备大干一场。

然而，这种热情并没有持续多长时间，我便被繁复琐碎、日复一日、"剪不断、理还乱"的教育教学和为人处世等许多问题泼了冷水。我不禁问自己：这难道就是我为之奋斗、奉献一生的舞台？我茫然了。又一次去找李老师倾诉。李老师说："教师工作本就细致而烦琐，百善这个地方交通便利，商贸发达，厂矿多，就业容易，学生学习动力不大，家长对孩子的学习也不怎么重视，教学工作就显得比其他学校更苦更累。但你既然选择了教师这一职业，就应干好这个职业。哪种职业哪个岗位好？我看都好，要干一行爱一行。我告诉你一句话：'教师干的活是良心活啊！'一定要脚踏实地，来不得半点的虚伪！"听了这语重心长的话语，我觉得脸红心跳，也豁然开朗。从此以后，每当我走在校园里，面对一张张活泼可爱的面庞，一声声清脆热情的问候，走进整洁的教室，看到一双双清澈纯真的眼睛时，我仿佛能触摸到一颗颗可塑可造的无邪心灵。我知道，我的心和他们贴得更紧、靠得更近。

百善的确有其特色。交通便利，商贸活跃，改革开放给这个地方首先带来的是财富意识的觉醒和解放。大批原住民弃农经商、经运，干起了个体，一心扑在挣钱、盈利上，很少有时间顾及孩子的学习教育。相对于发家致富的理念，他们对子女后代的培养教育则宽松得多、消极得多。尤其是当用金钱衡量一切的时候，学习、读书、考学、深造，则显得更加苍白无力。他们十分现实，把读书的目的最终归结于挣钱养家、挣钱致富。很多家庭对子女没有多高要求，只要能混个初中毕业，略通文墨、账不糊涂就行了。孩子往往一毕业，就被带着一块做生意，父母最大的愿望是孩子多挣钱、快挣钱，弄好了还能当个老板。因此，对孩子的学习成绩好差无所谓。"成绩好，考上高中、大学，不还是为了找个工作？大学毕业找的工作，也不见得就比初中毕业回来做生意挣钱多、强哪儿去！白耽误工夫不说，还得多掏多少年的学费。"正是在他们的这种新形势下的"读书无用论"思潮的影响下，一些学生，上学抱着"混"的态度，调皮捣蛋，游手好闲，学习不愿意勤奋、努力、刻苦。又加上新开的百善矿离百善中学不远，有些不愿学习的学生跟游手好闲的矿工混到了一起，有时在学校寻衅滋事，自己不学习，还影响其他同学。

我针对这些情况和问题，一是向老教师请教教学和班级管理经验；二是认真学习、钻研、探讨教育理论，从中找出解决问题的办法。关于教育，许慎在《说文解字》中解释说道："教，上所施，下所效也。育，养子使作善也。"孔子说道："大学之道，在明明德，在亲民，在止于善。"明德、亲民、至善是教育的目的，或者说是树人教育、做人立人教育的终极目标。鲁迅说道："教育是要立人。"蔡元培说道："教育是帮助被教育的人给他能发展自己的能力，完成他的人格，于人类文化上能尽一分子的责任，不是把被教育的人造成一种特别器具。"陶行知说道："教育是依据生活、为了生活的'生活教育'，培养有行动能力、思考能力和创造力的人。"古今教育家关于教育的论述无不阐明了这个道理。挣钱，没有错，但一味地为了挣钱而挣钱则是一种短见行为。没有高素质的文化教育作背景，不仅挣钱，特别是挣大钱不易，即便挣来了钱也不过是挣来了一个暴发户、土豪，未来的路是走不远的，或者跟不上时代、社会发展的步伐。而这个道理恰恰是当时的历史条件下必须向学生和家长讲清楚的。学校教育，就是教书育人，就是给学生一条长远走下去的康庄大道！作为教师，教书育人是天职，在传授专业知识的同时，还要以自身的道德行为和魅力，言传身教引导学生寻找自己人生的意义，实现人生应有的价值追求，塑造自身完美的人格。

为引导学生正确对待学习，我多次组织班会，讲解青少年上学读书的重要性、必要性，畅谈科学文化对一个人、一个民族、一个国家发展壮大的重大意义，列举古今中外仁人志士为渴求知识、追求理想顽强拼搏的英勇事迹。但是，我发现许多感人事迹并不能深入学生们的内心，许多学生甚至将其作为"大道理"而左耳听、右耳出。于是我便有意召开了一次有针对性的班会，向同学们提出："你们为什么要坐在这里学习？"同学们你看看我，我看看你，过了一会儿，一个同学站起来回答道："为学习本领，今后找个好工作。"接着一位同学说："为学习知识，将来为国家、社会服务。"还有的说："是我爸妈叫我来的。"我听了同学们的回答，并没指责"找工作"的狭隘，也没指责"为国家"的宽泛，更没批评"爹妈论"的被动，而是根据同学们的现实心理，综合归纳，说："大家回答得都很实际，也很实在，说出了自己的真实想法。我们之所以坐在这里读书、学习，就是为了增长知识、技能，为今后的服务社会奠定基础。而将来能够服务社会，既包含了你为国家服务的博大胸怀，也满足了你找份好工作的需要，更是对你父母莫大的安慰。为了达到这一目的，就必须学习、努力。古人云：'人生如朝露'。人的生命像苇草般脆弱易折，人要想强大，就要学习。趁现在都很年轻，抓紧学习吧，为了将来有一个强大的自己！"

为激励学生的学习热情，我通过测验、课堂提问等方式摸清班里学生的学习情况。通过摸底发现，60 多位学生，有的学生成绩好一些，有的学生成绩差一些，他们之间的差距还非常大。我就给他们重新排位，采取"一帮一，一对红"的方法，让那些差的学生和好的学生坐在一起，这样就让那些学习差的学生一方面被成绩好的同学所感染、影响；另一方面遇到问题时，可以及时得到帮助。同时，成绩好的学生，也会学着去理解帮助那些不如自己的同学，互相影响，互相促进，从而激起同学们的学习热情。

我要求学生勤奋学习、友善待人。我首先善待学生，与学生之间建立信任关系。我清楚"身教胜于言教"的道理，作为教师，你是学生注视的对象，也是他们仿效的榜样。走上讲台，已为人师，为人师表绝非一句空话，而是要用"诚信"二字去验证的，怎么说就得怎么做。

我希望学生能够和气待人，自己首先要对人和蔼；希望学生做到认真勤勉，我就做学生眼中的认真勤勉者，不但从不迟到、早退，而且凡是上的课，绝不偷懒或擅改自习课；我希望自习课上学生能认真学习，保持良好的课堂纪律，我自己就走进班级陪着他们自习，坐在他们中间沉下心来读书；为及时了解和掌握学生情况，我每天都早早地走进教室，放学后等学生走了才离开教室，无形中给学生营造严肃认真、以师为范的氛围，从而建立起"师生共济"的人缘关系，让学生能够自觉地安心在校学习。人，总是讲良心的。我还根据学生的爱好，组织了兴趣小组、班级篮球队，利用课外活动时间，带领、引导学生出黑板报、参加兴趣学习和娱乐活动，使学生拓展课本知识，提高学习兴趣，增进团结友爱。

我代的数学课逻辑性、连贯性强，前面的学不好、弄不懂，后面知识的学习就更加困难，一些学生感觉数学课枯燥乏味，直言不讳地给我说："你虽然给我们讲了数学的作用和学习数学的重要性，可上数学课我就提不起兴趣来。"这更加引起了我的思考：作为教师，把课上得是否有趣，是否有更多的学生愿意听你的课，是检验他的教学水平高低的尺度和砝码，它不仅检验教师的专业素质，也检验人文素质，不下一番功夫，不去为学生着想，不真诚地热爱你的职业和岗位，是万万不行的。

为此，我以课堂教学为基础，找来初中数学的全部课本和教科书，认真钻研课程目标、学生特点和教学内容等有关知识，弄清楚"教什么""怎么教"。初中阶段，学生的思维处于直观形象到符号抽象的转折阶段，帮助学生度过思维的转折期是初中数学教学的难点和重点。如何使学生通过初中数学学习，获得适应社会生活和进一步发展所必需的数学基础知识、基本技能，能体会数学知识之间、数学与其他学科之间、数学与生活实践之间的联系，能利用数学思维方式进行思考，增强发现问题、分析问题和解决问题的能力，是提高学生学数学的兴趣和学数学过程中的乐趣、动力的关键。对于我来说，我必须首先吃透教材，全面细致地了解初中数学教学内容，就我所教授的初二数学而言，初二数学与初一、初三数学知识之间的关联、衔接必须清晰明白；其次，使学生了解和掌握数学的价值，明确"为什么学数学"，提高学生学习数学的兴趣，增强学好数学的信心，养成良好的学习习惯；第三，让学生清楚"我们应当学哪些数学知识"和"数学学习将给学生带来什么"等问题。

教学过程中，我想方设法采取多种措施，不以概念阐释定义，不以定义推导定义，而是尽量以生活现实和物质现象让学生通过实验、归纳、猜测，逐步找到规律，将意义一般化、概念化，并充分发挥学生的想象，尽可能多地寻找出各种答案。这样一来，抽象的概念就有了具体发生的起点，学生建构起自己对问题的理解。学生从行为、情感、认知等多个方面投入课堂教学过程，学生自身的知识、能力和品质都能得到全面提高。

课堂上我坚持把学生当作教学主体，使学生在学习数学操作活动中，把它看作是一个"做数学"的过程，来建立对数学知识的理解。同时指导学生从"数学现实"出发，自己动脑动手"做数学"，用观察、模仿、实验、猜想等手段收集材料，获得体验，并作类比、分析、归纳，逐步达到理解、掌握、应用的实效。

具体教学实践中，我注重培养学生提问题和解决问题的能力，使学生善于从数学角度提出认识和理解的问题，同时启发学生学会运用多种方法解决问题。如：教授平行四边形性质时，鼓励学生从边的特点看，再从角的特点看，且从这类图形与其他图形（一般四边形）的区别看，来发散学生思维，使其在更深层次上认识所学的内容。

我也注重培养学生应用数学的意识。例如"用正方形的纸通过剪、折搭成一个无盖长方体，使其容积最大"的教学问题。引导学生从熟悉的折纸活动开始，通过操作、抽象分析和交流，形成问题的代数表达。再通过收集有关数据，归纳不同的数据，猜测体变化与边长变化之间的联系。最终通过交流与验证等活动获得问题的解，并对求解过程做出反思。在这个过程中，学生体会到图形展开与折叠的字母表示、图标制作与分析等方面知识的联系和综合应用。

在注意把学生的视野拓宽到生活空间方面，我运用观察、操作、交换、坐标、想象、推理等多种方式处理现实空间和图像问题，为使学生体验更多的刻画现实世界和认识图形特征的角度。从"图形的性质""图形的变化""图形与坐标"等方面展开，使学生不仅认识一些基本图形，证明一些基本图形的性质，而且还接触了物体的影子、中心投影、平行投影，以及从不同方向观察物体的现实；使学生在对这些问题学习的过程中，感受到图形与几何和人类生活的密切联系，感受其文化价值，激发学生对图形与几何的好奇心，提高学习数学的兴趣。如对于点、线、面的教学，使学生通过丰富实例，在具体背景中理解这些基本元素及其关系，了解它们的应用。在教"角"的概念中，列举大量"角"的形象，要求学生把这些形象印在头脑中，并从中得出角的本质特征——从一点引出的两条射线所形成的图形；在教图形的性质内容时，着重强调对图形性质的探索，鼓励学生通过观察、测量、折叠、剪拼、类比、归纳等多种方式，探索图形的性质。例如：为探索三角形全等的条件，首先向学生提出：需要怎样的有关边或角的条件才能做出与已知三角形全等的三角形。学生通过画图、观察、比较、推理、交流，在条件由少到多的过程中，逐步探索出 SAS、ASA 和 SSS 三角形全等的性质。在这个过程中，学生不仅学到了两个三角形全等的条件，同时体会了分析问题的一种方法，积累了数学活动经验。在函数教学中，先从探索现实世界中变量之间的关系开始，通过提出学生感兴趣的日常生活或其他课中的问题，使他们体会变量和变量之间相互依赖的关系，并尝试用数学方法描述变量之间的关系。使学生体会到 y 随 x 的变化而变化，有一个 x 就有一个相应的 y，在此基础上，得出函数较为抽象的表述："在一个变化过程中，有两个变量 x 和 y，如果对于 x 的每一个值，y 都有唯一的值与之对应，那么就说 x 是自变量，y 是 x 的函数。"进而给出函数的表示法和表示方式之间的关系，以及利用函数观点认识方程和不等式等，进一步拓宽了学生对方程和不等式的理解，也使学生体会到了数学知识之间的关系。而这一切，都是我在可资借鉴极少的困难情况下独自摸索的。往往有丰富教学经验的"好老师"数量太少又趋于保守，想从他们那儿拿来些什么确属不易，加之资料缺乏、信息不畅，不得不自己给自己施加压力，少睡觉，少闲聊，少做与业务不相干的事，在教学方法上如暗夜行路，摸索前行。

经过一段时间的努力，我所带的班级数学成绩有了很大的提高，我也从中获益匪浅，是我的学生促使我深入钻研业务，是我的学生"逼"我走上在数学教学上的"驾轻就熟"之路，以至于后来有许多学生希望跟我上数学课，反过来我感激我的学生。

1980 年 6 月，县教育局调整全县高中布局，南坪、五沟、四铺、铁佛四所中学撤去高中部，改为初级中学。铁佛中学高中部任课教师部分调入百善中学，加强了百善中学高中部的师资力量，同时，县教育局安排百善中学扩大高中招生名额。暑期后开学，百善中学新招高一三个班。当时百善中学数学教师富余而化学教师小缺，校长和教导主任就动员我改教化学，以解燃眉之急。我那时刚参加工作时间不长，阅历较浅，只知道一切服从组织，一切服从领导，并没考虑跨专业之难和一切从零开始的不易，就同意了。过了一段时间，百善中学高中部整合：两班高二合并为一个班，三班高一并做两个班，又逢初二的一位数学老师调出，我又回任初二数学课教学。看来，经过这段时间的折腾，数学还是我的本行。

但是，无论教哪个班，代什么课，我始终坚持以教书育人、传授知识为己任，尽心尽责，把自己的所知所能毫无保留地传授给学子们。我不但倾心于自己所带的班级，也对其他热爱学习、渴求知识、找我求解问题的同学精心辅导，耐心帮助解惑释疑，受到学校师生的赞誉。

到百善中学任教的第二学期开学不久，一天，下了课，我刚到办公桌前坐下，教务处 C 老师一脚门里一脚门外地叫道："周老师，有你一封信。"我以为是我分到外地的同学给我的来信。一般也就是互致问候，通报近况的那种。我接过打开一看，信上却是："周老师，感谢您一学期以来对我的关照和帮助，我已连续 3 年报考中专，今年终于如愿以偿。今年我能考上中专，主要是来自您的随问即解辅导。几个月来，您对我是有问必答、耐心讲解，您解题的思路、问题的多解使我受益匪浅。您知道吗？今年中考，我的数学将近满分，物理、化学也较前两年有很大的进步。非常感激，真诚地感谢。"这封信是从淮北卫校寄来的。

我恍然想起，写信者是本校职员的女儿，1980 年上半年在初三复习时住我隔壁。她学习努力刻苦，勤学好问，常常学习到深夜。节假日不是去教室，就是在寝室苦读，却屡试不中，吃亏就吃在数学上。那时，毕业迎考是题海战术，习题集、模拟试题，一套接一套，上本连下本，使得学生整天读解、尽日习算。学生做题多，碰到的问题就多。课堂上有老师指导，尚可获得大致解决，课下同学间的讨论，也能囫囵吞枣般地得到一些启示。可在寝室独自面对问题就难解决了。开始由于比较生疏，且我不是她的任课老师，她拿着题目来找我时很忸怩，我却热情接待，对她的每一问题都认认真真予以解答，不但帮她找出答案，还教给她解决方法，一道题往往给她多种解法，使她次次满意而归。

一段时间以后，彼此熟了，她找我问问题就不拘谨了，次数也频繁起来。不论什么时间，只要我在，有问题就来，我则有求必应，有问必答，答必使其满意。后来，连课堂上他们师生共同努力也未解决的问题，也拿来问我。我那时师专毕业时间不长，虽然教学经验不足，但中学数学的知识基础是扎实的，对数学题解思路清晰，知道如何下手，有灵活的方法。所以哪能无法帮助一个上进心和求知欲强的同事小孩呢？

看完这封信，我一半欣慰，一半惭愧。我没做什么呀！帮助她解几道题目、解决几个问题不过举手之劳，而这举手之劳却赢得了一颗来自求学者的感激之心，反过来又深深地教育和启发了我：送人玫瑰，手有余香。

1981年暑期过后，百善中学又招收高一新生三个班，学校安排我代高一两个班的数学，并任高一（1）班班主任。教导主任把从县教育局拿来的《新生录取学生信息表》交给我，由我具体操作高一新生的分班。

在高中数学课教学中，我学在生掌握基本知识的前提下，把发散学生的思维、培养学生发现问题和解决问题的能力作为目标要求。

两年后，我带的班级学期期末考试成绩很好，我获得了学校的认可，本校教职工及其亲友的子女都纷纷要求到我所带的班级上课。

在百善中学任教期间，我喜欢打篮球。为活跃职工文体生活，我牵头组织教职工篮球队，早上撂撂，锻炼锻炼身体；下午课外活动与学生一起锻炼或进行比赛，有时还到临涣中学、柳孜中学和百善矿中学等友邻学校交流交流。

当时，百善中学体育教师缺编，十多个班级只有一人带体育。这位体育老师还不是专业的。原是小学校长，"文革"开始不久就被屈打成反革命，挨斗、受批，被折磨十多年，"文革"后获平反昭雪，被分配到百善中学带体育。虽是体育教师，却实则体育不专业，加之年龄较大，课上只能带着学生列队、做操。

1980年暑假过后新学期开始，县教育局通知："为活跃中学学生体育生活，加强学生体育锻炼，提高学生身体素质和体育技能，本学期将开展一次中学生篮球赛，先分区选拔，后进行决赛。望各学校务必做好充分准备。"接到通知后，那位体育老师慌了，他看我平时喜欢打球，就把队员选好后执意让我带着训练。我哪儿行啊？对篮球、乒乓球等，只是爱好，会打、能玩。陪训、助训还能将就，专业训练可就不行了。毕竟我没学过这个专业，也没有在这方面专门培训过，为慎重起见，不得不拒绝体育老师的盛情之邀。这让那位老师十分为难。一天，他再次向我提起此事，那副焦急、无助的表情令人同情。但我确实不行。他继续央求道，给他推荐一人，也好完成工作任务。我突然想起了高中校友李心斌。

在五沟高中上学时，李心斌比我高一届，他篮球、乒乓球、排球都很专业，小学、初中时就多次参加宿县地区举行的少年篮球、乒乓球比赛，参加过县少年篮球队训练。当时，他是五沟小学不在编民师，来中学任体育教师，是带篮球、乒乓球队训练的合适人选。我向杨西安老师征求意见，杨老师认为很好。于是，我们就一同将李心斌推荐给了那位体育老师。不久，通过考察，学校同意，经教育局批准，李心斌进入百善中学任代课体育教师。

李心斌来到百善中学，果然不负众望，学校体育教学质量有了很大提高，教职工文体生活也得到进一步丰富，教工篮球队的实力大大加强，特别是训练、培育了一支高水平的百善中学学生篮球队，在当年全县中学生篮球比赛中取得了优异成绩，使百善中学名扬全县。

一年后，家住县城的白沙中学体育教师王长新要求北调，县教育局批准他与李心斌对调。这样，李心斌调到了白沙中学，不久转为国家公办教师。这不经意的一荐，成就了一个人的终生职业。

上班之后，有了工资，也有了紧张规律的生活。但仍时刻惦记着家，惦记着年迈体弱的父母，为减轻父母的负担，我把我五弟带到百善上学，跟我吃住。但对家里还是放心不下，担心家人的生活，担心家里的吃饭烧柴，一有机会就想回家看看。

1980年寒冬的一个星期天，我到师专同学、同在百善中学任教的徐凤平家赴喜宴，饭后骑着自行车回家看望父母，途中下起了雪。初下时，雪片并不大，也不太密，如柳絮随风轻飘。随着风儿地不断劲吹，雪片越来越大，雪越下越密，像连绵不断的帷幕，往地上直落，不一会，到处一片雪白。我未带雨雪防具，急蹬快骑跑到家，外淋里汗，浑身上下全湿透了。正如唐诗所云："日暮苍山远，天寒白屋贫。柴门闻犬声，风雪夜归人。"晚上，一家人围坐在锅灶旁吃着母亲做的热腾腾的饭菜，家常便饭，倍感温馨。然而母亲却没在饭桌旁。我一回头，看到母亲拖着疲惫的身体，满面慈祥，在锅头灶前烘烤我被淋湿的衣服，顿时，触电似的一股热流涌上我的心头，迅速蔓延全身，这是母亲的爱啊！我感受到了，而且是强烈地感受到了，无论什么功名利禄，什么尊荣富贵，也比不上依偎在父母身边的那份安详，那份温暖和幸福。

这次回家是因为暑假开学后，一段时间没有回家。这次回家有两件事使我十分惦记：一是母亲身体欠佳，进入了严冬，不知情况如何；二是，农村一直生活拮据，一到冬天，铺了雪雨，烧柴比吃粮还难，时常一天只吃两顿饭，晚上大多不动火，不知今年家里怎样。回到家里，心里一亮。村里有了磨面机，吃面不用推磨拉碾了，减省了繁重的人力劳动。大小粮囤都满满的，口粮充足有余，秸柴大堆小垛好几个。即使雨雪连绵，也不用为烧火做饭发愁了。

165

由于生活条件的改善，母亲的身体也好了许多，又撑起了家务。家庭联产承包责任制才实行两年，农村竟发生如此巨变，可喜、可贺。拉着板车跑一百多里用红芋干换炭，已成永远的往事了。

第二天一早，我穿上母亲给我烘干的衣服，早早起床，要在七点半以前赶到学校。刚一开门，北风卷着雪粒扑面而来，使我打了个寒战。母亲说："吃过饭再走，我这就起床去做。"我说："不用了，到学校再吃，来得及，天这么早又这么冷，您别冻着。"母亲接着说："我今年身体好多了，不碍事。吃点饭身上暖和，好有劲骑车赶路。这么冷的天，空着肚子，怎么撑得住？"母亲说着说着，披衣坐起，执意要起来给我做饭，我坚决不同意。母亲失望地说："吃了饭再走，能耽误多大会儿？"母亲那慈祥的面容、疼儿的心声，给我增添了抗寒力量，使我至今难忘。

那时的农村没有看钟表起床的习惯，尤其是冬闲季节，祖辈传下来的早睡晚起仍为人们坚守着。所以，时间概念以及按时准点观念在农村中是淡薄的。当人们还在暖暖的被窝里睡梦正香之时，我已骑着自行车驮着背包，顶风冒雪冲出家门走在路上了。

雪粒携着寒风在冬日的清晨狂奔，四面八方只看见一条条白色的斜线，飞雪占据了世界，到处一片银白。路面上，雪被猛烈的北风刮走了，结成了冰。我的自行车轮在上了冻、光溜溜的路面上滚动。独自一人置身于茫茫雪原，迎着呼啸的北风，左拐右抹，晃来晃去，犹如一只小动物在苍穹下艰难地蠕动。风雪不停地吼叫着，几次要把我从自行车上甩下来。露在外面没有任何遮挡，一直与风雪厮磨的手、耳、鼻和面颊冻得更加厉害。寒气不住地穿透衣服向我身上直刺，落在头发、衣领上的雪从脖子里钻进来，冰冷砭骨，冻得我发抖。迎面的雪粒还不住地击打我的眼睛，使我只能眯着眼睛艰难地行驶，40多里的路程竟骑了两个多小时，全身冻僵了，四肢麻木了，到了学校，我打了两瓶开水，泡了20多分钟，手脚才舒缓过来。这次经历，让我感受到：生活，本就是一场搏斗。

在百善中学工作期间，J校长给我的印象较为深刻。此领导身高体匀，说话慢条斯理，走路慢慢腾腾。性格有些孤僻，与老婆同住不同吃，不吃老婆做的饭，喜欢白酒浓茶生辣椒。

J校长喝酒多喝烈酒，凡酒局有请必到，一喝就醉，酒后喜欢抹着鼻子说醉话。一天晚上，不知这位领导去哪儿吃酒了，夜深未归。老婆叫起主任说："不知道老J哪儿去了？到现在还没回来，是否出了什么事？"主任赶快拉几位教职工去找。我与校长、主任住在同一院里，首先被喊了起来。几个人在校园里转了一圈，把校长可能去的地方都找遍了也没有找到，我们也急了。一位校负责人说："今天未接到县局有什么通知，他不可能去县里。"另一位同志说："下午放学我还见到J校长了啊。"我们怕校长酒喝多了发生意外，就去学校附近的小李庄和百善街校长可能去的地方找，结果还是没找着。这时天也快亮了，无奈之下我们只好先回学校。当我们回到学校时，J校长不知从哪儿也到了家，见到我们，醉态可掬地点抹着鼻梁，欲言又止，看他那副狼狈相，又好气又好笑。虚惊一场，我们就各自回寝室洗漱了。

J校长喝茶，喜欢浓度大的茶，一杯水要放半杯子茶叶，泡出的茶似浓红糖水，浓涩至苦。吃饭却不讲究，多在教工食堂，一般很少用碗，他不喜欢喝粥、汤，拿两个馍，擦两个青红辣椒就着，就是一顿饭。据说他后来患了严重的胃病就是由于吃饭不规律、营养不良和长期食用刺激性较强的物质所致。

J校长工作责任心不是很强，对教学工作重视不够，没把教学质量摆到应有的位置。他任职期间，教职工很少集体学习，学校很少开展教研活动，教师之间交流也很少。高中部连续多年高考"白皮"，初中毕业生每年能考上中专、高中的也为数不多。我调出百善中学后，J校长还继续在那里工作。

1982年4月，县教育局新一轮高中布局调整，撤销百善中学、双堆中学的高中班。百善中学高中部的学生被就近并入濉溪二中和临涣中学。暑期，县教育局对百善中学教师进行了较大调整，我被调到城郊初级中学。

从1980年3月踏进百善中学到1982年7月离开，我在百善中学工作学习了两年四个月。两年多的时间里，校园的景致没有太大的变化，变化的只是一年一年来了又去、去了又来的少年学子。

168

三

城郊初级中学的前身是濉溪第二师范，1959 年 7 月开办，1961 年 2 月停办，后改为濉溪县第二初中，1969 年下迁到钟楼，1973 年 2 月又在县第二初中校址创办了城郊初级中学，1983 年 4 月 1 日改为城关三中。

城郊初级中学坐落在濉溪城北东西濉河路与南北虎山路交叉所成平面直角坐标系的第一象限（现为口子实验学校的北半部分）。东临城关八小，南连城关一中农科试验田，西靠虎山北路，北接武店村的农田，从坐标定点沿虎山路向北约 100 米过了城关一中农科试验田便是城郊初级中学。校园宛如坐落在田野里的一片农庄，真正可以算作"城郊"了。那个年代都是县乡小道，当时我已成婚，从我家所住城关一中到城郊初级中学，骑自行车也要将近半个小时。

城郊初级中学的学生，大都来自濉溪镇四关以外的郊区农村，除了白天的课程外，几门主课任课老师晚自习都排课值班，我代数学课，几乎每天都是早早吃了早饭，骑自行车到校，赶着上上午的课，每天上午至少两节，有时三至四节。中午十二点半到家，草草地吃了午饭，又去学校，赶下午的课、批改作业、备课或者参加学校的活动。下午放学后到家吃了晚饭，再去学校上晚自习辅导课，三公里的土路我每天骑自行车来回要跑六趟，遇到雨雪天气就得踏泥蹚雪步行。

曾有一段时间，学校为了校外居住老师的中、晚餐，在学生食堂内开设了教工餐，每人每餐一碗大锅菜，整天是萝卜、白菜，有时放点粉丝或者豆腐一起煮，馍尽可吃，餐费一角钱，从工资里扣除。我带两个班数学（代数和几何），一周要上十七八节课，还有晚自习辅导。尽管工作繁重，生活艰苦，可是学校来了临时性、突击性工作，不分分内分外，还是争着抢着干。

为提升中学数学教学水平，便于选拔、培养优秀学生，县教育局决定，1984年下半年举行一次中学数学竞赛，要求各学校做好准备。我得知后，主动请缨，要求参加辅导。学校也很重视，随即召开数学教研组教师会议进行研究，决定由我负责辅导，另有两位同科老师协助。

接受任务后，我首先搜集资料，编写竞赛辅导提纲讲义。提纲按照初中数学教材内容分篇划分。分为基础知识、解题技巧、例题示范和习题训练四个方面。基础知识主要是让学生将数学竞赛学习与平时所学的数学知识结合起来，在巩固平时所学的基础上加以提高，要求牢固掌握初中数学的各个概念、特征、法则、性质和应用等；解题技巧重点突出运算技巧、组合搭配技巧、巧用已知条件和性质定理等；例题示范重点突出代表性、典型性和技巧性。坚持由浅入深、由易到难的原则；习题训练则设置了一些有针对性的题目以供练习。

其次是选拔参赛人员。我先按参赛人员人数的两倍选拔参加竞赛的辅导人员，由摸底考试与任课数学教师和班主任平时掌握的情况择优选拔。辅导结束后，再根据辅导阶段的学习情况选拔参赛人员。

人员选好后，我制定出辅导日程。辅导主要分为：自学辅导、集体辅导和个别辅导。

自学辅导主要是让学生在已有的基础上发扬钻研精神，自己思考研究，发现问题，提出问题，解决问题，我只是宏观上进行调控。通过学生之间讨论、学生向老师提问等方式，让学生学会分析问题，辅导老师在适当的时候加以点拨，指导学生找到解决问题的切入点，把繁杂的题目变成简单的等价命题，然后动手解决。

集体辅导主要是将学生自学过程中存在的主要问题进行分析、梳理，结合具体问题探索数学竞赛的基本思路、基本方法，使得较难的问题转化为较简单的问题，或转化为已掌握的问题，从而使问题得以解决。集体辅导前，布置学生做好准备。如：预习讲义，做好基础试题甚至中等难度以上的试题，提出自己存在的主要问题。每次辅导前，我都将学生所做的作业收上来，仔细分析学生存在的问题，备好辅导课，有针对性地进行辅导。在辅导课教学上，我有意将数学知识点进行拓展和延伸，让学生去探索、去发现其中的奥妙，激发学生的好奇心和求知欲。并多让学生表现，辅导课上尽量让学生上黑板解题，或多提问让学生回答。通过集体辅导，激发学生探求数学问题的兴趣，促进学生树立学好数学的信心，也让学生学到思考问题的方法，并使学生享受成功的喜悦。

个别辅导就是对部分尖子生强化辅导，加量增难，让一部分尖子生走在前列。

经过师生共同努力，城关三中取得了此次全县中学数学竞赛的较好成绩：一人获得了二等奖，两人获得了三等奖，五人获得了鼓励奖。改写了城郊初级中学以往参加数学竞赛一直无人获奖的历史。

繁重的工作并没有使我变成一架工作机器。人情人义是我所重视的做人根本。情感相投、志同道合是我与人相处的坐标，而互相利用、吹吹拍拍的关系学与我绝缘。客观上说，教师的人际关系相对单纯，套用一句古诗："谈笑有鸿儒，往来皆教师。"共同的职业、共同的志趣，往往容易产生共同的语言、共同的心声，只要你不刻意地损人利己、眼睛向上、向外，奴颜媚骨，总是会找到朋友的。而师道之间的相处，凭心不凭语，论人不论财。工作上、生活上遇到困难或问题，能伸出手来真诚相助，甚或设身处地为他人着想，也就赢得友情了。正所谓君子之交淡如水，平日里各忙各的，闲下来互相思念，没有利害得失的计较，没有尔虞我诈的风险，坦坦荡荡，尽在不言，乃是人生一大温暖。1984 年寒冬的一天，晚自习放学，我推着自行车出校门时，与张中亚、董辉、丁保中碰在一起。这几位都是我引为挚友的人，平日忙于教学，忙于事务，很少能巧遇在一起。行到虎山路与潍河路交叉口，张中亚、董辉顺虎山路直行回家，我则要沿潍河路东行。这时，北风卷着雪花零零落落地飘洒下来，我们正要分手，丁保中说："才刚十点，回家弄啥，咱们一块儿到淮纺厂我的住处看看，喝杯酒。"我随即问道："你住纺织厂?"董辉接着说："纺

172

织厂是他姐家的房子，丁保中暂时住在那儿。"我又说："这么晚了，深更半夜的，影响人家不好。"丁保中说："我姐家人都搬走了，就我一人住在那儿。"张中亚说："去！"我们几个一拍即合，几辆自行车一起向纺织厂冲去。

董辉是濉溪师范毕业的。1982年上半年濉溪师范外语班到百善中学实习时，他实习的班级就是我所带班主任和数学课的高一（1）班，我们那时就已熟识，1982年暑假过后，我调入城郊初级中学，董辉也从濉溪师范毕了业，被分配到城郊初级中学，我们又成了同事。张中亚比我们早一年进城郊初级中学，他家在双堆区三和公社，与我同属"南五区"，比我早一年从百善矿中学调来。丁保中是1983年宿州师专毕业分配来的，是我的校友。互相之间都可以说是"世间有缘人"。我们迎着越刮越烈的寒风、越下越大的飞雪，到淮纺厂时，树上、街道上、房屋上到处银装素裹、雪白一片。

丁保中的住处在淮纺厂职工宿舍三楼套房，家里平时不开伙，也没有储藏的食品。进屋后丁保中和董辉忙着上街置办下酒菜，我和张中亚在房间看电视聊天。蓦然间，在窗前，我看见橘黄的路灯下漫天飞扬的雪片，无声地、顽皮地追逐着归人的匆匆脚步。那一幅图景，无人惊叹，无人欣赏，不管你喜乐还是哀愁，雪花依然执着地舞动。我的心似乎被什么东西戳了一下，是诗情，是画意，还是我人生历程中许多发生在飘雪的冬季的事情，从而给我的心灵制造出最为柔软的那份感动？我弄不清。好在不一会，他俩返回，我们便开始了"围炉夜话"，任那雪儿在窗外大

173

街上兀自飞舞。我们所处的那个年代，物质尚不丰富，文化娱乐活动也极为有限。濉溪人最多也最普遍的消遣活动就是喝酒，老一辈人说，钱，越赌越薄；酒，越喝越厚，既道出了钱与酒的特点，又道出了钱与酒的辩证关系，同时还告诫人们，赌博与饮酒的本质区别。但是，假若有目的地去喝酒，希望通过喝酒得到些什么，那不是消遣而是阴谋。反之，无欲无求，只为友情畅饮，是情怀，是信任，是朋友。我们四个恰恰是后者。我们把盏碰杯、划拳行令、掀牌数点，不到半个时辰，两瓶濉溪大曲装进了四人肚里。没有客套，没有城府，没有请托与承诺，没有目的与拉扯。就是喝酒！每人半斤酒！十分尽兴之后，我和张中亚、董辉趁着酒热、身暖骑车回家，雪花还在纷纷扬扬地飘落着。

路上积雪较厚，我们骑一段，蹬不动了就下车推一段，缓过劲来之后再骑，累了再推。就这样骑一段，推一段，推一段，骑一段，不觉行路难，反觉其乐融融，到家已深更半夜。

都说择友慎、处人难，我们几人从共事之日，便开始了朋友间的交往，没有金钱关系，也无利益资本，更无所求于对方，而是凭着情意相投、背景相近、相识相知、情感真挚、彼此交契、恫幅无华之谊一直保持至今。无论后来工作在哪里，岗位如何变化，亲密关系始终保存，这是缘分。我相信缘分，有缘千里来相会，无缘对面不相识，缘分虽说是说不明道不白的东西，但确实存在。我们几个之间一段时间不见，总惦记着相见的时间。相见之时心旷神怡，激情满怀，如鱼得水，无话不谈；分手后又朝思暮想，忆念难忘。后来的聚会也都如那次一样"碰"，所以，那次小聚颇具代表性，属我们之间的相处方式之一，让我记忆犹新。

我那时还参与学校工会工作。1986 年年底，县教育局分给学校一个先进工作者名额，学校领导委托校工会评选上报。

惠老师是学校的高级教师，在多年教学生涯中，始终忠诚于党的教育事业。在三尺讲台，严格按照党的教育政策教书育人，爱岗敬业，深受学生、家长、同事以及社会的好评，并得到学校认可。他已接近退休年龄，我与他在同一教研组，后又连续两年同带初三毕业班数学。以上几次推荐他参加评优，均被他拒绝。这一次我是铁了心举荐他，一种褒奖品德的正义感促使我想利用校工会副主席的权力，了却一桩心愿。

在校工会会上，我首先将惠老师的事迹做了详细介绍，并阐明了我的观点，认为惠老师屡拒评先评优是因为怕给组织添麻烦，表现出他大功不居、大德不言的崇高品德，我的提议得到多数同志的支持，获得通过。当我们把《濉溪县教育系统先进工作者审批表》送给他时，他激动地说："我这般年纪，学校、工会还处处想着我，使我很受感动。"其实这是他在岗的最后一次评先评优。什么是不图名利？惠老师是也！如惠老师一般，在教育园地辛勤耕耘的许许多多教育工作者是也！

四

个人的前途命运同国家的前途命运息息相关。换句话说，国家的发展变化决定着每一个国民生命历程的发展变化。乍一听起来，似乎是爱国主义宣传口号，其实，经过我的人生体验，此理不悖，而且被一步步证实。

从 1982 年起，国家采取"庆教龄""五讲四美"①"为人师表"等一系列措施，动员全社会尊重教师，改善教师的工作和生活条件。进一步提高教师的政治和社会地位，形成尊师重教、尊重知识、尊重人才的社会风尚，1985年，我国通过法定程序决定每年 9 月 10 日为教师节。

为迎接第一个教师节的到来，新春后一开学，濉溪县委、濉溪镇委和学校党组织就把发展教师党员摆上日程，决定在教学一线发展一批"积极要求进步，坚持不懈进取，乐于清贫奉献，教学业绩突出，已交入党申请书"的骨干教师为中共党员，作为向教师节的献礼。

早在 1984 年 7 月 1 日，我就怀着忐忑的心情，向学校党组织递交了我的入党申请书，并积极参加学校党支部举办的"入党积极分子学习班"学习。通过学习，我对党的性质、纲领、宗旨、指导思想、组织原则和党的纪律以及党员条件等党的基本知识有了比较系统的了解，加深了对

---

① 五讲四美：讲文明、讲礼貌、讲卫生、讲秩序、讲道德，即为五讲；语言美、心灵美、行为美、环境美，即为四美，合起来为"五讲四美"。

党的认识，懂得了怎样争取做一名共产党员。

回顾自己所走过的路，当初入团时，我就曾把入党作为新的目标。投身党的教育事业后，多年来，暗暗地以共产党员的标准要求自己。我的想法是：什么是共产党员的标准呢？就是比普通人干得更好些，奉献更多些，不断追求进步，积极参加集体活动，和大家积极配合完成集体任务。立足本职工作，恪尽职守，服从领导安排，与同事和睦相处，乐于助人。工作上时刻更新自己的专业知识，努力把自己培养成为"学生爱上我的课""学生遇事愿与我交谈"和"学生有问题肯找我解决"的教育工作者，为我国教育事业贡献一切。

我在申请期间，定期向党组织汇报自己的思想，真诚接受组织考验，勇于改正缺点和不足。经过组织帮助和自己努力，1985 年 9 月初，在第一个教师节来临之际，我光荣地加入了中国共产党。真乃天道酬勤！1985 年 9 月 10 日，在县委、县政府在影剧院召开的县城各学校全体教师参加的"第一个教师节"庆祝大会上，当县委组织部领导带领我们面向党旗宣誓那一刻，我心潮澎湃，热血沸腾，暗自发誓：今后要进一步努力学习党的基本知识，党的方针、政策和理论，更加严格地要求自己，决心成为令学校师生满意的人民教师，成为一名合格的共产党员。

五

为利于濉溪中学进一步发展壮大并成为引领和示范全

县教育系统的拳头学校，1985 年，县委、县政府研究决定：将濉溪中学与城关三中调换校址，先行合并。

暑期，县政府、县教育局在县政府小会议室召开关于两校合并的教职代表座谈会，两校各有五至七名代表参加，我被学校安排参加。由于对县委、县政府办公环境不熟，我一路问了几次，费了一番周折才找到那间小会议室。赶到会场时，会议已经开始。事先，参会人员不太清楚县委、县政府关于两校合并的意图。座谈会上，濉溪中学的人员发言，表示不想合并，他们的校园设施和教学条件好，教学质量高，合并了城关三中会拖累他们，影响他们的教学秩序和教学质量，影响他们的社会声誉。也有的觉着濉溪中学现已很好，吃、住、工作都在校园，很方便，不愿再动迁。城关三中参会人员则认为，我们学校虽小，条件虽差，但是一个独立单位，且已形成了习惯，合并到一起连自己的校名都没有了，还会受到大学校人的歧视。也有人提出，现在人人都想往新城挪，我们则从新城搬回老城去，对这一决策一时不能理解。总之，在合并问题上大家各吹各的号，各唱各的调，原因无非一个"本位"问题，只看自身利益。我发言说："两校合并，是县委、县政府从全县教育发展、教育布局、教育提升大局出发做出的重大决策，我赞同、支持，回去之后充分发挥校工会的作用，帮助学校领导做好教师的思想工作，保证县委、县政府的决策得以贯彻落实。"这次会议使我亲眼看见了一些"人民教师"的心胸狭窄、目光短浅、自私势利。

1986 年 2 月 25 日，两校搬家计划启动，原濉溪中学高中部搬到城关三中，城关三中初一、初二部留在原校不动，合在一起组成濉溪中学一部。城关三中初三部搬到原濉溪中学，原濉溪中学初中部留在原校不动，合在一起组成濉溪中学二部。原濉溪中学校长高善计是协调两部的临时总负责人，原濉溪中学班子中的大部分成员和城关三中负责初一、初二教学业务的个别领导组成濉溪中学一部领导班子。城关三中班子中的大部分成员和原濉溪中学负责初中教学业务的个别领导组成濉溪中学二部领导班子。我随所带的班级从新城搬到老城。暑假后开学，县教育局宣布：濉溪中学一部即为新的"濉溪中学"，濉溪中学二部改名为"濉溪初中"。后来，濉溪初中又与濉溪职业高中调换了校址，即濉溪初中搬到城关六小对面沱河路北的老党校西区，濉溪职业高中搬到原濉溪中学，现为濉溪县职教中心。

我在从事中学教育过程中，有意识地把微不足道的小小自我，投入培养未来公民、建造美好世界的伟大事业中，对于优秀教育成果、先进教学理论、科学教学方法，不断阅读吸收、融会贯通，并将点滴收获融入妙趣横生的教学中，希望通过自己的教学，把先进的科学文化知识如一束束高贵的精神火种，传递给下一代，让他们在知识武装下变得强大起来，学会用知识积累、科学思维分辨是非，有能力、有胆魄去创造明天。

六

1987 年暑期结束开学后，一天下午，我有事到校长办

179

公室，门开着，没有人，刚要转身出门，办公桌上电话突然响个不停，我去接，是县教育局打来的，要找校长，我回答说："校长不在，办公室没人。"对方迟疑地说："我是县教育局的周贻松，找校长有事，他们干什么去了？你是谁？"我一听是周副局长，赶快回答说："周局长！我是周贺鲁，办公室真的没有人，不知道校长干什么去了，我刚到这办公室，看没有人，就要回去，听到电话铃响，我顺手接了。"他接着说："去电话就是找你，校长不在，你到教育局来一趟吧。"我以为是被临时抓差，替校长领受什么任务，放下电话，骑车就向县教育局赶。到了县教育局后楼，在楼梯口碰到局长王树典，他见了我说："去吧，周副局长在他办公室等你。"我到了周副局长办公室，他指着沙发让我坐下，随后说道："县职教办向我们局要一名带高中课、管理成年学生的老师，我们经研究，认为你以前在百善中学带过高中课、任过高中班主任，可以胜任，想推荐你去，你是否愿意去？"我听了之后，有些惊奇，又有几分不知所措，不由自主地从喉咙里冒出一句："职教办是干什么的？"周副局长回答说："职教办是个专门抓职工教育的机构，他们想办个职工教育学校，可能是叫你去管理教学，具体情况，我还不大清楚。你到那儿，可能要与在学校里教书有所区别。现在教师队伍中那么多人改行，到政府机关里不都干得很好吗？"因为事先没有思想准备，乍一听后，我一时拿不定主意，便喃喃地回答道："我回去与家人商量一下再决定。"离开教育局，我怀揣满心疑虑急忙往家里赶，一路心里不停地嘀咕，这事是好还是歹？到家一

180

说，几位邻舍闻讯围拢了过来，他们热情地帮着分析、参谋，虽然无人知晓职教办是个什么样的单位，具体干什么的，但一致认为：不管怎么说，一定是一个县直机关部门，走进了县政府大院，一定不是眼下只管"上课、下课、备课、讲课"的地方。这对于许多想从教育口跳槽的人来说，无异于"有心栽花花不开，无心插柳柳成荫"。在家人、邻里的鼓动下，我于翌日向教育局领导回了话：同意去县职教办。

我于1987年10月被调到县职教办工作，由于在学校所带之课需找人接替，且本校数学科老师较紧张，一时没人能接，所以依然没有离开我的教学岗位。过了一段时间，县教育局从中协调，从新开办的职业高中借调一位数学教师来接替我的课，到11月我才正式离开濉溪初中。离校那天晚上，同事们为我设宴送行，频频举杯向我祝贺出教改行。有个别对县直机关情况略知一二的同事对我说："职教办属于经委机关，我们今后有啥事找到你，你可得帮忙哟。"说得我一时不知所措，不知如何是好。

县职教办全称是"县政府职工教育办公室"，科级单位，隶属县政府，由县经委代管，主任由县经委一副主任兼任，原有工作人员二人，业务独立，政治学习和机关活动听从县经委统一组织、安排。主要职能是：对全县企业职工的素质、文化、教育和能力进行调研、综评，制定教育、培训目标，做出教育、培训决策，指导、帮助、监督企业抓好职工教育、培训，使企业职工素质和能力得到不断提升。

县职教办日常工作由黄主任主持。还有一位办公室秘书，是前几年从部队转业分配来的，40多岁，机智聪明，精明强干，文化水平不高，却能完成通常的公文书写（如工作计划、工作汇报、工作总结等）。

我到职教办报到那天，黄主任和秘书都在。我进了门一报姓名，两人急忙起来与我握手，黄主任热情地让座，秘书同志慌忙取杯给我倒茶。黄主任说："可把你盼来了，你的学校交接手续办清了吗？"我说："基本办清了。如有啥问题，他们找我，我再回去办理。"他接着说："为调你来，县政府、教育局我跑了好多趟。先找分管教育的副县长，他原是经委口干部提拔为副县长的，对经委、职教办的事情都很支持，很爽快地答应了，同意从教育系统调一名教师给职教办。我又去找教育局，局长说，政府分管领导同意，他们支持，只是县政府对我们的'近两年禁止教师外调、出口，教育资源流失'的禁令还没有解禁，所以停停再说。回来之后，我又拉着经委领导一同去找县长，县长说：'没有解禁，可以作特殊问题处理嘛。'我就又去找教育局，教育局才同意给我们一名教师。过了几天来电说，推荐你到这儿来。"他停了一下接着说，"职教办的主要任务是抓好全县的职工教育，以前主要抓的是职工的思想、素质、技能教育，现在还要抓好文化、学历、科技知识培训。建设社会主义现代化，工人阶级是主力军，没有工人产业大军不断的攻关创新，生产能力、产品质量、经济效益就得不到提升，社会主义现代化就难以实现。全县有上万名产业工人，很大一部分文化水平低，有些甚至近似于文盲，没有能力克难攻关，没有能力科技创新。有一些看起来有文化的年轻人，提拔到管理岗位，由于文化水平不够，不能胜任，制约了我县工业经济、工业现代化的发展。为解决这一问题，我们决定从今年起，在要求进步的优秀职工中开展学历教育、文化科技知识培训，县政府、县经委对我们这一做法非常支持。我们现已在县党校开办了两个职工电视中专班，一个经管班，一个财会班，还计划招收一个职工业余高中班。你来，主要是负责管理两个职工电视中专班的教学。"

感谢黄主任的一番宏论，不仅道出了调我来的周折，还指明了我新岗位新工作的目的、意义和方向。

与我同时调入职教办的还有一位同志，三十七八岁，某校毕业后在县教育系统从事语文教学，前几年调到县农工部任政策研究员。此人爱学习，肯钻研，有较扎实的文字功底，讲话耿直，嗓音洪亮。

职教办在县政府办公楼三楼走道北面，我们俩调进之后，四人挤在一间不足10平方米的背阳房间办公。

电视中专班以电视录像教学为主，聘请专业课老师辅助辅导。我的主要任务是：督促学生按时到堂上课和完成作业，管理好课堂教学，安排好专业老师做好辅导工作，处理好教学要求和学员需求的关系，保证教学任务的完成。由于学员都是在职职工，工作日都要上班，教学只能在工作日晚上或者星期天进行。我接手后一段时间，便心灰意冷了。

人家工作日晚上和星期天休息，我得提早去上班，很少有时间与家人、与亲朋欢乐团聚。学员都是成年人，有许多学员比我的年龄还大，都已娶妻生子，工作和家务负担都很繁重，又是在业余时间学习。工作在一线的学员有时要调班上课，调不了就不能到堂听讲，就得缺课。作业要学员挤时间去做，挤不出时间或遇到个人不能解决的困难就完不成作业，学员工学矛盾较为突出，亟待解决。不按时到校上课的学员，还得想法催找，对缺课的学员，翌日还得找其询问缺课原因，想办法给他补习。学员都有工作，有些甚至在领导岗位上，不少学员家庭生活也很优裕，学员就不像学校里学生那样好管理，老师也不像在学校里那样受学生敬重。学员学费大都是单位解决，学员对学得好与不好，满不在乎。可我不行，要都学不好，这个责我怎么负？怎么向职教办、向学员、向社会、向自己及家庭交代？对比一下我原本从事的职业，我不禁后悔：我这出的是什么口？改的是什么行？只是上班地点从老城挪到了新城，上班时间由白天改为白天晚上连轴转，人家休息我还得干，并依然以学生为伴，与教学打交道。虽然工作比在学校一天上四五节课、批改二百多本作业还要加班备课轻松了，但心里空虚，不充实。再回学校吧，辜负了教育局、职教办领导对我的期望，还不知要招致多少人取笑，也难以向组织开口。但这样下去什么时候是个尽头？我越想越苦闷。

　　一天，由于心情不悦，心里烦闷，匆匆乱吞了几口饭，我便上床抱头入睡了。一觉醒来，总觉得不是滋味，心里沉甸甸的。是工作困难使自己失去斗志而心理失衡了，还是因自己无能为力，心灵受到挫伤了？我不禁在心里暗暗打鼓自问：这个单位不好，这种工作状态不理想，哪个单位好？你想干什么？你能干什么？你什么能干好？从农村"腿插地墒沟"能到这个岗位工作，够了，应知足了，干不好那是自己无能，遇难思退，见异思迁，才真的被人看不起，被人唾弃。一个人的成功，一个人人生价值的体现，不在于他干什么工作，从事什么职业，而是取决于他用什么心去对待工作，用什么心去做工作。各行各业都能造就出类拔萃的人才，各条战线都能产出模范英雄人物，我们熟知的淘粪工人时传祥，在不起眼的岗位上，做出了非凡的、惊人的业绩，成为全国人民的学习榜样。曾经十分熟悉的学校教学工作不也是通过一步步探索、积累完成的吗？而对新的工作难道就认为是过不去的坎儿？我暗暗下定决心，一定要端正态度，重新认识职教工作，珍惜这个像教育局周副局长说的"难得的工作机会"，用心工作，尽职尽责，想方设法，出色地完成工作任务。

一番思想斗争激发了我不服输的犟劲儿和在困难面前找出路的韧劲儿，我一门心思谋策略，想出了很多办法，采取了一些措施。我根据在职职工教育特点和电视中专教学要求，一是认真研究教学大纲、教学目标，对学员要学的知识做到胸中有数。把握重点、难点，制定详细的教学计划，做好周密的教学安排，并将教学计划、教学安排方案及时向市电视中专学校汇报，征求意见，并经常邀请市电视中专学校教学管理人员来莅临指导。

二是深入调查研究，解决工学矛盾。（1）抓好学员按时上课工作。坚持课前点名，对凡没按时到校的再联系一遍，确实不能到堂上课的要书面写出原因交到县职教办，我设法安排辅导老师抽出专时给他们补习，对于迟到的要说明原因，并保证下次不再无故迟到、缺席。电视中专教学是以录像课为主，为确保录像放映效果，每盒录像带我都先试映一遍，每节课前都将放映机检查一遍，发现问题，及时处理，以防出现意外。数学是我的专业，数学课就不用放录像，也不要请其他辅导老师，我来上。（2）抓好课程辅导。首先抓辅导老师的聘任工作，对于各科辅导老师，特别是财会、统计、经管等专业主课的辅导老师，我们从县直机关、党校和企业物色人选，先与其商谈，个人同意后，再经其所在单位领导批准，选定后，召开全体学员大会，向被聘人员发聘书，职教办领导向学员和辅导老师提出具体要求，被聘教师对尽职尽责完成教学任务做诚恳表态。随即把课程安排和教材发给被聘教师，使其提前备课，充分准备。其次，随时了解老师对课堂、学生有什么要求，学员对老师的辅导课有什么反映等，发现问题及时反馈、处理，并把学员的作业及时交送辅导老师批改。学员学习中遇到一些问题有时得不到及时辅导，我很着急，对财务会计、工业统计等与数学相近的课程，我也跟着录像学，认真做作业，我会了就可以给学员及时辅导。两年下来，学员毕了业，我也掌握了财会基本知识，自修完了统计学的大学课程。学校是学生接受教育的场所，也是教师再学习的地方，在管教学生学习知识的同时，我也增加了新知识，拓宽了知识面，因而，可以说，自我教育是教师的终身任务。

三是与学员多沟通交流，彼此增加感情，提高学员的上学积极性和维护班级的凝聚力。抽时间与学员来往，进行家访、厂访，了解学员家庭、生活及工作情况，有什么问题，能解决的，就及时帮助解决。节假日组织学员郊游，利用郊游与学员开展谈心活动，交流感情。定期组织学员开展文体比赛和知识竞赛，竞赛知识大多是电视中专的教学内容，无论比赛成绩如何，旨在提高学员敢于竞争的意识和学习兴趣、学习热情。1989 年，在由经委、总工会、劳动局、职教办联合举办的"全县职工知识、技能比赛"中，电视中专班组队参加，两名学员取得了一等奖，晋升一级工资。我还多次组织学员篮球队、田径队，参加全县职工运动会。在 1989 年"五一"举行的全县职工篮球比赛中，电视中专队打入了县的甲级队，取得了全县第四名的好成绩。在比赛时，未参加比赛的学员自发组成啦啦队，为场上队员加油助威，无论名次取得得如何，我们都高兴不已，这更使得我和学员、学员与学员之间的感情、凝聚力和集体荣誉感增强了、加深了。学员们把我当成了知心朋友，无论逢年过节还是平时，只要几人相聚，就邀我参加。不但男学员们相邀，女学员们请客也请我出席，偶尔一次不到，他们还觉着似乎不怎么圆满。

学员们学习积极性不断提高的同时，自我管理能力也在加强，我偶尔一次去晚了或者不到，学员们也能自己放录像，自己维持好课堂纪律，自觉认真学习。看到如此变化，我心释然。那是一种春暖花开的状态，是一种经历过千辛万苦终于柳暗花明的状态！同时，我还不无自豪地体会到：当你真的能够对别人的学习生活带来影响时，你会产生一种力量，这种力量，就是教师的价值。

四是积极与企业沟通，把学员的学习情况、困难和要求及时汇报给单位领导，争取单位的支持和帮助，为学员学习提供便利条件。

通过两年努力，65 名学员全都圆满完成了学业，以优异的成绩顺利毕业，为濉溪县企业培养了一批实干精干的管理人才，有的毕业不久就走上了领导、管理岗位。如果说，到职教办工作仍没脱离教职岗位的话，那么，从 1980 年毕业任教到现下，已有十个年头。十年来，我和我的学生在书堆里寻求滋养，在学海里同舟共济，使我在教书育人的生涯里充满阳光，快乐向上。十年来，我曾为上好一堂"优质课"而紧张数日，也曾为进行一次家访而苦思冥想，还曾为学生调皮捣蛋、惹是生非而大动肝火、怒发冲冠，更曾为学生家长的不理解、不配合而心情郁闷、耿耿于怀，但我从不退缩，不断地反思和总结，勇往直前。

十年教师生涯是我初入社会的关键时期，也是我的世界观、人生观形成的关键时期。我听从老师、前辈、领导、同事的规劝，尽力修炼自身本领，无心欣赏灿烂的朝霞，无意留恋绿水青山，而是一心一意地通过学习、实践，不断地提高自己、充实自己、丰富自己，努力使自己成为合格的、人们信赖的、受人尊敬的人民教师。

执教十年，在教育战线打拼了十年，也是我人生中难忘的十年，在这十年里——

多少回深夜无眠，
只为一双双求知的眼；
多少次呕心沥血，
兑现着最初的誓言；
任由青春在平淡中日渐褪色，
却用粉笔和黑板撑起一片蓝天。

第六章　纪检监察

　　"纪检监察"是"纪检"和"监察"两个概念的组合。"纪检"是纪律检查工作的简称，是指党的纪律机关维护党的纪律的活动。党的纪律机关是纪律检查委员会，是维护和执行党的纪律，协助党委加强党风建设，实施党内监督的专门机关，是专司监督检查党的机构和党员贯彻执行党的路线、方针、政策的情况，查处违纪的党的组织和党员的机关。"监察"是行政监察机关及其工作的简称。行政监察机关为国家行政机构内专司监督职权的机关，其工作职责是：依法对国家行政机关、国家公务人员行使权力行为进行监督和督察。1993 年，濉溪县党的纪律检察机关与行政监察机关实行合署办公，一套班子，两块牌子，履行纪检、监察两种职能。

　　我从 1989 年 11 月调入县监察局工作至 2011 年 11 月在县纪委监察局"由实（职）转虚（职）"，退居二线，前后身处"扬正倡廉、惩腐肃贪"前沿整整二十二年。二十二年，我完成了从教书育人到反腐倡廉的角色转换、角度转变；二十二年，我用自己的实际行动和对纪检监察工作的忠诚，展示了一名纪检监察干部的真我风采；二十二年，我使自己形成了爱憎分明、公道正派、严格自律的风范，铸就了自己纯净、清澈的人格；二十二年，风霜雪雨，人情冷暖，我也由风华正茂变成了头发霜染。

二十二年风雨如磐，二十二年重任在肩。

二十二年勇于探索，二十二年一往无前。

二十二年治污惩腐，二十二年扬清倡廉。

二十二年刀光剑影，二十二年苦辣酸甜。

一

1989 年 11 月初的一天，我正在办公室与电专班聘任的辅导教师研究电专教学问题，忽然被县人事局来电召去谈话。

谈话在县人事局副局长室进行，我落座后，人事局领导对我说："我们通过考察和研究，并经县政府同意，决定调你到县监察局工作。县监察局成立不久，为县政府的一个组成部门，是县政府行使监察职能的机关。县政府对监察局进人非常重视，要求进入人员素质高、能力强。能选调你到监察局，是因为组织对你的信任。你是搞教学工作的，进入监察局，工作不一样了，进去之后，要多学习，勤思考，尽快适应环境，适应工作需要，不要辜负了组织对你的期望。"

从人事局出来，我的心里乐滋滋的，非常高兴。心里高兴不是因为我将彻底离开三尺讲台，脱离整天一门心思"上课、下课、备课、讲课"的生涯；不是因为将摆脱工作日晚上和星期天人家休息我上班的工作时间错位；也不是因为将离开经委机关其他人员。而是因为先前从教育局调到职教办，只是主管部门的分管领导和我谈话，征求我的意见，这次调动，竟然是人事部门领导和我谈话。一位机关的普通工作人员，能进入人事部门领导的视野，可谓不同寻常，而且我所要去的又是"要求素质高、能力强"，并要经"县政府同意批准"的单位，不但说明经过组织考察，我的素质、能力、品行得到了肯定，而且说明我这些年经过努力是在不断进步不断长进的。但我又有些心神不宁，"县监察局是县政府行使监察职能的机关"那句话在我脑海里不停地转悠。监察局具体是干什么的？回到职教办，问了几人，有的说是"专门查人的"，有的说是"经常下去检查的"，我又问："检查什么？"他们或以"说不清"，或以"不知道"答之，并撂下一句"听说很有权"。这就更增加了我的疑虑，"很有权"，有什么权？无奈之下，我查阅词典。按词典解释，监是监视、督查；督是仔细看，调查研究，含有考察、考核的意思。监察是国家权力机关或政府通过所属专门机构对国家机关和工作人员的行政行为进行综合性的监督检查，并对其违法失职行为进行检举、纠处的工作。简而言之，就是"监察行政"。也就是说，政府设立监察机构，就是用来监督、考察和检举人民政府所属工作机关及其工作人员的行政行为，但监察局对我来说还是个全新的概念。

　　我要被调走了，经委部分同志和职教办全体人员到我家祝贺、道别。他们向我说："监察局和纪委一样，是做人的工作，对监察对象进行监督、教育、保护和惩处，做的是人心、人性的工作。"并嘱咐我,"走上监察的道路,好好工作,坚持正义,顶住诱惑,多抓贪官污吏,狠刹歪风邪气。"还提醒我,"监察工作,肃贪反腐,如走钢丝,注意安全。不要想着'搞人',首先要保住自身。"我虽然不能完全理解这些话的要义,但我明白这是忠言,是忠告。过了两天,我怀着一切从零开始的心理到县监察局报到。局长是从县政法委书记的位子上调过来的,他热情地接待了我,客气了几句,就让一副局长给我安排了座位,又找来几本监察业务书籍,叫我暂时先静下心学习学习监察工作的基础知识,过几天再分配工作。

濉溪县监察局成立于1988年8月,确如县人事局那位领导所说,人员要求"素质高,能力强",而且政审把关严。后来听说,对我进监察局,组织派人进行了严格考查,不但到我调出单位县经委、县职教办去考查,而且还到我离开多年的学校濉溪初中及其主管部门濉溪县教委进行调查了解。

监察局成立之初,临时在县政府办公楼四楼办公。四楼共五间办公室,监察局占了四间。

进局落座之后,我首先认真学习,弄清"监察"的性质、内涵、职责以及产生和发展历程,以便更好地理解和掌握监察知识、监察理论,进入监察角色,开展监察工作。

监察制度随着人类社会发展、私有制和阶级的出现而产生,是统治者为使社会管理执行机关忠实而有效地贯彻其统治意志和决策而设立的监管制度。我国监察制度起始于夏商,到了周朝已成雏形,在天官系统设立"大宰"和

193

"小宰"来执行国家监察事务，但还没有独立的监察机构和人员。到了战国时期，专职化的监察机关和监察官员便应运而生。秦朝设置"御史大夫"一职，名义上是副宰相，属于行政官员，但主要职能是担负监察职责。到了汉武帝时期，正式建立了专职监察机关——御史台，直接由皇帝指挥和节制，御史台工作人员有纠举不法、参与司法审判、监军等职责，权力很大，涉及面很广。唐朝时期，把御史台分为三院——台院、殿院、察院。台院以弹劾不法官吏和参与一些司法事务为主要职责；殿院主要是负责纠察殿廷仪礼和京城内外的不法官吏，兼管库藏出纳和宫门内事；察院监察御史负责"分察百僚，巡按州县"，还要随军出征，把战情奏报皇上，论审功赏，还要对官员进行考核、考选，监察财政部门屯田收支、货币铸造，如发现有问题，也予以纠举。建立了三院体制，构成一个严密的监察系统，使监察制度得到进一步加强和完备。元朝把监察范围延伸到地方，建立了组织严密、官吏队伍庞大的监察网络，制定了监察法规，使我国监察制度得到新的发展。明清时期，建立了中央最高监察机关——都察院，并建立了监察体制。中华人民共和国建立初期，各级政府设立人民监察委员会，1954 年，各级人民监察委员会改为监察部（厅、局）。1959 年，由于种种原因，撤销了各级行政监察机关，到1987 年 8 月，我国行政监察体制才又得以恢复和确立。我国行政监察体制从形成、发展，直到今天的完备、完善，中间经历了漫长、艰难的历程。

通过一段时间的学习、观察、交谈，我对监察机关、监察制度和监察基础知识有了系统的了解、认知。无论封建社会朝廷，还是中华人民共和国政府，都赋予了监察机关、监察人员很大的职权。

《濉溪县人民政府关于设立濉溪县监察局通知》指出，监察局的主要任务是对全县行政机关的行政行为，对行政机关工作人员和由行政机关任命的其他人员履行职责的行为进行综合性的监督检查；调查、处理不良的行政和违法违纪行为；促进和保证监察对象奉公守法，依法行政，廉洁高效地工作，保证社会主义事业健康发展。

初进监察局之时，正值全党全国"治理经济环境，整顿经济秩序，全面深化改革，大力开展反对资产阶级自由化和反对腐败之风的斗争"。全局工作重点是严明政治纪律，保证政令畅通，紧紧围绕县政府的中心工作开展监督检查，为经济建设保驾护航；整合力量，查处政府机关、企事业单位及其领导干部贪赃枉法、行贿受贿、投机倒把和公款请客送礼、公款大吃大喝、公款旅游、奢侈浪费、假公济私等违纪违法案件。

如果说，当初我从学校被调到职教办算是脱离教师岗位的话，那么，调到监察局则是彻底告别了教师生涯。但是不停地转换"阵地"，就意味着不停地重新学习，不停地适应环境和改造自己，这并非如想象的那样轻而易举。

过了几天，局里安排我参与查办案件。查办案件，怎么查？怎么办？我心里无底，只能听从相关人员的指派，叫干啥干啥。由于局里人手尚少，一时要查的案件较多，较大的、稍重要一些的案件三四人一件，一般案件两人一件，查案人员多是交叉办案，一人往往要同时参与几个案件的查处。查办案件对我来说是个全新的工作，办案有经验的同志制定出调查方案，按照调查方案逐一搜集证据。起初，与被调查人谈话取证，我只能跟着记录。记录在查办案件中虽说是最简单、最基础的活儿，但对我来说则不容易。开始记录，总觉得手、笔不大听使唤，问话人、被问话人的问答听着不怎么快，可就是记不下来，记不下来就要重问，往往重问一两遍。碰到被调查对象讲话快、声音小、有方言口音，或者有意掩盖问题，讲话拐弯抹角的，记录就更困难了。好不容易记下来的一篇记录，凌乱不堪，还有很多错字、别字、漏字漏句的情况。我感觉无法拿出手去让谈话人、被谈话人阅看、签字，就背着人誊抄一遍，这不但影响了查办速度，誊抄的记录还会变味、失真，往往使调查达不到应有的效果。看到别人的记录，字迹工整，通篇清丽俊逸、洒脱流畅，不但记录语言原汁原味，还把被调查人在关键问题上的动作表情用括号予以注释出来，自己打心底里羡慕钦佩。记录不容易，与被调查人谈话，把问题挖出来，就更加困难了，要有勇有谋，斗智斗勇。办案有经验的与被调查人谈话，像拉家常一样，很轻松地交谈，不知不觉中就把问题谈清了。即使是很滑很油的被调查人，也能把要查的问题掏出来。经验不足的，对稍微棘手的问题，再碰到被谈的对象是个"老手"，两三次甚至四五次谈话都未必能攻克下来，未必能把问题搞清楚，把案件办得理想。

为胜任办案工作，我刻苦学习。练速记：对参加的一切会议，坚持记录，努力将会议内容（包括报告人的讲话、传达学习的重要文件等）尽量多地记下来，后来对会议记录形成了习惯，这一习惯一直保持到我退居二线离开工作岗位的时候，至今我还保留着参加各种会议的记录十多本；读词典：一有时间我就翻阅字、词典，做到准确掌握，熟练应用常用字、词，弄懂吃透一些方言和一些不常用字词的含义，达到记录时能随手拿得来、用得上；默字词：经常默写练习，使常用的字、词烂熟于心，信手拈来；阅案卷：看人家的记录，从中学习他人的记录技能、技巧；多请教：一有闲空就向有办案经验的同志学习、请教，探讨办案技能和谈话技巧以及记录秘诀，不耻下问，学而不厌。一边学习，一边摸索，一边体悟。一段时间以后，不但使谈话能完整地记录下来，而且谈话能力水平也提升得很快，还能独立制定案件调查方案，梳理案件线索，撰写调查报告，并根据法律、法规、规定，对违纪违法的事实行为准确定性，提出恰当、合宜的惩处意见。不久，便能报卷，被指定为"个案办件"负责人，来指挥、组织他人办案了。曾记得，查处的县某局公款旅游案，在当时产生了很大影响。

20 世纪 90 年代之初，公款旅游之风盛行，一些部门以办培训班、研讨会为名组织公款旅游，不但自己游玩，还借机敛财。有些系统往往"上下联动，积极配合"游山玩水。一些部门和单位只要接到通知或函件邀请，甚至内部报刊上刊登的告示，便不计目的不计花费，想方设法去参加，形成了一股不正之风。

我县某局，自建局以来就是热门单位。对全县一重大资源的征用、改用和使用权的动用、变更等有审批大权，每年都收取较大额度的各种费用，以福利、补助、奖金等数不清的名目经常发钱、发物。下属单位大都有小金库，可以自行收支，不经审批便能自行公款招待来人，有时几天没有人来，本单位几个人也公款聚一聚，干两杯。县直机关人人都对这个局向往、羡慕。只要上边有外出学习、培训信息，该局一般不缺席。先局领导，后股室负责人，再一般业务人员，每年都有几批人员外出"培训""学习"。

从几封匿名举报信件看，主要反映的是公款旅游暨公款旅游中的贪污连环问题。为使案件查处有利有序进行，我们首先制订好调查方案，分析与案件有关的人员情况。要查清此次是否为公款旅游，就要弄清培训学习的通知内容、组团安排、行程及学习培训情况等；要查清是否有贪污等问题，就要弄清他们一行的花销和报销情况。经分析研究，我们先找该局局长谈。这位局长是个老干部，也是个"好好干部"，处处怕得罪人，唯恐局里出问题，更怕"家丑外扬"。我们到了局长办公室，交上介绍信，说明来意之后，请他谈谈这次派员组队赴深圳培训学习情况时，他吞吞吐吐，拐弯抹角，不愿意讲，还在我们面前非常气愤地指责下属："我让你们去了，回来还给我惹是生非。"却对我们的问题支支吾吾，有意回避，一拖再拖。我们几次将话题转入正题，都被他东拉西扯绕了过去。我来了气，严肃地指出："无关的话语不要多说了，这是县政府领导交办的案件，查不清、结不了案，我们谁都交不了差，谁都不得清静，办案人员有向任何人询清反映举报的问题的权力，被谈话人有向办案人说清所提问题的义务。"经过反复说导和较长时间的心理博弈，他才吐露实情："这次培训学习活动是该局对应的国家某部下属一个协会举办的，该协会下发了个函件通知：在深圳召开'我们行业'全国研讨会。深圳是我国新兴的沿海城市。接到通知，说是在沿海城市开会，机会难得，都想去。我只好让给他们，没去的还提意见，我还做了很多工作。经研究，叫一位年龄大且快退下来的副局长带队，另有三个业务股长等，由于去的人多，路途又远，还专安排现金会计去为他们管理花销。回来报销是会计拿票来我签批的，当时未发现有什么问题，怎么这事就捅到了县政府？早知这样还不如不让他们去。"讲完，还给我们提供了有关书面材料。我们又调取了该局的账册，查看此次差旅报销情况等。

　接着，我们找几个当事人谈话，先从涉及问题简单的几位股长和副局长谈起。开始他们担心、害怕，不知出了多大的问题，或躲躲藏藏，不给面见；或混淆视听，掩人耳目，千方百计地"捂"。当向他们问起具体问题时，他们多以"不知道""不清楚"或"记不清了"等等，予以搪塞。由于他们涉及的问题不太复杂，思想工作较易做通，经反复向他们宣传有关法律、法规、纪律，做深入细致的思想工作，动之以情，晓之以理，他们讲清了所知道的有关问题。对于涉及问题较为复杂、重大的局会计，我们把他放到最后。其他人都找好了，迟迟不找他，他沉不住气了，四处打听。不是向被谈过话的人了解调查组问了哪些问题，就是找人打听调查组调查什么，查到了什么。我们掌握了初步证据之后，才把目标集中放在会计上。他开始虽然态度强硬，但心里很虚，在纪律、法律和我们苦口婆心的感召下，他的心理防线很快被攻破，如实讲清了此次培训学习经办事情的情况。

在此案的查处中，我也得到了发人深省的启示：有时，有人贪污并非生活困难，数额也不巨大，只是有着多多益善的贪财心理，在金钱、权力面前，私欲膨胀、失去了底线。而我们的党员、干部更要从中警醒，珍惜自己的政治生命，在金钱利益面前管好自己，始终做到一身正气、两袖清风、公私分明。老子说得好："见欲而止为德。"能够顶住诱惑是一种清醒，善于顶住诱惑是一种智慧，要在大是大非面前立场坚定，站稳脚跟，以高度的自觉性、极大的勇气和坚韧不拔的意志去克制自己欲望的冲动，同各种消极腐朽思想进行抗争，从而达到君子之风、清者自清、"出淤泥而不染"的境界。

二

1990 年 8 月，我被局领导安排到刚成立的县清房办上班。

县清房办是县清房领导小组下设的办事机构，县委研究决定，由县纪委一副书记任主任。刚一宣布，这位副书记还未就任就得病住院了，又改由另一位陈姓的任主任。

另有两位副主任，从相关单位抽调15人联署办公。

上任伊始，陈主任带领我们学习《中共中央纪委关于清理党政干部违法违纪建私房和用公款超标准装修住房的通知》《县委县政府关于开展清理党政干部违法违纪建私房和用公款超标准装修住房工作实施意见》和《清房工作纪律》等文件，使我们深入了解、掌握清房工作的目标要求、方法步骤和重大意义。此次清房，重点是"清理党政干部违纪违法建私房、用公款超标准装修住房和利用职权占多处住房等问题"。

在计划经济向市场经济转型初期，一些党政领导干部利用职权在住房问题上谋取私利，导致违纪违法问题较为严重。超占土地面积建私房情况尤为突出，有的不批乱占、少批多占、批差占好；有的将单位使用的国有土地分给个人建私房。为建房，一些干部不择手段捞取好处，利用职权侵占集体和群众资产：少付或不付土地费用，压价购买建筑材料，少付建筑和运输费用，侵占计划物资，将计划内物资指标抵付建房资金或将平价购买的物资高价抵付建房资金，利用单位基建之机要施工队同时为自己建私房，从中谋利，有的单位甚至以集资建房为名侵占挪用公款给领导干部建私房，还有的干部利用公款超标准装修住宅，侵占他人利益多占住房。陈主任还向我们传达，濉溪县群众反映较为强烈的问题是：个别县领导用公款超标准装修住房，费用超过标准一至二倍。导致上行下效，个别委、局对超面积建职工住房有恃无恐。少数干部利用职务上的便利，借征地之机，挤占他人征地指标，或强占地边、地头，或私自弄土填坑充沟，变国家土地为私房用地。所谓"近水楼台先得月"，不以为耻，反以为荣。建私房最多的竟高达六七处。在当时大多数机关工作人员都无力建房，干等着单位能分套公房的情况下，自然会引起强烈不满。违纪违法建私房，既严重浪费土地，又诱发了不正之风和经济犯罪，腐蚀干部，败坏党风政风，其问题的严重性已到了触目惊心令人发指的地步，已到了不清理整治不行的地步！

我在清房办负责文秘工作。开始分工时，明确我和县纪委一纪检员二人担任秘书工作，写材料。他到县清房办上班没几天，就请假到外地治病去了，至全县清房工作结束也未见回归，清房办文稿工作，实则由我一人承担。

此次清房工作是县纪委、县监察局自恢复组建以来第一次承担对全县领导干部违规违纪行为的专项治理行动，县清房领导小组和清房办对此极为重视，不但抽来的人员标准高，而且对每项工作要求严，特别是清房办行文，政策性强、理论水平高，而且要求慎之又慎，严之又严，代表着清房工作的形象和威严。每件文稿起草好，先送两位副主任审核。两位副主任文字功底都非常扎实，一位是县纪委办公室主任，行文把关是强项；一位是县监察局副局长，曾在县委组织部任政秘科长十多年，提笔写文一挥而就。开始一段时间，我起草的文稿送他们二人审阅，常被删改得面目全非。修改之后，送陈主任再审。陈主任在县直机关是出了名的重视文秘工作的领导，他每到一个单位，都组成了一个强有力的写作班子，他要求文句新颖，行文有特色，送他再审的稿件，删改起来也是大刀阔斧，笔下无情。清房办的重要文稿最后还要送县委常委、县纪委书记、县清房领导小组负责人把关。这位负责人文思敏捷，文字表达流畅。一篇文章，经他一改，哪怕是改几句话，加几句话，甚至只改几个字，效果就大为改观。清房办一个文件往往是数易其稿才能成文。

我是学数学的，书写公文对我来说是陌生的，此前没有介入过，不知从哪里下手。开始书写时非常吃力，脱稿之后还要自审多遍，唯恐有不足、不妥、不到之处。费了很大劲写出的稿件，提心吊胆地去送领导审阅，结果被密密麻麻圈点删加，有的是整段整段地改写，使我感到脸上火辣辣的，无地自容，很不是滋味。顿时我既无奈又无助，觉得自己好像不适应在行政机关，心想还是打道回府，教书去吧！半途而废、逃之夭夭的意识刚一萌生，父亲的激励，"自己的事儿靠自己"那句话，又一次响在我的耳边。于是我下定决心：一定要刻苦学习，奋力进取，尽快提高写作水平，做一个在任何岗位都能独当一面的机关工作者。我搜集和买来《文学知识》《语法修辞》《公务公文写作》和《新闻写作》等书籍，挤时间学习、摘记。工作之余写日记，作对一些问题的看法和感想随笔，也算练笔。有时还主动与领导对修改的稿件进行沟通、交流，面对面学习、一对一请教。通过勤奋努力，我的知识、能力有了很大拓展，写作水平有了明显提高，思想境界、对问题的看法和判断能力有了大幅提升，这为我后来的工作打下了坚实的基础，使我受益终生。

清房办除秘书后勤组外，还有信访受理组、丈量核查组、约谈纠处组。

　　清房办在县城人员流动较为集中的场所都设立了举报箱，公布了举报电话。信访受理组人员每天上午一上班，就分赴各举报点收集举报信件，回来登记，送交领导批办。

　　丈量核查组根据群众反映的线索和清房办排查摸底的情况，分别对县直各单位近年来建设的干部、职工住房实地丈量，核查建筑面积；对领导干部公款装修住房实地查看装修情况，弄清装修了哪些地方，费用是怎么处理的，处理了多少；对干部、职工建私房的，查看房地坐落的位置，查清土地来源，土地款的支付情况等。实地丈量，看似简单、轻松，就是拉拉皮尺量量而已，实则不然，颇费周折。一天，我手上没有多急的材料要写，就跟丈量核查组的同志去体验实地丈量工作，我们要去丈量的是县政府的一栋领导住房。我们一到，院门关着，敲开大门，领导不在家，领导家属不耐烦地向我们走来，当得知我们是清房办的，是来丈量她家的房子时，气就更大了，把我们拒之门外，还气势汹汹地说许多难听的话。我们不好与她理论，便僵在那儿，愣听着她的牢骚与羞辱，很无奈，很尴尬。我们准备回去，向领导汇报。这时，我在学校工作时的一位同事上农贸市场买菜回家，正巧碰到我们的难堪场景，便凑到我耳边问"怎么啦"，我说是工作的事，他随口说了句："注意，别惹祸。"说着，蹬上车子跑开了，还回头看了几眼。回来的路上，我想了很多，心里久久不能平静。心里不平静不是因为碰到了不明事理的领导家属，也

204

不是因为这位领导的夫人不配合我们的工作，说了一车子难听的话，而是因为我那位老同事的善意提醒。今后我的监察之路该怎么走？回到清房办，我们向领导汇报了情况，由陈主任亲自去找县政府。翌日，在县政府办的配合下，我们才顺利地丈量了这位领导的住房，查清了超标的面积。

约谈纠处组是由能把握政策且经验丰富的同志组成。对查出的违纪违法问题，逐一约谈，落实处理。该退房的退房，需补款的补款，应由个人承担的费用一律个人承担，违规占用的土地，由土地部门收回，不能收回的，加收土地费用。

清房工作从 1990 年 8 月开始，历时近两年，通过宣传发动、登报核查、纠正处理、自查自验四个阶段，到 1992年 7 月下旬基本结束，全县收回 10 套 540 平方米不是为了自住而是出租牟利的建房；清理违规多占住房 10 套计 510平方米，收缴以集资建房为名侵占集体资财的违纪金额11.2644万元；17 名超面积住房干部、职工补交了超标准面积的市场价款；对 6 人建私房 8 处共 3000 平方米收取土地资源费 7 万多元。1992 年 7 月 29 日通过了省清房工作验收组的验收。

省清房领导小组为善始善终地搞好此次清房工作，决定对全省清房工作进行验收。验收分淮北片、省城片、江北片和江南片四块进行。验收工作除省清房办领导参加，还从各地（区）、市抽一名清房办负责人参加。我有幸被淮北市纪委和市清房办举荐参加这次全省清房淮北片的验收工作。淮北片验收组由省纪委有关领导、省清房办主任带队，另有省清房办两人,所验收的地、市各一人,共八名成员,从 1992 年 7 月 25 日开始,至 8 月 6 日结束,对阜阳、淮北、宿县、蚌埠和淮南五地、市进行验收。验收采取"听汇报、看资料、到基层听取意见和回来总结回顾、点评议决"的方法进行。各地、市都是纪委副书记和清房办主任汇报,地市清房领导小组组长、地市委副书记和清房领导小组副组长、地市委常委、纪委书记,清房领导小组副组长、地市政府分管领导,作补充汇报。验收期间,各地市都很重视,地市清房办领导迎来送往,地市委书记、市长(行署专员)都带领班子成员到省清房验收组驻地看望验收组一行,并举行欢迎宴会。

十来天的清房检查验收,使我有幸与省和地市县这么多领导近距离接触,从他们身上我学到了领导者的聪明才智、处事能力、讲话水平和工作策略,使我在后来的工作中受益匪浅。

作为监察干部,面对社会上形形色色的人和事,调整好心态至关重要。无论得意还是失意,无论顺境还是逆境,都要以高尚情怀来做好心理调节。既要想到自己主观愿望的客观现实性,又要想到这种客观现实实现的可能性以及其他矛盾的焦点;既要想到自己的付出与收获,又要想到责任与贡献,尤其在付出和得到之间形成落差的时候,更要冷静慎重,不能让自己的内心失衡;既要想到党和组织如何为自己提供便利条件,又要想到怎样为组织排忧解难。要时刻怀有一颗感恩之心,敬业、尽责、担当、奉献。只有这样,才能快乐工作,安心生活,人生之船才能在标识着为党和人民利益勇往直前的灯塔下不迷失航向。这才叫"不惹祸"。

1991 年年底,应山东省几个市县监察工作特点突出、服务经济发展卓有成效的监察局邀请,县监察局决定由赵副局长带队,监察局业务骨干和相关县直单位领导、检查科长等一行 10 多人到外地考察学习。沿海开放地区给我带来了深刻的印象:街道整洁干净,很少有人在街上转悠、玩牌闲聊,看到的人们都在急促赶路、做事挣钱。但物价昂贵,四五百元的饭菜当时在我们县城甚至淮北市里是一桌丰盛的佳肴,到了那儿八人一桌没吃饱。

我们首站走进了山东省威海市环翠区监察局,该局是全国监察工作的先进典型,为本地区改革开放、经济发展做出了突出贡献。我们进行了面对面的交流学习,他们的经验介绍很简单,主要职责就是打击违规违纪违法行为,为改革开放、经济发展保驾护航,全局很少有人坐在办公室里,大都在所分的单位奔波、服务、监督。随后,在区监察局人员的陪同下,我们分为若干小组分头到该区有关单位实地考察、走访。我和县物资局朱局长到环翠区物资局。环翠区物资局局长时年 29 岁,年富力强,经营理念开放,经营方法灵活、措施得当,在他的带领下,只有 15 名员工的区物资局年营业额 2 亿多人民币,并创外汇 3000 多万元。不看不知道,一看吓一跳。当时朱局长就感慨地对环翠区物资局局长说:"我的年龄是你年龄的两倍多,我的物资局年营业额只是你们的十分之一还不到,利润差距更大,我确实该退下来了,再这样干下去,会落后到什么程度,真是不敢想象。"

到威海市荣成县监察局学习时,荣成县监察局王副局长带我们到龙须岛参观。大海边,我们远眺大海,海浪咆哮着一浪高过一浪向我们滚来,声势极为惊人,像是在热烈欢迎我们,又像是向我们显示这里经济腾飞的壮观景象,令人心潮澎湃。看到龙须岛,村村都是一排排洋楼、气派的建筑,王副局长介绍说:"改革开放以来,荣成不但商贸活跃,商企发展突飞猛进,而且我们利用临海优势大力发展海产品,我们的海带产量几乎占到全国的一半。这里的村民早两年人均收入就在万元以上了。"我听了之后非常惊讶,那时,我们这里万元户的家庭还是凤毛麟角,与之相比真是天壤之别。改革开放掀起的经济大潮给开放地区带来的巨变,激发了我的思考:我和我们应怎么办? 今后的路该怎么走? 真诚希望我们的家乡能快步赶上。

清房工作结束后,我回到监察局上班。国庆节前夕,局里安排我和老王去某医院调查案件,局里派车,同去的还有我爱人贾广英。我们一大早从濉溪出发,到宿县时有一段在修的路面,驾驶员没注意,车后胎被割破。因轮胎是内外胎合一的,车铺无法修补,换个轮胎又比较昂贵,修车铺师傅就给胎内充点自补胶,我们将就着上路了。走了不到 5 公里轮胎的气就跑完了。离开了宿县,又远离集镇,前不着村,后不着店,向路人打听,此处方圆好几里都没有汽车修理店。无奈之下,我们下车,老王陪同驾驶员开着一轮瘪着的瘸腿车又回到宿县,找到宿县地区监察局领导借了钱,换个新轮胎,当天天黑了很长时间我们才赶到蚌埠。

这是我和我夫人贾广英一起第一次去蚌埠,恰巧又是到蚌医。这第一次就出师不利,如此坎坷。难道冥冥之中真有天意的昭示? 不过几个月,我和广英就频繁奔波于濉蚌之间,长期住进了蚌医,治病救命了。

三

时间年轮转到 1993 年,我家里和工作单位各发生了一起重大事件。

春节过后,通过 B 超、红外线和临床检查,我爱人贾广英被查出患了乳腺癌,我顿时如被五雷轰顶,被砸得不知所措。我们俩本能地到单位请了假,安排好孩子和工作,瞒着家人和至亲,上蚌医治病救命去了。在蚌医住院,心系着家,系着单位和工作。治疗间歇,我们出院回家,广英休息疗养,我则上班加倍工作,既要使分管的工作跟上整体的步伐,又要补回耽搁的时间。

到 6 月,单位体制变动。县委研究决定,我被选拔为合署后的县纪委监察局党风廉政室主任。我很感激县纪委监察局领导,在我家患难之际、精力备受牵连的情况下仍重用我,与其说这是组织和领导对我的信任,不如说是对我的鼓励,是对我和我家庭的安慰。然而,岗位意味着责任,意味着担当,意味着更高的要求。我必须拿出百倍的干劲、百倍的努力报答组织。

县纪委监察局编制方案规定,党风廉政室的职责是:负责监督检查、综合分析全县党风廉政建设情况,组织全县性或重要的党风廉政建设检查活动;承办、组织对下一级党委(党组)的党风检查和参加下一级党委组织的民主生活会;监督检查乡镇、县直科级以上单位领导干部贯彻执行民主集中制情况;承担县纠风办的具体工作,确保全县党的政治环境风清气正。

"纪检监察机关很有权",这话说得很对。党章和有关法律的确赋予了纪检监察机关很大的权力。但这种"权"是专用于倡廉扬善、反腐惩恶的。纪检监察机关除了对党组织和党员、干部的先进事迹弘扬宣传,对违纪违法行为进行查处,并有权要求有关人员在规定的时间、规定的地点就案件所涉及的问题做出说明,涉及犯罪的移送司法机关立案侦查,还可以牵头组织有关部门对群众反映强烈的突出问题进行专项治理。纪检、监察合署办公后开展的第一个专项治理就是刹公款吃喝风。

和其他地区一样,当时公款吃喝风在县里也一度盛行。虽有招待标准,但单位来人招待,能按标准的很少,多是超标。有的一餐超标几百元,有的甚至超过规定标准两倍或两倍以上,一餐吃掉上千元甚至几千元。那时,一名科级干部一个月工资不过四五百元。上边来一人,陪餐人员竟有三四个,上边来两三人,陪餐人员就是一群,要一个很大的饭桌才能坐开。有的小些的单位,只要来人,全员陪餐。有些有执法权单位的人员,检查工作,上午十点半以后、下午四点半以后才打电话通知去检查,叫人家做好准备。做好啥准备?就是把饭局安排好。有的单位乐于上级或其他单位来人,只要有人来,就有了吃喝的理由,就能够蹭吃蹭喝,就可以酒肉熏肠、大喝海吃。有几天不来人,就电邀人家来,邀也一时无人来,本单位几人就一起撮一顿。少数干部和工作人员由偶尔吃喝者,发展成饕餮之徒,成天一门心思想吃喝,不干工作。

中午喝得晕三倒四,下午就趴在办公桌上睡觉,有的干脆就不进办公室,在家大睡,或者到娱乐场所唱卡拉 OK、打牌、下棋、打麻将。更严重的是,有些单位竟在公款吃喝上相互攀比,看谁安排得档次高,招待得有特色。公款大吃大喝不仅挥霍了大量公款,带来了较大的经济损失,而且造成了恶劣影响,大大损害了党和政府在人民群众中的形象,还损伤了干部和工作人员的身体健康,是一种发生在人民群众身边、人民群众极为憎恶的严重腐败现象。

县委、县政府先后下发了《关于狠刹公款大吃大喝歪风的通知》《关于公务接待费用从严控制办法》和《关于公务招待费用报销管理规定》等等,也采取了一些措施。县里开办了县政府招待所,设立了接待处;乡镇开办了机关食堂,并规定了各级的招待标准、陪客员额;来人招待要先报批,报批单要实名制,报销要遵守审批单、菜单、发票三单齐全的报销制度,但腐败现象总是屡禁不止,甚至有愈演愈烈之势。于是,县委、县政府决定:责成县纪委监察局联合有关单位开展专项治理活动。

所谓专项治理,就是严格落实规定,对违规行为加大查处力度。一是由监察局(交由党风廉政室)牵头,财政局、审计局、司法局等单位配合组成检查组,到县直各单位、各乡镇检查账目,看吃喝招待费用开支情况,有无违反规定的报销,凡是查出违规的单据,其金额一律由个人承担,还要追究责任人的责任;二是由党风廉政室在宣传教育室、监察综合室等配合下,中午、晚饭间到县城几家较大的饭店、酒楼检查。专项治理期间,我整天带着五六个人拿着照相机、提着录像

211

机，到各饭店的大小包间查询、拍照、录像。凡对于公款安排的饭局，检查有无履行报批程序；对于未履行报批手续，或虽履行报批手续却招待超标的公开曝光，谁安排的，有哪些人参加，通过媒体向社会公布，并严肃追究有关人员的纪律责任。开始两天，检查还很顺利，饭店能够予以配合，提供发票、菜单和安排餐宴的人的姓名。过了几天，问题来了，有几位饭店老板找上门来，说我们的检查把他们的客户吓跑了，影响了他们的经营，还向县委、县人大、县政府、县纪委告我们的状。多数饭店不再配合，我们再去检查，他们就设置种种障碍阻止检查，拒绝提供一切资料，并安排人到包间通风报信，做好应付准备。几天检查下来，我的思想也发生了变化。看到吃喝风严重，心里也很气愤，加大力度治理，心里支持称快。但人家碰杯把盏正是兴奋之际，我们扛着机子去拍、去照，拿着笔本去登记。县城就这么大，多是碰到熟人，人家放下杯子、筷子似笑非笑地起坐让你，就觉得十分尴尬，不是滋味。干扰了人家的饭局，影响了人家的酒兴，好像我们不食人间烟火，有意制造麻烦。尽管是职务行为却背负不近人情之名，心里极为苦闷。家里还睡着病人，许多家务等着我做。饭店老板不配合检查，被检查者对我们不理解，认为是有意刁难，加之检查时机恰在吃饭时间，真真正正是"人家坐着我站着、人家吃着我看着"，那份难堪实在不好忍受。

晚上，我怀着沉重的心情到县纪委肖常委家，想与他倾诉。他看到我闷闷不乐的样子，问我："小贾的病怎么样了？"我不无担忧地回答道："前一阶段的治疗，效果很好，手术很成功，现来家休养恢复，过段时间再去进行下一疗程。她现在已能下床走动锻炼了。"他十分关心地说："你要对家属、家庭多投入些精力，等家属病好了再卖力工作。近期感觉如何？"我带有几分情绪地说："非常感谢领导对我的关心、信任，但我觉得我可能不适合纪检监察工作，到纪检监察来投错了庙门。"他惊讶地说："怎么啦，哪里来的这么大的情绪，是家庭的还是工作上的？"我把近来的工作、遇到的困难、心里的困惑和对今后工作的担心一股脑儿倾倒了出来。他听后沉思了一会，说："纪检、监察合署，是党中央、国务院加强党风廉政建设深入开展反腐工作的一项重大举措，是反腐倡廉资源整合、力量集中、力度加大、拳头加重、领域拓宽、范围扩大的创举。纪检监察工作，说到底，是做人的工作。做人的工作，就要同形形色色的人打交道，就要与他们相碰相撞，就要看各式各样人的脸色。有时还会遭打击报复，被人暗算，挨骂受辱。纪检、监察合署在一起，能够提拔你当党风廉政室主任，主要是你能力、素质、业绩得到了大家的认可，但组织对你的信任也很关键。不能使自己的前程毁于一旦，不要辜负组织对你的期望。在今后的工作中，不但要学好理论，学好技能，还要学会吃苦，学会奉献，学会忍辱负重，经得起打击报复，甚至阴谋暗算。你需要的不是适合不适合，而是振作再振作！"肖常委的一席话振聋发聩，如一记耳光扇醒了我。我睡在床上，辗转难眠。是啊！都高喊着反腐却不去做，都拍着胸膛要与不良倾向、违法乱纪行为做斗争却不行动、不向前，腐败怎么反？不正之风怎么纠？与腐败分子、腐化堕落行为做斗争，就需要有人"冲锋陷阵"，不怕得罪人，不怕打击报复，不怕人耻笑，不计较个人得失，不被困难所吓倒。既然做了纪检监察工作，端了纪检监察的饭碗，就要有拿得起的勇气，更要有放得下的豁达。面对歪风邪气，要毫不畏惧，坚决抵制；面对艰难险阻，要勇于向前，破阵摧坚；面对"寒碜"的场合、"尴尬"的局面，要昂首做人，正气凛然。想到这里，我增添了信心、勇气和力量。我爱人是中学政治教师，她睡在病床上看到我近日的不快，也鼓励我："干工作不能怕困难，干纪检监察工作要勇于同邪恶势力斗争，要拿得起放得下，不能死要面子。家务你不必过于担心，我叫我妈来帮忙一段时间，你放心大胆地干。"我感动得一时语塞无言以对，只觉两眼湿润。于是，我挺起了腰杆，鼓足了勇气，振作起来。为应对"上有政策，下有对策"，我提前研究检查方案，充分估计可能出现的阻碍，提早拿出应对各种阻挠的处理办法，充分做好检查准备。并征得领导同意，协调增加了工商、公安人员参加，使检查得以继续进行。

　　一天晚上检查，我们一进某饭店大院，看到一县领导的车子停在院里，我顿时一愣，心里嘀咕着：今晚县领导也在这里参宴？还查不查？查了，会不会得罪这位领导，遭到打击报复？查了，这位领导若是接待省、市来人，会不会给本地造成不良影响？我思想上产生了顾虑。这时，十来双检查人员的眼睛都在直瞪瞪地看着我。我知道他们心里在想什么，想说什么，无声的语言在告诉我：碰到了县领导查不查？还敢不敢查？看你怎么查？检查岗前培训时你调子唱得很高，讲得激昂慷慨，严格而严肃，令人心服口服。什么刹公款大吃大喝的歪风是纠正不正之风的主要组成部分，是加强党风廉政建设和反腐败斗争的重要内容；什么开展反腐败斗争，不

214

能怕得罪人，不能怕打击报复，不能怕遭人暗算；什么领导干部要带头守规矩；什么领导干部带头是最有说服力的教材；什么要求下级做到的，上级要首先做到，要求下属做到的，领导机关领导干部要带头做到。他们不但想看我敢不敢查，是真查还是应付。也想看看这位县领导是不是违反规定，都与哪些人在一起公款吃喝，吃喝酒菜高到什么档次，更想看看领导被查的场面。

正在犹豫迟疑、踌躇不定之际，肖常委的话又在我耳边响起，使我增添了信心和力量。于是，我下定决心，排除顾虑，不被权势所吓所阻，不管公款吃喝涉及谁，一视同仁，一律严查，一查到底。因而决定，今晚就从这位县领导所在的包间查起。我带着检查组人员首先来到县领导所在的包间，他们推杯把盏兴致正浓，看到我们几个人拿着照相机录像机进来，立即停下杯箸，把目光都投了过来。我说："你们继续吃你们的，我们是按照县委、县政府的部署，来这里检查公款接待问题，影响了你们，很抱歉。"这位县领导立即从座位上站起来，把我叫到门口，问我要不要把他们赴宴情况讲一下，我说："时间紧，检查量又大，来不及调查详细情况，我们都是先把桌席实况拍、录下来，翌日上午再逐一约谈调查。"我们看到，这是一桌很平常的宴席，不怎么特别，也算不上高档，喝的也是家乡的口子窖。我们认真拍了照，录了像，登了记，然后一一检查了其他包间。翌日一上班，我就把这一情况迅速向县纪委书记汇报，县纪委书记立即打电话询问县委办公室。不一会，县委办主任上来解释说："昨晚这位领导参加的宴席是淮北矿务局招待的，外地来人到淮北矿务局办事，来人与县领导熟识，为使其参宴方便，才特意安排在县里。"后来这位县领导又向县纪委书记作了进一步解释，并要县纪委对检查组严肃认真地刹风整纪的检查事迹予以表扬。

事物的发展都具有两面性，这往往会带来意想不到的效果。通过对县领导参宴的检查，我们使得其他包间和饭馆工作人员以及检查组成员，看到了我们对于公款大吃大喝查处的决心、态度和力度，减少了拦阻设障。无形中，有的还主动支持和配合我们查处，促进了公款大吃大喝不正之风专项治理工作的开展。

公款大吃大喝不正之风专项治理工作开展了近三个月，对违反规定的公款吃喝公开曝光20余次，纪律处分12人，约谈18人，狠刹了公款吃喝歪风，有效遏制了公款吃喝不正之风的蔓延。但是，过了一段时间，吃喝风死灰复燃，又有反弹，给人以顽疾难治、前功尽弃之感。在此后的不断整治过程中，往往紧一点就收一点，稍一松懈便重新抬头，迅速蔓延，且变本加厉。

公款吃喝久纠不愈，顽疾因素较为复杂。首先是传统观念中的糟粕文化的影响。公款吃喝的源头可以追溯到封建社会。历代不绝，所谓"驿站""驿馆"，便是迎来送往、挥霍招待的机构。而地方官员用公款招待来往同僚、上司，既不要掏腰包，又做了顺水人情，甚至还能从中渔利，何乐为不为？几千年遗留下来的所谓"礼仪"习惯，以及由此生发的似通非通的"酒文化"、"饮食文化"、享乐主义等等，是造成吃喝风屡禁不止的思想根源之一。

其次是客观存在的现实利益刺激，党的十一届三中全会以后,以经济建设为中心和深化改革、扩大开放等举措,带来了社会主义商品经济的快速发展。由于诸方面的因素,不同地方发展速度和水平差距颇大。逼人的形势对经济不发达的落后地区压力也大,迅速把经济搞上去的主观愿望促使人们千方百计寻找加快发展的捷径,于是新旧体制转换时期的漏洞和改革中不完善的环节很快被一些地方、一些人利用,眼睛盯着上级领导机关和掌管实权的部门,凭借请客送礼,确实能批回紧俏的计划物资,转手赚取双轨制的差额,也确实能争来一些项目,推动地方经济的发展,甚至还能获得某一方面的倾斜,享受一些特殊优惠政策等等。所谓"花小钱,赚大钱""只要是为公,不下个人腰包""吃喝出效益"和"跑部钱进"等等,成为一时的应景口号,这对吃喝风屡禁不止以至蔓延,起到推波助澜的作用。往往经过一阵狠刹,吃喝风稍有收敛,气候一过,又逐渐恢复且不断升级,范围越来越广,名目越来越多,标准越来越高,手法越来越隐蔽,理由越来越充足,形同于某种起了抗药性的细菌。

吃喝风一旦形成,便有相互传染、蔓延于无形之势。尽管人们深恶痛绝,对那些成天吃吃喝喝沾公家油水的圆肚肥肠者嗤之以鼻,但公款吃喝一旦降临到自己头上,又有些许欲罢不能欲拒无力之感。那些陪客的大小领导,也不情愿把宝贵时间花在迎来送往的俗套上,却又怕引起客人误解,落得不重视、不礼貌、不通人情等名声,不得不违心为之。还有一些随大流的人编出一套理论来原谅自己,说什么"靠我一人不吃,靠我们这一顿饭不吃,无济于纠风""这点小吃比起那些大吃来算是小巫见大巫了",甚至还有什么"不吃白不

217

吃""吃了也白吃""白吃也没事"等等。加上一些道听途说的开放发达地区所谓"发展经验"、酒桌上谈事、酒杯里引资，甚至舞厅招商、牌桌拉项目，更使人弄不清到底什么是正什么是邪，什么是真效益什么是假繁荣。以至于参与吃喝的人非但不觉羞耻和脸红，反而当成工作需要、发展经济必须、创造效益的前提，吃得心安理得，甚至吃得风光，吃得趾高气扬。那些不参与吃喝的反显得寒碜，跟不上潮流。这样，公款吃喝的不正之风，渐渐积成顽疾，给根本治理带来困难，走入"上面抓一阵子，下面应付一阵子，还是回到老样子"的怪圈。所以不从思想上、制度上、执行上痛下决心痛下狠手，公款吃喝的歪风将很难杜绝。

四

我爱人的病情经过一年来的手术、放疗、化疗，得到了有效控制。她来家疗养一段时间，康复得很好，我带着她每天坚持早晚锻炼，出现了奇迹——她竟能上街买菜、做饭了。我的主要精力又都投入到了工作上。按照十四届中纪委二次全会部署，"领导干部廉洁自律、查处违法违纪案件和纠风工作"构成了全党全国反腐败三项工作的格局。三项重点工作，党风廉政室承担了两项，我带领党风廉政室一手抓领导干部的廉洁自律，一手抓纠风治乱。

"纠风"从字面上说，就是纠正不正之风，后来称之为纠正部门和行业的不正之风，从党的十六大以后被改称为纠正损害群众利益的不正之风。早在 1990 年 8 月 23 日国务院就召开了"加强廉政建设,纠正行业不正之风电话会议",会议一结束,县政府立即召开常务会议,学习贯彻国务院电话会议精神,决定成立以县长为组长,县委一名副书记和常务副县长为副组长的"县纠风领导小组"。下设办公室,由县政府办公室主任兼任纠风办主任,监察局局长为副主任,办事机构设在监察局。监察局没把纠风工作固定在具体某一科室,任务来了,与其他工作一起部署、安排。

当时,反腐形势非常严峻。人们的话题第一是物价(过高),第二是腐败,第三是分配不公。经过一个时期的治理,物价问题逐步缓解,人民议论的话题就都集中在腐败和分配不公的问题上。分配不公,不论它在什么背景下形成的,说到底也是一个腐败问题。那个时候定义:腐败实质上就是脱离群众。而行业不正之风背离我们国家制度的本质和人民群众的愿望,它对我们的干部和职工是一种腐蚀剂。它侵害人民群众利益,损害党和政府在人民群众中的威信和形象,对党群干群关系是一种离心剂、一台离心机,是严重的腐败现象。纠风工作开展之初,主要是打击贪赃枉法、行贿受贿、投机倒把等经济犯罪活动,治理用公款请客送礼、大吃大喝、奢侈浪费、假公济私等歪风邪气。

所谓不正之风,就是部门或行业及其有关人员,"该为的不为,不该为的乱为"。虽表现形式各不相同,但实质上都是以权谋私。有的弄权勒索,吃拿卡要,不给好处不办事,给了好处乱办事;有的巧立名目,滥设关卡,乱收费,乱罚款,乱摊派;有的搞特殊化,徇私舞弊,中饱私囊;有的任人唯亲,搞钱权交易、权权交易;有的高高在上,官僚主义严重;有的优亲厚友办人情案、贷人情款、收人情税、定人情价等等。

　　几年间，我秉承"党是神圣的，党纪、党风不容亵渎"的朴素观念，忠实履行职责，带领党风廉政室对群众反映强烈的问题和上级的工作部署，认真进行调查研究，摸清情况，提出治理措施；与有关单位联合，综合整治；对突出问题开展专项治理活动，以抓重点带全面进行纠正处理。

　　1994 年上半年，根据市纠风办的部署和年初工作安排，我利用两个月时间深入农村、基层，调研农民负担过重的问题。走访了 16 个乡镇、45 个村居、170 多家农户，谈话 200 余次，查看资料 30 余册。

　　濉溪县是一个农业大县，农民占总人口的四分之三以上。那个时候，工业、商贸、交通运输业等都很薄弱，全县的财税来源主要依靠农业、靠农民，再加上一些部门加项加码，农民负担确实很重。经实地考察发现：原因是多方面的，既有主观因素，也有客观因素；既有内在原因，也有外在原因。综合起来，可总结为：

　　乱罚款是加重农民负担的重要因素之一。那些年，各种罚款名目繁多，以罚代政、以罚代法现象严重。我每到一村，许多被访农民都争着亮出厚厚的一沓罚款票据，有超生罚款、漏检怀孕罚款、打牌罚款、打架罚款、不按时交纳提留罚款、建房子罚款等等，罚单多不规范，有的就是写在纸条、烟盒上的白条。他们向我反映说："上边如果不管，任由这样发展下去，我们怎么能有心思种好祖祖辈辈传承下来的几亩土地？农村改革带来的成果将被糟蹋殆尽，更不用说加快实现

220

农业现代化的目标。"调研发现的问题确实令我触目惊心:一些乡镇不从实际出发,盲目要求农民投资办企业,强行下达一些项目指标,对完不成任务的罚款;村里农民发生争执和纠纷,找村、镇(乡)处理,有的不分青红皂白,以罚款了之;农民在农闲期间搞一些娱乐活动,被治安人员发现,也以赌博处罚;农用车辆上公路也要被借故罚款,铁佛乡一农民拉了一车西瓜进城去卖,没走一里路被罚了两次,四铺乡三铺村的一花农拉一农用车的盆花上城去卖,一天下来卖的钱还不够罚款的费用。这些罚款既有合法的,也有不合法的。对于不合理、不合法的罚款,主管部门听之任之,放任自流,致使有的单位直接给下属下达罚款指标,用以支付工作人员的奖金,以及盖宿舍楼、买轿车,无怪乎群众讽刺说"穿黑的、穿蓝的,到处都是要钱的,要的都是社员的""十几个大盖帽,管一个破草帽"。

强行摊派是加重农民负担的重要因素之二。如参加保险和硬性派订报刊。有关部门和单位要求农民参加保险是一件好事,但忽略了农民的承受能力。当时农民被迫参加的险种有:农房保险、家庭财产保险、农作物保险、二女户保险、救灾保险、养老保险等,不少保险是镇(乡)、村与部门利用行政手段强迫农民投的保,加重了农民负担。双堆集镇邹圩村每年的保险费用约 1.5 万元,相当于全村两委成员一年的工资。镇(乡)、村的报刊派订额也较大,有的多达 40 种,报刊费用大部分出自农民统筹提留款,一般的村每年负担这种费用高达 500 元。

提留超过规定、重复提留是加重农民负担的重要因素之三。1992 年全县提留总额为 3642 万元，人均提留 41.8 元，占上年人均收入的 7.6%，超过《条例》规定的 5% 2.6 个百分点。绝大部分乡镇提留项目一般在 20 项左右，其中不合理项目 6 至 7 项。双堆集镇芦沟村、孙疃镇八里村，提留项目多达 60 余项，其中不合理项目 30 多项。有些项目，镇（乡）、片、村、组重复提留，致使提留总量达到人均 100 多元。农民气愤地说："集资多，提留重，各种摊派无底洞。"

村财务管理混乱，开支漏洞大，村干部挥霍、侵吞现象严重是农民负担过重的原因之四。一些乡村队收支常年不记账，群众上缴的款谁收谁管谁负责，毫无规矩；有些村会计素质差，不懂会计业务，使得多年来村里无账可查；开支无发票，多数是白条。原罗集小乡成立十五个月来吃喝招待谁都能安排，谁都能立户头，从不结账，乡里究竟吃拿了饭店多少钱，谁也不清楚，1992 年撤区并乡时，各店老板纷纷找乡里要钱，根据各店的登记，合计共吃了 70 多万元，后经调查核实，落实 40 多万元。全乡人口也不过 3 万人，如此惊人的吃喝浪费款加在农民头上，农民苦不堪言。韩村镇某村属矿区，村干部多年来吃喝从不记账，经调查：该村一干部在一家饭店里开一张吃喝白条高达一万多元，一张白条吃掉千元的村干部更是屡见不鲜。岳集乡某村，8 个干部 6 位管钱，村主任、书记花钱都是自批自支，村书记一张白条吃掉 1400 元，村主任也不甘落后，一张白条吃掉近千元，村里的账目实际上就是他们的吃喝账。"大吃三六九，小吃天天有，大会小会都得吃，找个借口喝杯酒"，这是群众对他们的真实写照。

5 月，我完成了《浅谈农民负担过重的原因及治理对策》的调查报告，并于 6 月上旬，在阜阳召开的全省纠风工作会议上作了专题发言。我的论文观点受到与会者的赞同和肯定，论文被省监察厅、省纠风办录选入《反腐倡廉新思路》论文集。论文提出的"农民负担过重"的治理措施被后来治理"三农三乱"所采用。

1993 年 6 月，县纪委与县监察局合署办公。到 1994 年，县政法委从县委四楼搬出，监察局一拨人搬进来，纪委、监察局两路人马才一块儿办公。又过一段时间，两账户合并，经费统一，工作用车统一，两单位才算真正意义上的合署。

治理在交通道路上乱检查、乱收费、乱罚款（简称公路"三乱"）的现象是纠风工作的重点，也是纪检、监察真正合署后第一次较有影响的专项治理。治理之初，县政府决定由公安部门牵头。公安交警工作在路上，公路"三乱"现象时有发生，公安局觉着自己在治理这方面存在一些困难，于是向县政府表示不愿牵头，只愿参与协助。县政府常务会研究决定，设立濉溪县治理公路"三乱"办公室，监察局局长、纠风办主任兼任主任，我作为纪委纠风工作室的负责人任副主任，从公安、交通、林业等单位抽人办公，公安局、交通局轮流提供工作用车，并建立了县治理公路"三乱"联席会议制度，县纪委书记为治理公路"三乱"联席会议召集人。一天，监察局局长找我说："治理'公路三乱'，是县纪委和监察局真正合署后开展的动作较大的专项治理活动，非常重要。我的事情多，治理的具体工作主要靠你来抓，一般问题能处理你就做处理，你放手干，不必事事都向我汇报。处理不了的，再和我讲，上面还有联席会议。"这是一项棘手的工作，让我放手干，不必事事汇报，是信任还是考验我？我说不清。

20世纪90年代，涉路部门在对公路行驶职权的过程中，没有找到准确、科学的结合点，不是以管理为目的，而是偏重于"收费""罚款"，有些部门甚至把管理等同于"收费""罚款"，或是"以收代管""以罚代管"，甚至把罚款当作单位创收的途径、个人致富的灰色渠道，致使执收执罚人员上路乱查乱收乱罚，滋生腐败恶果，在社会上引起了强烈不满。具体表现为：在财政体制中，由于实行"财政包干、切块包干、分灶吃饭"的方法，一些执收执罚部门一味强调抓收入，层层下达收费指标，把收、罚款额同单位和个人的经济利益直接挂起钩来，大大刺激了一些单位和个人"创收"的积极性。在财务管理中，也没有严格实行"收支两条线"制度，所收、罚款被随意截留挪用，或发奖金，或办福利，或买小轿车，或盖职工住房、办公大楼，等等。如此方便之门，对公路"三乱"起到了诱惑和推波助澜的作用，刺激了一些部门和单位争相上路收费、罚款。同时，在执收执罚队伍中，有相当一部分人员没有受过系统的执法教育和严格的岗位培训，无论是政治素质还是业务素质，都与正确履行职责有相当差距。特别是执勤队伍中，存在着大量合同警、合同工、临时工，他们中的一些人政策水平不高、职业道德缺失、纪律观念薄弱。在执收执罚公务中不讲政策，不讲文明，不讲法纪。甚至有少数人员"天老大他老二"，态度蛮横、巧立名目，张口闭口都是一个"罚"字，对方稍有不满或疑问，便要加罚"态度款"。他们为中饱私囊，往往不按规定开票或干脆不给发票，损害了国家，坑害了群众，肥了个人。因而，乱设卡、乱收费、乱罚款的公路"三乱"现象一度猖獗。据当时调查统计，全县辖区面积3431平方公里、干支线500余公里的道路上，最多时有10个部门、17个单位上路设卡，在30多个地点进行收费罚款，甚至公路附近的农民也上路设卡收费，过往群众和运输业人员反映极为强烈。不仅影响了交通，阻碍了经济发展，而且严重损害了党和政府在人民群众中的威信和形象。

办公室成立后，经过调查、研究、分析认为：应首先从抓教育入手。我将治理设想方案向纪委、监察局领导汇报，又提交联席会议研究，通过后迅速实施。为使执收执罚部门和沿路乡镇群众确立"纠风治乱无小事、公路'三乱'高压电碰不得"的红线意识，我的方案如下：

一是组织引导原原本本学文件。一段时间，我们以县纪委、县监察局、县纠风办名义先后转发上级文件20多份，召开涉路部门、沿路乡镇领导干部专题会议十多次，认真组织学习传达上级文件精神和领导讲话，同时要求各地、各部门定期组织学习，还将全省治理公路"三乱"的新举措、好做法及查处的违规违法典型案件编印成册，下发基层，让干部群众认清大局，把握自我。二是随机教育。

我们结合上路检查，检查一路宣传一路，向群众讲清治理公路"三乱"的重要意义，把上级规定传达到位，把问题处理到位，先后开展随机教育近20次．三是办培训班。我多次协调结合县各类党员干部学习班以及各单位、各部门举办冬、春训练班，把《中华人们共和国行政监察法》和关于治理公路"三乱"部署、法规、政策贯穿于培训之中。四是典型教育。及时将发生在公路上违规违纪和"三乱"案件查处情况通报全县，并组织展开大讨论，促使干部职工充分认识他们所犯错误的实质，从中汲取教训。五是舆论宣传。我们与县电台、电视台和县纪委宣教室联合，在新闻媒体和内部刊物开辟宣传专栏，大力宣传治理公路"三乱"的重大意义、政策法规和先进事迹，以及剖析公路"三乱"案例。

为严格监督、强化管理，在分析探索的基础上，我们首先建立了督查制度。在各单位自查自纠的基础上，组织协调县治理公路"三乱"联席会议成员单位定期组织互查。领导小组主要负责人带队不定期组织路查，我带领治理公路"三乱"的办公室人员经常明察暗访，随遇随查。一次，我带县交通局人员上蒙城县退还濉溪运管所乱查乱收蒙城县运输车的一笔费用，过了某集镇，老远就看到公路旁停了两辆拉货的农用车，围了很多人。上前一看，人群中有张办公桌，两个穿半旧制服的人拿着电棍，正板着脸叫车主交钱，由于要的数额较多，两车主不愿意给，查车的就不放他们走，双方就这样僵持着、缠磨着，可能有很长时间了，周围围了一群路人和看热闹的附近村民。我向前看了看他们穿的制服，也弄不清是哪个单位的。随口问了声跟我一同的县交通局人员，他小声对我说："我也不认识，不是交通局的人。"我就问两人："你们是哪个单位的？在这儿设点查什么？"其中一个说："不关你的事。"我说："道路交通关系千万人，这儿造成了堵车，车辆都快没法行驶了，怎么不关我的事？这儿是省道，难道你们不知道不允许在这条路上设卡查车？"另一个反问我："你是哪单位的？我们查车与你有啥相干？"我又说："我是哪个单位的不重要，是谁叫你们在这里查的？"他们态度蛮横地说："我们自己决定的。"我们还要急着赶路，又未带录像机，没法录像，我就掏出纠风工作证件，接着拿笔、本要记下他们的姓名，两人悄悄地溜走了。围观群众小声悄语地调侃说："大官吃小官。"他们把我们和查车人都当作官来看了。两位被查的车主说："我们已被他们拦了很长时间，他们向我们要得太多，我们没有那么多钱，要是要得少点，我们也就给他了。"并向我们反复道谢。我说："不用谢。他们这是乱查车，要多少都不能给，以后再碰到，及时向我们反映、举报。"我随即把我的手机号码和我们的举报电话给了他们。后来，我们明察暗访，把这一带列为重点，专候他们，再没有发现这两人在这一带的路上查车。

经梳理，我们规定了督查重点：一是对问题多发路段重点督查，在重点单位和部门重点督查，对重点季节和时机重点督查，配合上级明察暗访重点督查。二是建立联系点。征得县里的同意和支持后，我将领导小组每位成员分别与一个涉路部门和一个沿路乡镇建立联系点，明确联系人的职责和任务。三是建立举报制度。向社会公布县治理公路"三乱"专项举报电话，安排专人接待来信来访，对群众反映的问题及时查处。一段时间内，我们接连接到举报反映：有几个人开着警车，穿着警服，戴着大盖帽，经常在铁佛乡北、潍铁路上查车。我带着治理公路"三乱"办人员去查了几次，都没见到，问了周围群众和几位营运车主，他们说："有查车的，我都遇见好几次，刚才还在那边查呢，刚走没有多长时间。"我就纳闷了，他们经常查，怎么我们来了几次都碰不到？难道他们知道我们的行动？查车的是公安的，还是交通的？一天，铁佛乡纪委书记一早到县纪委办事，打算办好事赶着回乡开会，我一上班知道了这一消息，就赶紧到治理公路"三乱"办那边和大家说，我今天要到市纪委开会一天，大家按照昨天的安排做好各自工作。随后拉着县纪委宣传教育室主任，带着录像机，跟随铁佛乡的车去了铁佛。快到铁佛时，看到几个穿运管制服的人正在拦车检查。我和宣教室主任快速下车，我上前询问，宣教室主任抢着摄像。经查问：拦车检查的都是交通局运管人员，在这里已时断时续拦查了很长时间，群众向县、乡反映了几次，乡政府几次派工作人员去管，没管了，才集中反映到县纪委、县治理公路"三乱"办。经查：他们在县道上查车属公路"三乱"行为，他们所带的罚款收费单据全部没收，罚款收费全额退还营运车主，并给予两名国家运管人员行政记过处分，暂扣两人的执法证件；责成交通局辞退两名聘用人员。还查出：我们前几次跑空的原因，是抽到县治理公路"三乱"办的人员透露了信息。查出后，我把这位通风报信人员狠狠地训斥一通，退回原单位，另换素质高的人员来县治理公路"三乱"办工作。

治理成效还比较显著。从1994年5月至1998年，共查处公路"三乱"案件26起，给予49人党纪政纪处分，收缴违纪金额10余万元。也有闪光的地方，查出了一些具有影响力的案件：

韩村建管所所长利用地方势力乱收客运车辆管理费案。1995年，临涣矿选煤厂建成投产和小湖孜工人村形成规模后，淮北、宿州等城市到韩村和小湖孜工人村的客运服务陆续开通并逐渐增多，在运管部门还没有规范管理的情况下，韩村建管所所长凭借地方势力，组织人员对来韩村、小湖孜工人村的客运车辆强行收取客运管理费。他们不为客运车辆提供任何服务，也没有给予管理、提供场所，便"白手拿鱼"。索要不给，就对司乘人员大打出手，或是砸车。且收了费多不给票据，有时给了票据也是白条。对此，客运人员和乘客反映强烈。纠风办接到举报后，立即与县公安局联合组织人员进行调查。这位建管所所长及其家人在韩村势力强横，且有较强的反侦察能力，我带人一去，他们就躲，当场抓不到证据，向当地民众了解，没有人敢讲实话。于是，我们就改变方略，到淮北、宿州运输公司和社会客运管理部门调查了解，走访司机和售票员，他们开始也不愿意讲，我们就使用说导、承诺等方法，做深入细致的思想工作。我们的诚意打动了他们，他们才向我们讲出实情，同时提供了韩村和小湖孜工人村的知情人员的名字。我们将外围材料摸清查实后，才找这位建管所所长及其有关人员交锋。结果查明，这是一起带有黑社会性质的乱收强征行为的案件，我们责令县城建委对这位建管所所长停职检查，对其他主要责任人给予刑事处罚，没收全部非法所得。这一案件的查处和非法收费点的取缔，受到了社会和客运部门的叫好和称赞。也由于我们严格依纪依法，严格按照程序，讲明政策、道理，被处理人员心服口服。

县食品公司乱查猪肉案。当时，上级食品、检疫部门要求生猪"定点屠宰，统一检疫"，以防病猪坏肉进入市场，使老百姓吃不上放心肉。为此，县食品公司成立食品稽查队，对于进入市场的病猪坏肉进行稽查打击，对于未经检疫进行交易的予以查处。但要求从源头治理，即：稽查人员只能在生猪屠宰场和市场上监督检查，无权上路检查。一些稽查人员为了检查便利和获得利益，在公路上乱设卡、乱检查，见拉白条猪（杀好扒净的整猪）的车和遛乡卖猪肉的车就查，有的对过境运送生猪的车辆也查。凡被他们拦下的，不是没收，就是罚款。年节期间，查得尤其凶，导致后来各乡镇食品站也在辖区路段乱查乱收乱罚，群众反映强烈。接到举报，我们成立专案组，由我带队对其进行立案调查，我们加班加点，明察暗访，跑遍了24个乡镇市场、食品站和路段，调查了上百个猪肉售卖户。经查：这是一起典型的"三乱"要案，4人被给予纪律处分，合同人员5人被责令辞退，违纪款2万多元被追回，食品公司负责人调离该公司，分管的副经理就地免职，主管部门向县政府写出书面检查，并将此案的查处情况向全县进行了通报。

1997年12月上旬，省纠风办接连批转两封群众来信，反映在运输手续齐全的情况下途径濉溪县境内被某些公安干警查扣罚款数万元，要求濉溪县纠风办在市纠风办督导下严肃查处，并尽快将查处结果报省纠风办。县治理公路"三乱"办在县公安局纪委配合下，进行了认真查处。经查：（1）11月底，县巡警队干警在萧淮路拦下江苏省沭阳县一药材运输车，巧立名目收取费用一万元人民币。（2）12月4日，县巡警大队副队长带领干警巡逻，在县城西外环拦下一装载花炮从湖南长沙到山东临沂的运输车辆，经县巡警大队大队长同意后予以扣留，12月8日该队以保证金的名义收货主3万元人民币且未开具收据。其行为影响恶劣，分别给予责任人纪律处分和组织处理。该案查结后，我和市纠风办领导在县公安局纪委人员的陪同下分别到江苏沭阳、湖南长沙和山东临沂找到被查货主，向其退款、道歉，并征询他们对处理情况的意见。12月底我和市纠风办领导去省纠风办汇报了此案的处理情况。

县某局在省道上设卡检查木竹案。1998年中秋节前后，我们加强治理公路"三乱"的明察暗访。一天夜里，我带队沿101公路（淮宿路）路查，临近朱集苗圃，远远看见有几个身着制服的人员在双向拦车检查，但看不清是哪个部门的，到跟前才看清，是县某局派出所干警在检查运输竹木的车辆。几辆刚被查完放行，检查人员正在集中盘查从涡阳拉竹竿外运过境的运输车，我们到时，车辆已

231

经被扣了近2个小时，检查人员要罚八千元，货主身上只有三千元，只愿给三千元，价码悬殊较大，于是货就一直这样扣着。我一看，营运证、交易合同等证件齐全。检查人员要求有竹木专营证，人家是旧竹竿交易，又不是从竹木林场营运的，不必非有专营证不可。而且竹木的交易、营运检查监管，只能从源头治理，不能上路查、罚。这是有明文规定的，要人家持有竹木专营证是罚款的借口，是一个找茬刁难的行为。我将所扣的证件拿来，交还货主，立即放车，并扣留了某局派出所的检查车辆和其他检查工具。货主临走时激动地跪在我跟前向我磕头，痛哭流涕地说道："你是救我的恩人呀。"县某局派出所这次检查是一起严重的公路"三乱"行为，上级对责任人进行了严肃处理，给予3人政纪处分，没收全部收、罚款，并责令县主管局对派出所进行整改，县主管局向县政府作深刻检查。

在治理公路"三乱"工作中，我们不但强化治理，严查违纪违法行为，严打强征乱收的现象，指导执收执罚部门强化制度建设，规范执法行为，还帮助行业部门强化源头治理，集中整治管理不到位、应收收不到的现象。我把它称为：一手抓治理，一手抓服务。

1997年前后，改革开放、经济繁荣给全县农村带来了运输业的较快发展，祖辈以种地营生的农村人也解放了思想，凑钱或合伙购置农用车、四轮车干起了营运。起初是短途拉货，且带有互助性、群体性、半农半商性，随着营运量增大，利益的凸显，很多农村人成了运输专业户，做起了营运生意。农用车和四轮车、三轮车等运输车辆的增加，引起了运管和农机监理部门的重视。为加强管理，根据上级规定，营运农用车辆要挂牌、办理营运执照，司机要有农用车辆驾驶证。那时，农用车辆运输户没有办证意识，只知道运输挣钱，不懂得拉货还得要有证件。县农机管理部门一时对农用车辆的管理感到力不从心，1997年元旦过后，邀请我作为纠风办负责人到河南省偃师县考察，学习"农机管理既不闯公路'三乱'红线，又实现应管尽管"的经验。

回来后我们制定了工作方案，决定由我牵头，县纠风办、农机监理站、运管所、地税局等部门联合，集中整治，重在源头，建立规章，形成制度。第一，协调宣传部门，在县电台、电视台开辟规范农用运输车辆管理宣传专栏，采用问答、专访等群众喜闻乐见的形式，大力宣传上级有关规范农用运输车辆管理的规定和营运挂牌办证的重要意义，做到家喻户晓，人人皆知；第二，征得乡镇支持，在乡镇、村的配合下，摸清辖区拥有农用运输车辆的底数，在摸清底数的基础上登门入户颁牌办证；第三，到货场和运力集中的地方监督检查，抓源头治理。经过一个多月的集中整治，我县时有农用运输车辆挂牌办证率90%以上，这不但规范了农用运输车辆的管理，而且增加税费收入200余万元。

多措并举进行治理，有力地遏制了公路"三乱"行为的发生，保证了全县道路安全畅通，通过了省级公路基本无"三乱"的验收。

1997、1998年我先后被评选为"淮北市纠风工作先进个人""安徽省廉洁自律先进工作者"。我清楚，这不是我个人的功绩，我不过在具体工作中带了个头。"党风廉政室主任"是领导岗位，但对于我却是重担、压力、约束和警策。我常常想，为什么总有一些人把做官发财当作人生的终极目的？做了官，不自省、自警，把党风搞坏，党的肌体腐败岂不危及执政地位？近现代的一些前车之鉴不是太远。没有了执政地位，没有了人民的支持，丢掉了人民大众这一社会基础，你当谁的官？发谁的财？说不定要上断头台！每一个共产党员都应当有维护党的自觉，都应当把自己的命运同党和国家的命运紧紧相连，尤其是党员领导干部！

整治乡镇干部"走读"现象，也曾是我们花大力气从事的工作。

濉溪县城坐落在县域的北端，24个乡镇中，钟楼乡在县城西北，刘桥、新蔡两镇在县城东西两侧，濉溪镇在县城，其余20个乡镇全都在县城以南。距县城近的十几里、几十里；远的上百里，最远的陈集乡距县城200多里。乡镇干部家多在县城，即使一些乡镇配备了专门接送单位人员的通勤车，路上也要行驶一至两个小时，甚至两三个小时，早上上班即便提前走，也要将近九点多钟才能到达，晚的要十点多才能到。未配备专车的乡镇人员，到岗就更晚了。一上午的时间在路上，工作一个多小时吃午饭，午饭后又急着回家。在岗时间很短，能办的事情很少。群众编了一首顺口溜："早晨来得迟，晌午收工早，一心只惦

234

家，城乡两头跑，下村一阵风，办事找不到。"不无怨气地道出了乡镇干部"走读"现象的严重和对乡镇干部"走读"的不满。

乡镇干部是国家机关中最基层的工作人员，辛苦但却重要。工作在农村，与农民距离最近、接触最多，他们的一言一行直接影响党和政府在人民群众心目中的威望和形象。乡镇干部"走读"，在位不在岗或在岗少，百姓办事找不到人，尤其离乡镇远的，好不容易来一趟，又跑空，甚至办一件事情跑了多次空趟，群众十分不满。县委、县政府、县人大、县纪委、县委组织部和县信访办等多次接到这方面的群众反映、举报。对此，根据上级有关精神，县委决定由县纪委组织协调，县委组织部等有关部门配合，对乡镇干部"走读"现象进行专项整治。县纪委常委会研究决定：以党风廉政室为主，纪委办公室、监察综合室等协助抓好这项工作。（"县纪委组织协调""以党风廉政室为主"，实际上就是我协调，以我为主。）

我始终认为：作为一名纪检监察干部，自己一定要强化有为意识，既要敬业，又要精业，把领导给工作看作是给机遇，把给任务看作是给信任。要永葆昂扬向上、积极进取的精神状态，多干事，干好事。

毋庸推辞，接受任务后，我首先带领人员走访乡镇、深入村队进行调研，弄清乡镇干部"走读"的原因，做到心中有数，以便对症下药。

经过调研了解到，乡镇干部"走读"的成因是复杂的、多方面的：一是不能有效地抵御市场经济负面效应的影响，

235

公仆意识、服务意识淡化，是"走读"现象滋生的主观原因；二是乡镇干部家庭住地"城区化"是"走读"现象滋生和蔓延的客观原因；三是县有关部门对乡镇干部管理的弱化和对他们关心不够，为基层服务不到位是"走读"问题滋长的组织原因。

我根据调研掌握的情况，结合新形势下的农村工作实际，经县委、县纪委领导同意，制发了《关于治理纠正乡镇干部"走读"实施意见》，采取多管齐下、综合治理的措施。一是抓好学习教育，使乡镇干部思想上绷紧纪律弦；二是健全制度，强化管理，使乡镇干部不能"走读"；三是严禁工作日午间饮酒，使乡镇工作人员下午有精力在岗工作；四是关心爱护，改善条件，使乡镇干部乐于吃住在乡镇，不愿"走读"；五是加强监督，严肃奖惩，使乡镇干部不敢"走读"。

经过专项治理，广大乡镇干部体会到了纪律的约束和组织的关怀，从而认识到自身岗位的重要性，提高了"在其位，谋其政"的责任心和干事创业的积极性，"走读"现象得到有效遏制，推进了农村基层工作以及反腐倡廉的深入开展，在一定程度上促进了全县农村经济社会的良好发展。

我既然走上了纪检监察的工作岗位，那就要尽职尽责把党风廉政建设和反腐工作做好，让腐败分子因遇到我们而"政治上身败名裂，经济上倾家荡产"；让勤政为民、干事创业者因遇到我们而有一个大显身手、充分发挥才智的空间；让政治建设、经济建设、文化建设、社会建设因有了我们的不懈努力，而处在一个蓬勃发展的良好环境。而我们更真诚地希望，在同腐败堕落分子、违法违纪行为、庸政怠政现象做斗争和加强党风廉政建设中，自己也能够享受到社会和谐、经济发展、文化品位高尚、政治生态文明的幸福。

纪检监察干部工作范围广，涉及问题复杂，要使工作更好地开展，干得出色，干得有成效，就必须不断增长新知识，不断提高本领、提高适应能力。古人云，"大业非才不就，大才非学不成""德乃才之帅，才乃德之辅"，南宋著名理学家、思想家、教育家朱熹的一首哲理诗"半亩方塘一鉴开，天光云影共徘徊。问渠那得清如许，为有源头活水来"，讲的都是这个道理。纪检监察干部应成为勤奋学习的表率，要增才以济德，把学习作为修身养德、升华境界的根本途径，作为提升水平、增长能力的重要手段，通过博览群书以期学以正德、学以立志、学以增智、学以促廉。首先，潜下心学。知识的积累和深入的思考只有通过"深阅读"才能做到，在日常生活中要注重去浮躁，讲实际，心无旁骛地投入学习中。做到有所感、有所悟、有所思、有所想。其次是挤出时间来学。没有高度的自觉性，没有锲而不舍的精神，没有吃苦耐劳的作风，将难以学有所成。无论工作任务有多重，时间有多紧，都必须加强学习，坚持学用结合，做到学习工作化，工作学习化，努力提高自身政治素质和业务水平。

五

到 1999 年，"纠风"工作从党风廉政室分离出去，党风廉政室的工作重心主要放在抓领导干部的廉洁自律及其有效监督上。

从 1998 年 11 月开展的"县级以上领导班子领导干部以'讲学习、讲政治、讲正气'为主要内容的党性党风教育活动"（简称"三讲"教育活动）进入整改阶段后，原以为在声势浩大的"三讲"教育活动的威慑下，通过活动中创造的"自己找、群众提、上级点、互相帮"的领导干部专题民主生活会能够纠正处理、解决一些问题，但事与愿违，尤其在机关领导干部的建房住房问题上群众大有意见。领导干部专题民主生活会的情况一公开，群众反映更为强烈，认为是隔靴搔痒，根本没触及问题所在。

在省"三讲"教育活动督导组的督导下，县委、县政府决定对领导干部的建房住房问题再一次进行专项清理，成立了以县委副书记为组长，县纪委书记、分管监察工作副县长为副组长的濉溪县清房领导小组，下设清房办公室。在纪委书记的提议下，决定由我任清房办公室主任，并从县有关单位抽调 10 多人办公。

20 世纪八九十年代，国家工作人员住房情况复杂，有房改房、集资建房、在集体土地上建私房，还有长期占用公房，等等。那时商品房还没有被社会所普遍认识。有权有"关系"的国家工作人员，特别是领导干部，利用手中的权力和影响，既有房改房甚至一户多套房改房，又参加集资建房，或在集体土地上建私人豪华住宅。虽几经清理，但问题没有彻底解决。有的是遗留的老问题，有的是死灰复燃的问题，还有的是新旧体制转轨中受利益驱动带来的新问题。

我非常清楚，此次清房非同以往的几次清房，也不同于其他工作。这次清房，任务重、难度大、要求高、政策性强。

任务重，是因为这些问题是领导干部在"三讲"教育活动中反映出来的，而且反映强烈又盯得很紧。如果问题清不出来，或问题清出来了处理不好，不能使群众满意，群众还会继续反映、上访，甚至会导致群体越级上访，在社会上造成恶劣影响。

难度大，是因为这些问题有的是新问题，有的则是几经清理没有解决好的老问题，这次解决起来就更不容易，要把新、老问题都解决，使占房者满意、反映者满意、县委县政府满意，确实很难。

要求高，是因为这是全县领导干部应"三讲"教育活动落实整改措施的主要内容，不取得成效，就是教育活动落实整改不到位，"三讲"教育活动就要补课、重来，清房工作也要重来，还要追究问题未清查出来的责任，直至群众满意。

政策性强，是因为当时公房房改出售，集资建房，在集体土地上建私房的政策规定与中纪委全会后的一些规定有的地方有冲突，存在着"此一时，彼一时"的问题。现

239

在看明显是多占、以权谋私，可从历史上看又符合当时某个部门的某个规定，打了擦边球。把握不好，处理不当，会带来严重后果。

在这之前我参加过清房工作，那时是作为一般工作人员走进清房办的。干任何事都是听从清房办领导的交办、安排。清理工作做得好不好，我虽有一份责任，但不怎么大，主要责任在主任那儿，碰到了困难、棘手的问题，向主任那儿一撂，甩出去。可这次不一样了，我是办公室主任，我要负总责，其他人来到办公室干的每件事情都是由我来安排，工作中的一些困难和问题都得我来想法解决。我清楚身上的担子，更清楚担子的重量。不论怎么说，得尽心尽力把工作做好，成败得失都体现在工作成果上。

清房办人员到位之后，我首先组织大家认真学习有关文件和政策规定，吃透精神，把握实质。并根据上级文件和政策，结合实际，制定出《濉溪县清理领导干部违规建房和多占住房实施意见》《关于领导干部违规建房和多占住房处理暂行办法》和《濉溪县清房工作纪律》等文件，作为此次清房工作的依据和抓手，在工作中实施。

为使清理工作扎实有序地开展，我们将工作分为宣传动员、个人申报、审查核实和纠正处理四个阶段进行，每个阶段我们都尽量把问题考虑深入、分析全面，把工作做得既扎实细致合情合理，又把握准确中规中矩。

工作进入宣传动员阶段。全县清房工作动员会后，我多次带领人员下去，巡回于各单位解读政策，宣讲清房工作的重要性、必要性，辅导、解释县清房文件精神和有关

240

政策、规定，强调清房工作的纪律要求，督促、推动清房工作迅速开展。同时，协调县电台、电视台开辟清房宣传专栏，制发清房工作简报，采取多种形式大力宣传清房工作的重大意义，使清房工作"家喻户晓，人人皆知"。

工作进入个人申报阶段。组织人员下到各单位，帮助、指导填写县清房办统一印制的《濉溪县干部、职工住房、建房、购房情况登记申报表》（简称《登记申报表》），并对单位公布的个人申报住房情况进行监督检查。《登记申报表》填好后由单位张榜公布，接受群众监督，公布结束后交分管清房工作的领导审核签字，主要领导把关盖章后，连同《单位房屋产权分配情况自查报告》一同报送县清房办。

工作进入审查核实阶段。首先协调安排从房管局、城建局、房改办等单位提取全县干部职工住公房、房改购房、集资建房的底册。清房办人员将底册与单位报来的《濉溪县干部、职工住房、建房、购房情况登记申报表》和《单位房屋产权分配情况自查报告》逐单位逐人审核查对。对发现住房、建房存在违规违纪问题的，将本人和单位自查的问题与县清房办审查的问题综合梳理，分门别类按项登入《濉溪县干部、职工住房、建房、购房问题反馈表》（以下简称《反馈表》），反馈回去，交单位、个人确认。没有疑义的，个人签上"反馈问题如实"；对反馈的问题有意见的，个人与单位清房负责人一同到党风廉政建设室反映，我与他们一起审查核实，直至没有意见为止。《反馈表》还将干部、职工住房、建房享受标准，住房、建房、

241

购房违规违纪问题处理的政策规定和处理方法明文列出，凡对反馈的问题认可的，个人签"反馈问题如实"时，还要拿出处理意见一同填入《反馈表》。

纠正处理是清房工作的重点也是难点。为落实纠正处理，这一阶段，我带领清房办人员：一是协调房管局，安排有评估资质的人员，根据有关政策、房屋的状况和濉溪的实际情况对各单位人员违规超标房屋进行评估，计算出应补缴的款额；二是将所有单位和人员违规超标住房、建房的情况和应补缴的款额以及处理意见利用新闻媒体向社会公开，接受人民群众监督，督促和推动纠正处理；三是对涉及政策界限问题一时拿不准的，及时向省、市请示、汇报，得到答复后再提交清房领导小组研究执行意见，一年的清房工作，就有关政策界限及处理问题，我先后向市纪委汇报多达八次，跑省请示一次；四是协调安排县委、县政府、县纪委领导对有违规违纪住房、建房情况的单位主要领导约谈，确定单位的纠正处理时间表；五是带领人员对有违规违纪住房、建房情况的人员分批逐人约谈，落实纠正处理。虽然问题都清理了出来，但落实处理还很困难，各有各的对策，大都不愿意交房、拿钱。有的一拖再拖，迟迟不动；有的等待观望，得过且过；有的东游西荡，躲躲闪闪，不给面见；有的找借口，钻空子，造伪证；也有的四处活动，私下"串联"，搞"统一战线""对付同盟"；还有的弄虚作假，以假乱真，妄图蒙混过关。我们不能等，时间不容等，得找突破口。经过认真分析研究，县委、县政府、县纪委几家最具有影响力，县委、县政府是全县的最高帅府，县纪委是这项工作的牵头单位，这几家清好了，具有较大的示范带动作用和很强的说服力。而且县委、县政府机关人员流转快，新人年轻人多，虽被清出违规住房人员多，但大都是集资建的超面积住房，两套以上住房的不多，多数只是补交超标准面积部分的集资价与市场评估价的差额，处理起来不是很难；县纪委没有自建职工住房，违规住房的很少，处理起来也不难。我把这一想法向纪委书记一汇报，他同意，又及时去与县委、县政府领导协商。县委、县政府领导很重视，分别安排两办主任停下几天手里的工作，配合县清房办专司落实违规住房的处理，有钱的抓紧交，钱不够的抓紧向亲友借，一时筹不齐的，由办公室担保，制订还款计划，从工资中陆续扣除。

县委、县政府、县纪委的清房工作处理结束后，接着是县人大、县政协。县人大、县政协机关拥有违规住房人员较多，在这不久前，两家都新建了职工宿舍楼，人均一套，未要房的补给了住房资金，有两套以上住房的人员较多，处理起来较为棘手。

一次，我应邀到县政协机关会议上去解读政策、宣讲纪律、敦促对违规住房的处理工作。会议刚一结束，我还未走出会议室，就被政协办一位临将退休的工作人员拦在门口，她出口就说："你们是挑柿子，专拣软的捏。看我们都是二线，没权了，就在我们头上开刀。"我一时语塞，不知道她语从何来。我苦口婆心地解释了半天，工夫白费了。她还冲我发怒，羞辱我，真让人无法理解。政协办两位领导虽赶忙向我赔不是，批评了她，可我仍觉委屈：纪检监察人员就该这样嘛！后来，政协办主任又从一楼上四楼到纪检会给我再解释、再赔礼，反让我觉得不好意思，只好调侃："谁叫我端上纪检监察饭碗的呢?"我想，她大概是有苦衷吧。县几大家单位处理落实到位后，其他单位的清房工作按先易后难依次进行。退房的，尽快将房屋腾空，将房、院钥匙以及房屋的一切证件交县清房办；补款的，在规定的时间内将应补的款额如数交县清房办。谈一次处理未能落实的，就约谈第二次，还处理不到位的，就来第三次，最多的约谈四五次才得以纠正处理到位。而每一次约谈都是一次思想交锋、心理较量。

从 2000 年 6 月开始至 2001 年 7 月结束，清房工作历时一年多，经过宣传动员、个人申报、审查核实、纠正处理等阶段，共查处违规违纪住房人员 235 人，涉及违规违纪住房 240 套，查处违规违纪住房案件 19 起，收缴补房款 80 余万元。濉溪县被评为全省清房工作先进单位，我的《清房工作的做法与成效》被《淮北纪检监察》专刊刊载。

纪检监察干部同腐化堕落分子及其违法违纪行为做斗争，必然会得罪一些人，甚至遭受打击报复、阴谋暗算，这是由我们的工作性质所决定的。可惜，有的人身在纪检，心在九霄云外，瞻前顾后，畏首畏尾；有的敷衍塞责，得过且过，所谓"多栽花少栽刺"，唯唯诺诺，当一天和尚撞一天钟；有的为了一己之利，低三下四，摇尾乞怜，四下里买通关系；还有的事事看领导脸色行事，时时考虑领导高兴不高兴，没有主见，没有原则，不敢做自己该做的事，活得很累。我认为：匡扶正义是纪检监察干部的天职，履行职责是对一个人品质素养的考验。是惩恶扬善充满浩然正气，还是随波逐流做卑微猥琐小人，全凭自己选择。而正义往往代表光明，邪恶往往代表黑暗。光明战胜黑暗是一条永远不破的铁律。与其点头哈腰不求无功但求无过，不如昂首挺胸勇于担当，做一个响当当的"灭害灵"！况且，一味地瘫软并不一定赢得一些人的欢喜，刚正不阿反而能获得正义力量乃至更为广泛的称赞。对得起自己的岗位，对得起自己的良心，对得起社会也对得起生活本身！我有理由让自己生命中的每一分钟都过得充实，有价值。在纪检监察工作中，我享受反腐倡廉以正压邪的无穷乐趣。所以，每次让我牵头承担一些工作，我都欣然接受。尽管每一个"专项"的背后都是矛盾的焦点、问题的症结和人际关系的旋涡。

六

　　领导干部民主生活会（以下简称民主生活会），既是领导干部廉洁自律的工作内容，也属于领导干部监督的工作范畴。民主生活会又叫组织生活会，它作为党的一项重要制度，是伴随着党内民主的扩大和党内民主观念的提升而逐渐确立并完善起来的。其初衷，就是通过自我批评，查出自身的不廉洁问题，再通过群众监督及其同志之间的批评，将问题或错误消灭在萌芽阶段，不至于产生严重后果。

　　建党初期，为反对家长制作风，党中央提出扩大党内民主生活的决议。党中央到达陕北，在系统总结党的历史经验时，探索实现党内民主生活的精神和原则，倡导并践行"批评与自我批评的党内民主生活方式"。中华人民共和国成立后，中国共产党作为执政党，迫切需要健全党内民主，实现正规的民主生活，在党的一系列重要会议上，有关党内民主生活的基本原则得以确立。

党内民主生活会是党员接受党对自己工作、思想情况的检查，开展批评与自我批评，以便及时改正缺点错误，不断提高政治思想水平的最基本、最普遍的场合。党组织一班人在工作中接触比较多，平时在思想上、工作上难免产生不同的看法和意见，定期召开领导干部民主生活会，就思想、作风和工作上的问题互相交换意见，谈心沟通，开展必要的批评与自我批评，互相帮助，互相监督，总结经验，统一思想认识，就显得十分重要和必要。

同时，党内民主生活会是加强党内监督的一种重要形式。党内监督的重点是党的各级领导干部，特别是主要领导干部，而对领导人最主要的监督来自党委会本身。中央组织部1981年做出决定："县级以上党委常委除了必须编入党的一个组织参加组织生活外，同时要坚持每半年开一次党委常委生活会，并要及时地向上级党委或组织部门报告生活会情况。"自此，领导干部民主生活会制度建立。

为认真贯彻落实十四届中纪委三次全会精神和部署的1994年反腐败斗争任务，1994年3月，中央纪委、中央组织部联合下发了《关于对照领导干部廉洁自律规定开好专题民主生活会的通知》，要求对照当年领导干部廉洁自律的五项规定逐项认真地进行自查自纠。从此，开启了县以上领导干部专题民主生活会的先河。

领导干部专题民主生活会由县处级以上领导干部延伸到县（市）直属机关的科级领导干部、乡镇领导干部和基层站所负责人。此后的"三个代表"重要思想教育、"三讲"教育等活动对照检查阶段，都是以领导干部专题民主生活会为平台开展剖析、自查互查的。自领导干部廉洁自律专题民主生活会始，在较长的一个时期内，全县直属机关科级领导干部、乡镇领导干部和基层站所负责人的专题民主生活会，由县纪委牵头，组织部门配合操作、安排。

县纪委监察局编制方案规定：参加下一级党委（党组）组织的民主生活会是党风廉政室的职责之一。因而，由县纪委牵头的专题民主生活会工作无疑落到了党风廉政室上。

民主生活会的工作不只是制发文件，提出要求，还要把要求贯彻、落实、执行好。班子成员在民主生活会上能够围绕议题，交流思想认识，总结经验教训，以以诚相待、与人为善的态度开展批评与自我批评，达到交流思想、增加团结、互相监督、共同提高的目的，使民主生活会不走过场，不流于形式。参加下一级党委（党组）的民主生活会，就是代表县纪委，赴民主生活会现场进行指导、监督。

指导就是指点引导。引导党委（党组）会前做好充分准备，提前组织学习关于召开民主生活会的有关文件，征求党内外群众对班子及其成员的意见和建议，找准党性党风方面存在的问题，撰写发言提纲。指点就是提前到会同党委（党组）主要领导一起研究开好民主生活会的有关问题，提出相关要求，点出注意事项，并在听了民主生活会后对会议作点评。指导好不好，点评很重要。要点得准，点得到位，点中要害，点得恰如其分；评要评得深刻，评出水平，评得与会人员心悦诚服。对做得好的方面予以肯定、表扬，对跑题、不足的方面予以点出，提出批评和改进意见。

我虽然在学校工作时就加入了中国共产党，但从没参加过民主生活会，不知道民主生活会是个怎样的开法，更不知道要达到什么效果。叫我到科级党委（党组）民主生活会那里去指导，去监督，如何指导？怎么监督？开始心中没有底。还是那句话：既然走上纪检监察战线，就要把反腐倡廉责任负起来，尽心尽力把工作做好。为使领导干部民主生活会指导有效，点评到位，监督有力，我加强学习。一是认真学习领导干部民主生活会知识，掌握工作要领；二是拉着纪委副书记、监察局局长、纪委常委等一起参加民主生活会，他们都是纪委的老领导、老同志，问题看得准，分析有水平，综合能力强，发表意见有特色，从他们身上获得参加民主生活会的感受和关于对民主生活会的点评；三是陪同县领导去参加民主生活会学习；四是利用机会旁听县委常委民主生活会，既学习了县委常委对照规定检查的高水平发言，又学到了市委、市纪委、市组织部领导对县委常委民主生活会高水平的点评。

起初，有些单位重视不够，准备不充分，主题不突出，自查不认真，使民主生活会流于形式，走了过场。有的单位虽较为重视，然而，由于经验不足，民主生活会开得也不成功，把民主生活会开成了工作总结会、工作部署会。县政府一工作部门在民主生活会前，多次组织学习有关文件，提前撰写发言提纲，联系县纪委、县委组织部去人参加，定好了日期。会期那天，县委组织部没人能去，为使县纪委、县委组织部都去人参加，就改了日期。改后的日期又到了，县纪委去参加指导民主生活会的人员又没有时间，就又一次改了会期。县政府的这一工作部门就希望上级来人参加他们的民主生活会，对其监督指导，这是对民主生活会重视的表现。结果他们没有很好地征求群众意见，需查的问题没查好，开成了理论学习会。县政府某直属事业单位是个组建时间不长的新单位，对民主生活会很重视，会前认真组织学习文件，准备发言稿，每人发言稿都要求3000字以上，开会时除班子成员，还要下属单位主要负责人列席会议，列席会议人员也要有2000字以上的发言稿，四位班子成员的民主生活会开了整整一天，开成了工作总结部署、发展思路展望会。一副县级建制镇的时任党委书记，喜欢玩，一有闲空就参与或组织人员打牌，平时对机关人员的生活、工作关心不够，党委专题民主生活会从上午九点开始，到晚上十点还结束不了，班子多数成员一致向书记开火，专题民主生活会开成了批斗会。还有个别单位在民主生活会上不是查明问题，开展批评和自我批评，而是评功摆好，互相吹捧，表扬和自我表扬，引起了群众和督导人员的不满。

对于重视民主生活会而未开成功的单位，我们指出不足，指导重开；对凡没有自查自纠的，或者自查自纠不认真的单位，责令其推翻重来，限期认真补课，下次专题民主生活会列为重点督导单位。

通过几年的精心安排、严格监督、加强指导、责任追究，领导干部专题民主生活会引起了全县各级党组织的普遍重视。他们会前认真进行准备，通过不同形式组织学习民主生活会指定的学习文件。领导成员之间互相谈心、沟通情况、交换意见，安排专人广泛征求党内外群众对领导班子和成员的意见和建议，采取多种形式把群众的意见收集起来，并如实向各成员反馈。领导班子各成员根据群众的意见以及自己查找出的问题，认真撰写发言提纲。生活会上，大多数单位党组织都能充分发扬民主，开展积极的思想斗争，围绕主题交流思想认识，以对党的事业、对同志高度负责的态度，严肃认真地开展批评和自我批评。主要领导带头查出和剖析自身存在的问题，其他成员依次进行。自我检查时，能联系思想、工作实际和廉洁自律情况，认真对照检查；自我批评时，能正视自己的缺点、不足或错误，说老实话，反映真实情况，暴露真实思想，针对存在的问题，勇于揭短亮丑，既找差距，又挖根源，做到见人见事见思想。每位班子成员自我检查、自我批评后，其他成员对其开展批评，都能打破情面，敢于直言，推心置腹，坦诚相见，实事求是地提意见、点问题。通过自我剖析和互相批评，碰撞了思想，认清了不足，化解了矛盾，增进了团结，明确了方向。生活会后，各单位针对群众反映的突出意见和会上检查出来的主要问题，逐个研究，提出相应的整改措施，认真进行整改。经过几年狠抓，全县领导干部专题民主生活会在质量上有了很大的提高，在领导干部自重、自省、自警、自励等方面发挥了重大作用。

<h1 style="text-align:center">七</h1>

2001 年 4 月下旬，中共濉溪县第八次代表大会召开，我被选举为濉溪县纪委委员。县纪委八届一次全会上，我被提名为县纪委常委候选人，最终以一票之差落选，这年我 47 岁，不算年轻，也不是很老。2003 年 1 月，我被县委任命为县纪委常委，兼党风廉政室主任。

我深知肩上担子的重量，除完成党风廉政建设事项的任务外，还要抓好违反党纪政纪案件的查办。对于案件工作不仅要抓好监督、指导工作，而且要亲力亲为，带队办案。我先后查办了百善镇一教师挪用公款案等一系列案件，尤其领导查处了县里一个二级局处置办公楼渎职案，挽回了重大经济损失，还该单位干部、职工一个明白，在社会上产生了良好影响。

这个二级局是县某局下属的一个单位。这个二级局对办公楼的处置，引起了单位职工的强烈不满、县局干部的热议以及社会舆论的质疑，被频频举报，仅接到上级领导的批转举报信就达 4 件。其中有：市委、市纪委领导和市政府领导分别签批的要件。先是交县纪委案件检查室及其有关部门查办，先后进行三期组织调查，查处结果都不理想，社会反映更加强烈。

县委戎副书记就任县纪委书记后，又连续收到县纪委信访室送批的和县委书记以及上级领导批转的举报信6件，其中有一件是中央先进性教育活动办公室驻安徽督导组信访处转来的举报信件。这一案件久查未果，又反映强烈，上访不断，被挂牌为市纪委督办的重点案件、中央先进性教育活动办公室驻安徽督导组信访处"要结果"案件。戎书记感到此案复杂，问题严重，找我商谈，决定由我牵头接手查办。我任组长，重新成立调查组，开展调查。2005年4月27日，市纪委领导来县协商关于这一案件的重新调查工作时，戎书记当场向市纪委领导及县纪委监察局全体班子成员宣布了这一决定。我临危受命，不可挑剔，绝对服从。

我接案后，感觉压力很大。案件查办最怕"烫剩饭"，这个案件已"烫了几次剩饭"。此案虽不是什么大案要案，却反映强烈，为省、市、县各级领导所关注。从前面两期调查来看，办公楼在拍卖过程中，皆按程序和规定操作，无重大违纪违规问题。是办案人员不认真，有问题未查出来，还是案件背后隐匿着其他方面的问题？案子查到这个地步，再查，的确很难了。但上级这么关注，单位领导这么重视，对我和调查组又抱有这么大的期望。如果在处置办公楼上的确存在着违纪问题，我们再查不出来，这个问题还不能了结，就有可能由阵容更强大的调查组，或市纪委亲自来查办，若是那样，势必给濉溪县委、县纪委造成进一步被动的局面；如果把问题查出来了，上两次的查案人员对我怎么看？况且，新调查组里还有原调查组的人员，深浅轻重的把握十分困难。我确实压力很大，但又不能退却，必须迎难而上。值得庆幸的是，有一个强大而明辨的组织在支持着我，一个坚定而透亮的信念在鼓舞着我。我决定让事实说话，以正直正义行事。

新调查组成立后，我多次主持召开全组人员会议，分析案情，分析涉案人员的情况，强调办案纪律。认真研究举报信中群众揭发反映的问题、检查室移交的材料以及有关法律法规，制定调查方案。

此案涉及单位多，涉及人员问题复杂，既有程序问题，也有责任问题，甚至有出于故意产生的问题，需谨慎处理。由于办公楼处置是在淮北鑫泰拍卖行拍卖的，鑫泰拍卖行是淮北市商业局下属的一个国有企业，我们把对拍卖环节上的调查放在最后。

2005 年 8 月 9 日，我带着调查组人员到市纪委向分管领导汇报此案的查办情况，并提出，有些问题发生在市里，我们不好查，请市纪委予以支持、协助。市纪委领导听了汇报之后非常满意，并说："这个案子很复杂，影响又大，原定我们派人去督办，但是你们重新成立了调查组，加强了力量，加大了力度，我们觉得放心，这里人人也忙，就没派人去。县里的人和事，你们自己负责查清查实，发生在市里的问题，我来负责协调，要人去人。"并问我，"去鑫泰拍卖行，市纪委要不要去人？"我说："市纪委这么忙，我们就不麻烦你们了。"我们在去市商业局之前，市纪委给他们去了电话，要市商业局及鑫泰拍卖行积极配合，市纪委又给我们写了介绍信。在市纪委的支持、帮助下，我们很顺利地找到市商业局领导、鑫泰拍卖行负责人以及该单位办公楼拍卖操作人谈话。淮北市商业局党委书记原是濉溪县县委常委、县委组织部部长，见到我们很客气、很热情。我们向他说明来意后，他表示绝不会护短，大力支持我们的调查，并给鑫泰拍卖行几位负责人进行交代，要积极配合。鑫泰拍卖行的问题，关键在拍卖操作上，调查的重点是拍卖操作人，这时，我们已经从外围掌握了拍卖操作中的一些问题和部分证据。我们找他谈话，他心有疑虑，在办公楼拍卖上出现的问题他不愿吐真情，不敢承认，承认了就是违反《拍卖法》，就要承担法律责任。谈话开始，他吞吞吐吐，东拉西扯，拐弯抹角，纠结了一段时间后，在外围证据和法律的威慑下，心理防线很快被攻破，不得不交代事实，承认错误，并向我们提供了有关证据材料。这一环节的违规违法问题顺利查清。

戎书记对此案查办工作极为重视，极力支持，他带头排除阻力。在此案调查过程中，涉案的主要责任人动用关系网，为其说情，戎书记说："我们已经规定，凡是这个案件涉及的问题，都由调查组处理，要找就去找调查组，找其他人没有用。"县纪委一班子成员嘴快，向涉案人员泄露了案件调查的些许情况，被戎书记知道了，书记将他劈头盖脸训了一顿。2006年6月初，戎书记升调到市里任职，淮北市纪委某室的高主任调至濉溪县任县委常委、县纪委书记。他在市纪委对县里的这一案件就有所耳闻，到县纪委主政后，对此案极为重视，刚一到任就专门听取此案的查处情况汇报，对查处工作给予充分肯定，对后期一些处理落实工作亲自协调、极力支持。

终于查出：在县里这一二级单位办公楼的拍卖过程中，评估人员玩忽职守，出具的评估报告虚假，将楼房的面积少计算 218 平方米，违反了《评估管理办法》；县相关单位和该单位对其办公楼评估报告中少计算面积的问题未能审查发现，并在下一步的操作中以这个错误结果进行运转，构成失职渎职错误；鑫泰拍卖行在其拍卖该楼时，对外发布的公告内容与事实不符，为虚假公告，违反《拍卖法》；买主一手操纵该楼的拍卖活动，竞买人之间恶意串通，造成低价购买的后果。根据党员《纪律处分条例》《监察法》及有关法律法规之规定，严肃追究有关责任人的责任，分别给予相应的纪律处分；责成县工商管理局对买主恶意串通拍卖活动行为予以行政处罚；县政府收回违规违法拍卖的这座办公楼。共收缴违纪违法金额 5 万余元，为国家挽回经济损失 80 余万元。此案的调查组被淮北市纪委评选为"2004—2005 年度办案先进集体"。

从这个案件不难看出，他们利用手中的权力，演绎了一场淋漓尽致的私欲膨胀、权钱交易之"戏"。他们目无党纪国法，不顾国家、集体利益，欺上瞒下，独断专行，腐化堕落，严重败坏了党风政风，使国家利益遭受严重损失，也使我的心灵受到很大震动，思想又一次受到洗涤，自己更是从中得到一些深层次的启示和警醒。

此案的查处，也确实得罪了一些人。前两次参加调查，这次又是调查组成员的，自一开始就态度消极，经常向我吹"冷"风，什么"这个案子不好查""再查也是瞎子点灯白费蜡"，我几次严肃批评了他。涉案单位的个别领导也放出风来："纪委那位老周来这儿不受欢迎、没有饭吃。"涉案主要责任人多次托人请吃饭被我拒绝。然而，防不胜防。一天，我长久不接触的一位中学同学来电话说，想见见我，问我晚上有没有时间，一起吃顿饭。我与这位同学上学时关系很好，我工作之后还联系过几次，不知从什么时候中断了，也觉得与他很长时间没相见了，也想见见他，聚就聚聚吧，于是，我答应了。到饭店一看，我的这位同学还带了一位同学，还有我们在查的办公楼处置案的涉案主要责任人和涉案单位的两位同志都已坐在了那儿。我一到，他们都起身与我打招呼。看到办公楼处置案的涉案主要责任人在，我心里很不是滋味，有种被出卖的感觉，掉头走吧，会使场面很尴尬，不但让老同学脸面无光，而且要得罪一桌人；不走吧，这饭怎么吃得下去？我迟疑了一下，忍了忍，还是寒着脸坐了下来。由于心情不畅，喝了几口小酒，就表示不喝了。我的寡言少语带给了全桌不欢快的气氛。我的这两位同学很知趣，也没怎么让酒。那位涉案主要责任人看到我那副拒人于千里之外的脸，尽管在利用关系网上神通广大，也在我这里试不出深浅，所以，不敢与我套近乎。吃喝不大一会儿就散席了。走出饭店，我拉着我的这位同学问："这个时候，你怎么能给人牵线搭桥叫我吃饭呢？"他说："我与××熟悉得很早，还有点特殊关系，今天是某局安排的饭局，不是××请客。我到某局办事，见到了××，但不是专门找他，是为工程之事找一股长，不知他们怎么知道咱俩是老同学，就不让我走，叫我喊你。我想到与你好久不见了，就给你打了电话。他

256

怎么了，你为什么不愿意和他一起吃饭？"我说："你不知道吗？"他说："我不知道，真不知道。"我说："不知道就好，不知道就算了。"这顿饭吃得比吃蜡还乏味。不是纪检监察人员不食人间烟火，而是参加正在查处中的被调查人的吃请是纪检监察人员的大忌，你参加吃请了，与人家称兄道弟，拿了人家的手软，吃了人家的嘴短，查处中你坚不坚持原则？你不坚持原则，放一码，不但有失公允，而且人家还看不起你，认为你好摆平，一顿酒肉就打发了，有损于你的形象，有损于你的人格；如果你铁面无私，坚持原则，丁是丁，卯是卯，那就要坚决地走正坐直，与当事人保持距离，该怎么查处就怎么查处，虽然会增加人家对你的忌恨，却保住了做人、做一个刚正不阿的纪检人的底线。

我知道纪检监察工作的艰难险阻，也知道"案件周围"的种种陷阱，更知道自己肩负着党和人民的重托。因此，我始终把珍惜自己的岗位放在首要位置，做到身上干净，始终坚持正人必先正己，始终将廉洁自律作为座右铭，将廉政勤政看作是对自身的一种最好保护。管好自己，过好权力关、金钱关和情感关，塑造好为民、务实、清廉的形象。坚持建立与职责相称的人格魅力，坚决抵制腐朽没落的思想观念和不良生活方式的侵蚀，兢兢业业、干干净净地为国家和人民工作。坚持做到慎小、慎微、慎独，古人云："祸患常积于忽微。"千里之堤溃于蚁穴，一个小错误不在意，往往会带来悲剧性的结局。不该去的地方坚决不能去，不该要的东西坚决不能要，不该做的事情坚决不能做。

一天晚上，这位办公楼处置案的涉案责任人给我打电话，说要到家里找我，我说："有什么事明天到办公室说。"他紧接着说："我已经快到你家了。"我不高兴地说："我已经睡觉了，你回去吧。"说着，我就把灯、电视都关了。他到我家大门口，敲门，我不让家里人去开，再打电话，我不接，随后关了机，我听到他在外面狠狠地踢了几脚门，走了。可能他在心里会骂我不识抬举、不通人情。此案落实处理后，一天早上，天刚蒙蒙亮，我起来正准备去体育场锻炼，刚走进过道，一股浓烈的臭气扑鼻而来，开门一看，门口有一堆屎，门上还贴了张白纸。门口摊堆屎是人家让你恶心，门上被糊白纸是人家咒你家死人。只有心怀不共戴天之仇的人才会这样做，再进一步就要杀人放火了。我家就我和我爱人两人，她在县建行负责业务工作，一般不会得罪人，即使得罪了人，仇也不至于结到这个程度。这个仇是冲我来的，这个咒是我招引的，是我在查处案件中得罪了什么人搞的。我顿时怒火中烧，直愣愣地站在那儿。同时又感到委屈无助，我日夜奔波，加班加点，冒着各种险阻一一破解疑点，攻克难关；面对各种难听的话、拉下脸强赔笑容，好言相劝，十几年的纪检监察工作就落得这个结果、这样的污辱。不仅如此，我老婆一天到晚忙忙碌碌，为了支持我的工作，下了班还要上街买菜，回家做饭、打理洗刷。她爱干净、讲卫生，为我们能有个舒适的生活环境，整天把家里打理得窗明几净，屋里屋外整洁有序，她做梦也不会想到我连累了家庭，竟给家里带来这样的肮脏。我越想越气愤，越想越痛心。气愤是气愤，痛心归痛心，可还得赶紧处理眼前的局面。遭遇了这种超乎寻常的诅咒与脏污，家人知道了，虽免不了对我埋怨，甚至可能怄气一番。但无论怎么说，只是家丑，不会外扬。问题是天快亮了，邻居将陆续起来，要是被他们发现，就会纷纷议论开来，那我和爱人不知要遭受多少疑问和耻笑，他们以为我在外做了什么伤天害理的事才落入如此境地。我赶忙进行清理。当我把装进袋子的粪便倒到县法院大门西旁的公共厕所时，看到厕所里昨晚刚出的一堆粪便多了个豁口。我知道"泼粪人"是从这里弄出粪便。我气愤之余，不禁想笑：小人做事就是下作，你在恶心别人的同时，首先得恶心自己，值不值？后来，我爱人知道了这事，反而很理解，劝慰我说："他恶心咱一通，又怎么样？咱照样走得正，坐得直，腰杆比以前更挺得起来。"我听后感动得眼里盈出泪花："人生知己难得，知我者老婆也。"

又有一天，我突然收到一条手机短信："姓周的，你行，我杀你全家。"区号是0574，是从浙江宁波发来的。这次，我不能暗吞苦果了。于是，我拿着手机立即去向县纪委高书记汇报，高书记看了后很重视，随即把县公安局局长叫来，立即安排警力调查。虽然未查出结果，但这也是组织对我的支持、关怀和安慰。这些恫吓、威胁并没有吓倒我，反而让我增添了反腐败的决心、勇气和力量。因为，我知道我所做的一切并不是为了我个人，心胸坦荡便无所畏惧。

八

党的十六大以后，党中央把解决"三农"问题作为全党工作的重中之重，党的十六届五中全会明确提出建设"生产发展、生活宽裕、乡风文明、村容整洁、民主管理"的社会主义新农村的重大决策和部署。随着改革的深入和工业化、城镇化的推进，农村的社会结构、生产方式、组织形式和利益关系发生了深刻变化，为适应新的形势和任务，落实建设社会主义新农村的要求，推动农村经济更快更好地发展，必须加强农村基层党风廉政建设，必须要由农村基层党风廉政建设提供保证。

濉溪县 110 万人口，有 84 万人口在农村，占全县人口的 76.4%。农村、农业和农民问题始终是一个关系全县社会发展稳定的根本性问题。随着农村改革的深入和新农村建设步伐的加快，涉及农村资金、资产、资源和公益性建设，民主决策、民主管理和民主监督等的事项和问题大量增加，开展农村基层党风廉政建设和建设一支为政清廉、高素质、能力强的基层干部队伍显得日益重要、紧迫。县委、县政府根据上级精神，成立了"濉溪县农村党风廉政建设工作领导小组"，县委常委、县纪委书记高修涛任领导小组组长，县政府分管农村农业工作的副县长为副组长，下设办公室，办公室设在县纪委党风廉政室，由我任办公室主任，具体负责组织抓好全县农村基层党风廉政建设的开展工作。

高书记找到我说："纪委、监察局合并时你就在党风廉政室，至今十多年了，你对党风廉政工作已是轻车熟路，但农村基层党风廉政建设对我们来说是个新课题。在研究农村基层党风廉政建设专题会议上，大家根据县的实际和新农村建设要求纷纷发言，支持和关注农村基层党风廉政建设。市里的农村党风廉政建设工作重点也在县里，县的工作搞得好不好，有没有成效，直接影响全市。你要善思考，勤琢磨，多想办法，使我们的工作做出成效、干出特色来。与市纪委多沟通联系，多搜集信息，哪里有做得好的，去学习学习。"高书记的话是交代，也是嘱托。

　　农村基层党风廉政建设是党风廉政建设的基础部分，也是农村党的建设的重要方面。农村党组织基数大，党员人数多，既同群众接触最紧密，又是党的农村方针政策的直接实施者，起到了承上启下的作用。加强农村基层党风廉政建设，就是要加强农村基层干部队伍廉政勤政建设。村干部和基层站所的工作人员是党和政府在农村的代言人，其职责就是贯彻落实党和政府在农村的各项方针政策和工作部署，实现好、维护好、发展好人民群众的根本利益，带领当地群众发家致富，维护当地的社会稳定。搞好农村基层党风廉政建设，对于改善党群关系、干群关系，维护党和政府在群众中的威信和形象，加强党的执政能力，提高党的执政地位，具有特别重要的意义。

　　经过调查分析，我们决定先从村级干部勤廉述评和评议基层站所入手，逐步丰富农村基层党风廉政建设的内容。2006 年年底，我们先后在双堆集镇魏圩村、铁佛镇进行村级干部勤廉述评和评议基层站所工作试点，2007 年两项工作在全县全面推开。

村（居）干部勤廉述评采用面对面的形式开展。会议由乡镇纪委领导主持，首先，村（居）支书代表村（居）两委班子述职述廉，接着两委班子成员逐一勤廉双述发言。随后，参会人员对述职述廉人员提出质询意见，被质询人员随即做出应答、解释。代表对回答、解释不满意的，还要紧追质问，直至与会人员满意为止，鼓掌通过。质询结束，进行测评。测评表设置的项目有廉政建设、履职行为、开拓进取、为民服务、团结协作等十项内容。每项分为优、良、一般、差四个档次。测评表填好后收回来，统计好，当场宣布测评结果。

基层站所评议背靠背进行。每个乡镇评议派出所、司法所、财政所、计生办、中心校、工商所、国土资源所、供电所、防疫所和乡镇中心医院十个单位。评议由乡镇纪委组织实施，评议前组织人员对被评议单位进行考察，评议会上，首先由被评议单位的主要负责人代表本单位述职述廉，接着，考察组逐一发表对评议单位的考察意见，既肯定成绩，又指出不足和存在的问题。随后，与会人员对群众反映的问题向被评议单位质询，被评议单位进行解答、释疑。然后测评，测评内容也是十个方面四个档次，也是当场宣布评议结果。

村（居）干部勤廉述评，促进了村干部扎根基层，使他们倾听群众呼声，关心群众疾苦，把人民的安危冷暖挂在心上，拉近了村干部与群众的距离，促使村干部深入群众，倾心了解群众的所思所想、所盼所怨，心里时刻想着群众的小事，认真处理好群众的小事，激励村干部把主要精力倾注在村的产业结构调整、基础设施建设以及群众的发家致富上。双堆集镇魏圩村通过村级干部勤廉述评，激发了村干部建设社会主义新农村的热情，村书记通过在皖北矿务局工作的同学的支持，为村里建设了 10 多公里的水泥路面；双堆集镇吴井村是个穷村，村里没有像样的路，雨雪天无法出门，开展村干部勤廉述评后，村班子带头通过集资、捐款也为村里铺修了 10 多里的水泥路；百善镇张庄村通过村干部勤廉述评，两委班子团结务实了，工作思路清晰了，当年承诺给村里办的十件实事都落实了，对 24 间小学危房进行了改造，铺修了 3 公里的水泥路和几条渣石路，合理调整了产业结构，无籽西瓜和双孢蘑菇已成规模；五沟镇大陈村通过村干部勤廉述评，两委班子增强了战斗力和凝聚力，工作思路更加清晰，因地制宜，鼓励、扶持村民大力发展养殖业，超万元的养殖户有三家，还有很多中等规模的养殖户。

评议基层站所的活动的开展，促进了广大基层站所工作人员切实转变工作作风，改进了工作方法，提升了服务水平，提高了工作效率。同时，也通过评议活动的开展，加强了基层站所与人民群众、服务管理对象的交流、沟通和了解，使人民群众对基层站所更加理解和体谅。

随后我们逐步拓展了事项，丰富了内容，开展了村务公开、为民服务全程代理、建立乡镇信访调解中心和推进

"四议两公开"① 工作法等活动，有力推动了农村基层党风廉政建设深入、扎实、有效地开展。

从 2010 年 5 月开始，全县紧紧围绕"加强农村集体资金、资产、资源管理，推行村级事务流程化建设，建立村务监督委员会和开放式村级组织活动场所服务设施建设"，大力推进"阳光村务工程"建设。

2009 年 12 月和 2010 年 3 月，我带领办公室人员分别在孙疃镇、五沟镇进行"四议两公开"工作法活动和加强农村集体资产、资源、资金管理试点的工作，探索经验。在试点基础上，按照上级精神，结合外地经验，制发了濉溪县《关于推进"阳光村务工程"建设实施意见》《关于开展农村集体资金、资产、资源清理工作实施意见》《关于在全县实行农村集体"三资"委托代理的规定》和《关于开展村级事务流程化管理工作实施意见》，并于 2010 年 5 月 11 日，在五沟镇召开全县推进"阳光村务工程"建设工作现场会。为强化宣传，经与县委宣传部协调，我们在县电台、电视台开辟宣传专栏，大力宣传加强农村集体"三资"管理、推行村级事务流程化管理、建立村务监督委员会等工作的重大意义、程序步骤以及纪律要求。同时，结合近年来查处的农村党员、干部违法违纪案件，宣传加强集体"三资"管理的必要性和重要性。

---

① 四议两公开：即农村所有村级重大事项都必须在村党组织领导下，按照"四议""两公开"的程序决策实施。"四议"：党支部会提议、"两委"会商议、党员大会审议、村民代表会议或村民会议决议；"两公开"：决议公开、实施结果公开。

在推进工作过程中，我们注意加强对乡镇、村（居）业务人员的培训指导。为确保"三资"清理不留死角，不重不漏，我多次带领办公室人员深入乡镇、村（居）进行督查。同时，协调组织县农委、财政局等单位的专业人员，到乡镇进行现场指导，针对涉矿、临街等集体"三资"较多的村居进行重点指导。

全省村务监督委员会工作会议后，我带领办公室人员迅速行动，制发濉溪县《关于建立健全村务监督委员会制度实施意见》，并协调县委组织部、民政局等部门举办乡镇纪委书记、组织委员参加的"村务监督委员会工作培训班"，传达讲授有关业务知识，推动工作扎实开展。

在推行村级事务流程化管理工作中，我们重点推广了村级重大事项实行"四议两公开"工作法，并注重理论创新和实践深化，进一步推进民主决策、民主管理机制的规范化和科学化。一是拓展提议方式，提高科学性；二是明确村务性质，增强操作性；三是界定决策权限，力求规范性；四是活化决策规程，体现灵活性；五是服务农村发展，务求实效性。通过此项工作法实施，全县村（居）收到了"组织建设得到新加强，工作思路得到新优化，农村建设得到新发展，干群关系得到新理顺"的创新成果，激发了全县上下建设新农村的活力。

历时一年半，通过宣传动员、业务指导、跟踪督查、阶段检查、整改完善等工作步骤，全县共清理货币资金5101万元，清理出账外资金104万元，清理核实集体资产8.1362亿元,经清理增加账面资产价值4.7187亿元,经清理农村集体资源增加 50064 亩,清理后年收益增加 60 余万元。全县全部实行了农村集体"三资"委托代理制度,各乡镇全都建立了集体"三资"委托代理中心,实行了电算化管理,完善了管理制度,建设了农村集体"三资"专路网线,开辟了"三资"管理软件,配置了"三资"查询触摸屏。全县村(居)全都建立了监督委员会,所需资金纳入县财政预算。我们圆满完成了任务,工作取得了显著的成效,通过了省、市的检查验收。

我从事纪检监察工作以来,正如党所教导、要求的那样,坚持用马列主义、毛泽东思想、邓小平理论、"三个代表"重要思想和科学发展观武装头脑,不断加强思想政治建设,坚定理想信念,不断提高理论素养、政治敏锐性和政治鉴别力,在大是大非问题上始终保持头脑清醒,因为这些都是我工作的根本。凭借这个根本我才可以明确指导思想,理清工作思路,以利于开展工作,与形形色色败坏党风和党的形象的行为做有理有利有节的斗争。多年来,我始终把学习当作第一需要,当作工作的原动力,当作一种责任、一种追求,在不断掌握新知识、研究新问题中,积累新经验、增长新本领。在市场经济、利益多元、关系复杂的条件下,倍加珍惜自己的政治生命和人品声誉,严格要求自己,自重、自省、自警、自励,要求别人遵守的自己首先遵守,要求别人做到的自己首先做到,正所谓"己所不欲,勿施于人"。我经受住了考验,顶住了歪风,抵挡住了诱惑,始终把踏踏实实干事、老老实实做人作为根本的价值取向。在履行职责的过程中,我没有个人的一切。从没想过付出与得到的比例，也没思量过正直与圆通的妙处，更没衡量过自己的身家在社会生活中的轻重。只知想方设法履好职，任劳任怨做好事，出色完成工作任务，不敢有他求和非分奢望。工作，工作，人不去工作，不去认真地、任劳任怨地工作，谈何为工作人员？

当机关工作人员职级并轨的时候，我任职正科级别14年，文件规定，任职正科级别满15年才能上浮到副县级别工资，可涨资数百元。出于关心，单位来电话说："你的正科级别只差一年年限就能浮到副县级，你有没有县岗位责任制先进证书？有两个就可抵一年的年限，你是否来单位或县组织部、县岗办找一找？不少人都在找。"我说："人家找，我不找，我没有什么可找。"一则我无从找。这么多年来，我尽职尽责地工作并不是为了争先评优。我记得，这么多年来，我只在1998年被市纪委推荐为"安徽省廉洁自律先进工作者"。二则我不愿意找。遥想当年，那些为了几块钱增资而无所不用其极的人本就被我看不起，荣誉仅仅是一种外在的形式，与工作能力、生活质量无关，与是否快乐、充实、幸福无关。尤其是当评优评先成为能否掉进领导眼里的"温度计"或"领导说了算"，即使进行了投票或举手表决，也不过是一种摆设，在领导看着顺眼你就"优秀""先进"的情况下，我就更没有必要失去做人的尊严，卑躬屈膝地去央求什么"争先进"。起初，我也曾把获得荣誉看得十分重要，但辛辛苦苦却什么也得不到，内心有些失落，认为不公平。但当我发现"优""先"背后的故事时，反而释然了。我们干工作是给谁干的？假设给某个领导干的，今天给这个领导干，明天换领导了又给另一个领导干，不停地改换门庭就意味着要不停地揣摩领导的心思、爱好，千方百计地讨领导欢心，活得和奴才有什么两样？尤其是纪检监察干部，失去做人原则必然不守规矩，不讲工作职责必然流于厮混，没有责任感必然堕入市侩甚至与歪风邪气同流合污。所以，我一直认为，干工作不是给别人干的，也不是为得个什么荣誉奖励干的，而是为直面良心、人格不至于羞愧干的。在二十二年的纪检监察工作中，我经历了六任纪委书记、五任监察局局长，无论谁当领导，我都尽心尽力地干，努力做好本职工作、做好自己，力求问心无愧，使自己的能力不断提高，才干不断增强，让自己过得更充实、更愉快、更心安理得。从另一个方面来讲，什么是先进？怎样才算先进？我以为：一个人只有品德优秀、思想境界高、道德修养好、精神风貌美，才算是先进，才会成为人们学习效仿的榜样。

　　回顾从事纪检监察工作的二十二年历程，我感慨良多。虽说我所做的一切不过是在领导的安排下，竭尽全力地抓落实，但这一个"抓"字却倾注了我二十二年的精力和心血。"忠诚"二字不是挂在嘴上的，而是要用行动来证实的，正如落实党的方针政策是要用实际成果去检验的一样。二十二年经历了几多人和事，二十二年品尝过几多苦辣与酸甜，我奔忙于工作之中，还要奔忙于各色人之间协调、组织、建议、解释、指正、同情、规劝，或大义凛然，或软语沟通。难！无处不在的艰难，让我忘记了年龄，忘记了岁月，忘记了许多自己的事情。时光和坎坷将我身上的许多气质消磨殆尽。虽然觉得二十二年过得太快，转眼自己也就老了，但我从不后悔，反而觉得荣耀。因为，从某种意义上说，我成了一名"卫士"，为党、为国、为民的"卫士"。

> 二十二载御史台，险阻艰难置度外。
> 两袖清风从伟业，一身正气展风采。
> 倡廉励勤扬正气，清污惩贪反腐败。
> 警钟长鸣筑防线，人生历史留清白。

第七章　婚姻波折

婚姻是缘分与心灵的结合，是对的时间遇到对的人的结果；婚姻是磨盘与碾子，将粗糙的生活磨成相伴相随、琐碎细腻的甜蜜岁月和幸福记忆；然而，婚姻又是考验，除了幸福，还有坎坷，有时还会撞上无法抗拒的灾难。风云难测，旦夕祸福。一帆风顺、一生美满，只不过是善良的祝愿。

一

那时候，年轻人的恋爱婚姻大多是通过亲戚、朋友介绍的。

记得那是 1981 年暑假，我在家休假避暑。一天，突然接到五沟邮电所送来的电讯，叫我赶快到县教育局去一趟，李景新老师有事找我。我接到电讯后寻思：假期之中这么急着找我，会有什么重要事情？于是，立刻启程，步行到韩村乘公共汽车，傍晚到了濉溪。当时李老师被县教育局统一抽调到濉溪二中批阅全县中考试卷，吃住在县教育局招待所。见面彼此寒暄几句之后，李老师就问我："你谈对象了没有？"那时，我参加工作还不到两年，一心只在工作上，还没有把婚事摆上日程。也有人向我谈起这事，被我谢绝。回到家父母也催："年龄不小了，也工作了，有合适的就谈吧。你结婚成了家，家里人就少了一份心事。"我略停片刻，如实回答道："还没有。"他接着说："城关一中有一位女教师，政治课教师，叫贾广英，家是县城西关的，我与刘秀凤等几位老师商量，觉得她不错，想把她介绍给你。我们都觉得你们俩比较合适，你看怎么样？"如此紧急地叫我来，原来是为这事，可见李景新老师对我的真诚关心，我能说什么呢？我回应道："李老师看可以就可以，我听你的。"他说："那好，我今天晚上安排你们见个面，好吧？"

我和广英第一次见面是在离县教育局北边不远的一家饭馆里，李老师安排好后到饭店门口马路上去接人，我一人在饭店包间里忐忑不安，十分紧张。不一会，李老师带着两位女士进来。年龄大的50多岁，白净、端正、瘦削的脸庞上戴着一副近视眼镜，额上的皱纹和那夹杂在黑发中的白发，显示出她经历了不少风雨。她动作敏捷利落，谈吐明快爽朗，有一种令人起敬而又平易可亲的气质。年轻的二十六七岁，看上去就是城里姑娘，身材匀称，装束文雅、洋气、得体，上身穿一件鲜艳的锦丝半袖花褂，下身穿一条修长的深色长裤，脚穿一双黑色锃亮的皮鞋，留着一头蓬松短发，戴一副水晶边框近视眼镜，气质优雅、娴静。我拘谨地招呼道："你们来了。"李老师把我和来人一一介绍，我这才知道年轻女子就是贾广英，年长的是城关一中黄主任，然后大家落座。李老师和黄主任坐在中席，

271

我和广英相对而坐。这是我有生以来第一次在饭店请客，对吃饭的程序、菜品，需要什么，准备什么，一点不懂，李老师也没告诉我要注意的事项。菜一上来，李老师看到桌上没有酒，随即调侃了一句："广英，不给我们点酒喝吗？"我一时慌了，急忙站起来，不知所措。广英很大方、随和地笑着回了一句："看，我把这事给忘了。"随即出去到附近商店拿来一瓶"濉溪三曲"，回来笑着说："店里只有这酒了。"其实，这酒也该我去买。李老师的调侃和贾广英的主动买酒，只说明一个问题：这桩婚姻已八九不离十了。

宴席中，黄主任介绍说："广英性格开朗、平易近人、知情达理，教学和组织能力都很强，进校后几乎年年都带班主任，她带的班级毕业时届届都是我们学校的优秀班级；她爱好文学，喜欢看中外名著和电影，特别对《红楼梦》情有独钟；她分析问题和判断问题的能力很强，有很好的理论素养和文字功底；她讲话利索，观点鲜明，逻辑性强，有说服力，师生们都很佩服。文章写得也很好，在省、市一些刊物上发表过多篇学术论文；特别是学期结束，她给学生的评语写得个性分明、恰如其分，优缺点描述得真切，看评知人，每年都在学校教学总结会上作为范例点评，要求其他老师学习；她善于言谈，在任何场合阐述的理论观点和论据，都能够博得众人的折服和喝彩；她很讲究，着装打扮整洁得体。"后来广英说黄主任那天说得有点过了。但我们结合后的生活证实，黄主任说的都是实话，一丝不假，一点不过。

宴毕，李老师提议："这么晚了，广英还骑自行车，贺鲁是不是去送送？"我答应说："好。"我们与黄主任、李老师告别后，就骑着她的自行车带着她，到城关一中的教师宿舍。

教师宿舍在城关一中校园西门外大坑中的小岛上。小岛叫黄园，南、西、北三面环水，只有东边是用外运渣土逐年填造的越来越宽的通道。坑的对岸四周杂居着大街、西关和南关的居民，民房、民院大都顺势而建，杂乱无章、拥挤不堪。

城关一中的教师宿舍沿东西走向共建 5 排，没有墙院。广英的宿舍在最前（南）排西端，门前两米外便是坑水，屋后的巷道宽约 1.5 米，迎面来人得撇着过。送到门口，我要回去，她说："进屋坐坐吧。"她开了房门，我就随之进了屋子。这是一间单人宿舍，面积约 10 平方米。北墙中间开了一窗户，窗下放了一张三抽桌和一把单人木椅，桌的西边靠房屋西山墙放张单人木板床，桌的右边放了一条双人竹木椅，南墙门旁放了一煤球炉灶。房间不大但很整洁，布设简单却很讲究，条件简陋却很得体。我坐在双人椅上，听她讲了李老师给她介绍我以及我们相见的情况，喝了几口茶，我便要回旅馆。她又把我送出黄园，走出坑边的居民区到大街，我们才挥手作别。

二

1981 年中秋节前夕，李老师带我去广英家拜望二老。

273

一路上我还有些紧张，然而，一到她家，二老那慈祥的面容、亲切的话语，使我一下子就放松开了。我想，这大概就是缘分。

她家住濉溪县城西关，家院坐落在沱河路南50米、铁路东80米远的居民区内。主房坐北朝南，在六间宅基地上靠东端盖了四间，西端两间宅基地搭建的临时简棚，作为厨房和储藏室，院内栽种了满园子的蔬菜。

她家有七口人（广英的大妹已结婚出嫁），父亲早年在南京华东水利学院[①]工作，反右运动中被打为"右倾"，由华东水利学院遣送原籍劳动。20世纪80年代初期，因政策的落实，她的父亲获昭雪平反，被安排到濉溪二中工作，她的四个弟妹也随父亲转为城镇户口，只有母亲一人还在农村，耕种着一亩多的自留地。

她父亲与我们是同行。她母亲虽为家庭妇女，但豁达开朗，很有见识，在生产队从事力所能及的劳作。我出生在农村，有自卑心理，虽然已高校毕业参加了工作，但觉得自己的工作不属于热门行业，不被社会看好，仍觉得自己的条件差，生怕城里人看不起。幸亏她的家庭主要成员都在教育战线上工作，几个小的孩子又都上学读书，也对教育、教师有着特殊感情。我虽是第一次到她家，但是我们谈起话来有共同语言，交流起来容易接近。李老师向二老介绍我的情况时，自然是把我夸奖了一番。我说："我家在农村，条件远不如你们城里。即便和广英相处顺利，将

---

① 华东水利学院：校址在南京，现已更名为"河海大学"。

来成家，家里也帮不了我什么。家里对我的婚事是叫我自己看着办，我也不敢有过分的奢望。"老人家立刻抢过话说："孩子的婚事，由孩子们自己做主，孩子的意见就是我们的意见，孩子满意我们高兴，我们不多干涉，也不会有什么嫌弃。"

又过了一段时间，在李老师和几位宿州师专同学的说导下，我主动邀请广英来百善中学看看。我一邀请，她果然来了，这是她第一次到百善中学，也是唯一的一次。从此，我们就通过一些方式加强了联系、接触，确立了恋爱关系，互相关心、体贴的话语逐渐多了起来，彼此也有了牵挂。

我们相见，大都在礼拜天，我去县城找她。那时濉溪还没有公园，我们有时在街上走走，我多是听她介绍、讲述县城的古今传奇、奇闻趣事；我们有时到电影院去看电影，城关一中距电影院较近，电影院来新影片或来了她喜欢的影片，她第一时间就能得到信息，每次看电影都是她先买好电影票等我。我们一起看电影时一般坐在后边或边角的僻静处，以免碰见她的学生或社会上一些寻衅滋事之徒；我们有时也骑自行车到郊外，感受郊野景观，欣赏自然风光。时间长了，我们也一同到她的领导和同事黄主任、许守德、孙学玉、黄昌龄家里，去她的朋友和同学黄明秋、赵先艾、李百平、余德志家里，到我的同学陈传荣等人的家里走走串串。

接触中，我感觉到：广英不但工作敬业、勤恳能干，而且顾家、热爱生活、勇于担当。她对弟妹的学习和成长

275

无比关心，弟妹的学习和生活用品多是她买的，她常常是工资一发下来首先为家里置办生活用品，对结婚出嫁的妹妹也是关怀备至，经常过问其工作、生活和家庭情况；她的烹调技术也比较精湛，烹制的菜肴有色有味，家里来人请客多是她下厨；广英处事立场坚定、爱憎分明，而且待人坦诚直率、可亲和蔼，交友大方谨慎。与她常走动的一些人，都作风正派、品格高尚、很有涵养，绝无狐朋狗友之徒；广英有很高的文学造诣、理论修养。她喜欢看书，中外名著她读了很多，一些名著的精彩句段和主要人物的坎坷际遇、悲惨结局，她能详述并很有见地地予以批评。她最喜欢读的是《红楼梦》，每读必投入，投入必流泪。她后来给我说，看《红楼梦》时不知哭了多少个夜晚，流了多少次泪水。而且，她能讲出书中的很多人物细节，能背出书中的很多诗词。

三

经过一段时间的相处，我和广英终于彼此深爱着对方，决定携手走进婚姻殿堂。

我们的结婚庆筵是在老家由我的父母置办的。记得1982 年春节将至，我们就着手准备回家办理结婚事宜。农历1981 年腊月二十六日早晨六点左右，天还未亮，我骑自行车带着广英从城关一中的教师宿舍出发，由沱河路大街向西，直奔濉溪汽车站。当走到正在建设中的濉溪商场大楼工地向南拐弯准备入淮海路时，由于天黑看不清，一不

276

小心撞到了吊桩扯拉的钢丝上，我和广英连人带车全被撞倒。广英被摔得好长时间才站起来，疼得几乎掉泪，幸好没有摔伤，有惊无险，虚惊一场。我们赶到车站时，她的几位好友任云侠、亚云彩、杨巧等都已先行到达，正在候车室等着为我们送行。她们提出要陪广英与我们一块坐车到我家，被我婉言谢绝。按理说，我们应该欢迎她们同去。不是因为关系好、感情深，你请人家来，也未必请得动。人家主动提出要陪同，是不应该拒绝的。可是这时，我的自卑心理又作了祟。我们家实在太穷了，破破烂烂，连一件像样的家具都没有。人家去了，甚至连个休息的地方都不好安排。广英已是自己家的人，到家委屈点还好说。人家是朋友，是城里人，家庭条件都很优裕，怎能叫人家到那里受委屈？

我们坐上七点钟的客车，沿肖淮路经百善到临涣，转临（涣）五（沟）公路，在砂礓路上晃悠到将近九点，才到了韩村。下了车到韩村供销社我本家堂哥周广鲁家借了辆自行车，带着广英就往家里奔。到韩村集南顶头碰到本族堂兄红仁哥，我急忙下车与他打招呼："红仁哥，赶集去？"随即指着广英给他介绍说："这是我爱人，叫贾广英，我第一次带她来咱家。"他笑着答道："哎，你们来了，快回家吧，家里正在准备着呢，我到街上办点货就回来，中午还得喝你们的喜酒呢。"我说："你快去吧，早点回来。"

结婚那天，广英上身穿一件黑呢外衣，里面是一件鲜红的毛线衣，下身穿一件深色呢绒裤，脚穿一双高跟黑皮鞋。由于道路坎坷不平，广英结婚第一天就崴了几次脚。

277

广英来到我家，不但全家人高兴，亲朋好友、左邻右舍也都非常欣喜。她那娉娉婉约的风姿、文雅大方的举止、娇艳俏丽的容貌、讲究得体的着装、脱俗多才的谈吐，惹得村里人一群一群地围着跟着看。广英是我们村子里第一个迎娶来的气质高雅、典雅貌美的城里姑娘。

父母倾其所有为我们操办了婚礼，按世袭风俗置办酒席十来桌。亲戚、朋友、近邻来了，周传军、徐凤平、邹九林、张朝文和耿洪明、侯先轩等我们的同学也来了，全场热闹非凡，宾客频繁把盏碰杯，向我家道贺，喜祝我们美满幸福，祝愿我们携手到老。

喜忧常常相伴而生。第二天一早，传来了不幸的消息：红仁哥去世了。他昨天喜酒喝得高兴，喝多了。他夫妻俩平时磕磕碰碰，不大和气，互相不太体贴、关心，那天晚上堂嫂没有及时给他喝水，加上他身体病恹恹的，什么时候断的气也不知道。父母和我大哥二哥又去为他们忙着处理丧事。晚上，广英就动手做饭，和面擀面条，我烧锅，这是我们俩第一次携手在家里做饭，也是我们新婚期间共同在家里做的唯一一顿饭。我们还准备外出旅游度蜜月，年初一初二，我便带着广英，走走姑、舅等亲戚家，在家过了一个星期，就匆忙回濉溪了。

正月初四，我们从濉溪火车站乘列车南行，踏上蜜月旅程。晚上八点到南京，广英大爷家的三儿子毛娃驱车早已在车站出口处等候。当把我们拉到大爷家时已近晚上九点，全家人都在等候为我们庆贺，为我们接风洗尘。

大爷当时是华东水利学院退休职工，家住学院宿舍楼，

278

三室一厅。二老有三男一女，大儿子结婚后住在单位宿舍，二儿子也已结婚，还跟大爷一起住，女儿带着孩子也住在大爷家，80余平方米的套房住九口人，非常拥挤。我们在大爷家住了两天，大爷和几个堂兄弟分别带我们游玩了中山陵、明孝陵、玄武湖、夫子庙、长江大桥等几处景点，之后我们又踏上旅程继续南行。在上海住了一天，观赏了夜幕下的上海外滩，浏览了繁华的南京路，游逛了琳琅满目的人民商场。到了杭州，正赶上了几十年未遇的大雪，到处银装素裹，景色宜人。当地人大都出来观赏雪景，游人特别多。我们按图索景，游览了灵隐寺、西湖、六和塔、杭州动物园等景区。在杭州住了三天，我们从杭州乘船逆运河北上，翌日早上八点到达苏州，在苏州又登上了虎丘塔，游玩了狮子林、拙政园、西园、寒山寺，两天后乘列车返回。

结婚后我们的新家安置在城关一中的教师宿舍广英的原住所，未添置任何家具，只是在原单人床里边加了一块木板，拓宽了30厘米。我星期一到星期六上午在百善中学，星期六午饭前回濉。无论什么时候到家，星期六中午，广英都会做上很丰盛的饭菜，等我回来享用。特别是我喜爱吃的红烧肉，她烧得也比较拿手，有味、好吃，星期六中午大都不缺。有时我有事不能按时回濉，她必来电催问，担心是否发生了什么事情。这就是牵挂，是只有彼此喜欢、关爱才有的牵挂。有了牵挂，生命就有了生机，生活就不再孤寂；有了牵挂，爱情就多了一缕相思。牵挂是一份心灵的牵扯、情感的分担，一份纯美的浪漫、质朴的温柔，是心心相印的两人间的默契和款款深情的无言表露。我不在家时广英还到她父母家去吃饭，平时自己不开伙。

四

1982 年暑假，我们回家看望父母，准备在乡下过几天避暑。刚一到家夫人广英就觉着腹部疼痛，我们认为可能是乘车颠簸的，过一会就好了，没大在意。吃过午饭，休息一会，她反觉着腹部痛得更加厉害，二哥忙去给她拿点药，她吃下去，觉着好点，暂时能忍住疼痛。

夜里下起了大雨，到了天明雨还下个不停。广英肚子又疼痛起来，抱腹呻吟，早饭也吃不下去，再吃药也解不了疼，暴雨瓢泼一样地继续下，我们无法出门，全家人急得团团转。快到中午，雨停了，父母感到问题蹊跷，不可小觑，催促我们赶快去医院检查。母亲赶紧做了午饭，父亲赶忙去联系牛和车。吃过午饭，父亲、堂哥和大哥、二哥赶着"牛拖车"① 踏着泥水把我们送到东公路，恰巧这时从南来了一辆开往濉溪的客车，到我们跟前停下，我和广英乘上客车到濉溪汽车站，下了车迅速直奔县医院去找王彦艾。

王彦艾 1981 年从百善医院调到濉溪县县医院，到 1982年他已是县医院小儿科主治医生。他那时住在县医院住院

① 牛拖车：一种皖北农村畜力运输工具。没有轱辘，只有两条滑板，宛如东北爬犁，可在泥泞土路上或冰雪路上行走。

部四楼的单身职工宿舍里。我结婚后住在城关一中，星期天或节假日彼此颇有来往。所以，我的家人一旦身体不适，第一个要找的就是他。经他联系，医生对广英进行了先行检查，怀疑是坐车颠簸导致流产，安排广英住进了妇产科。

妇产科在县医院门诊部一楼，走廊南边，三间屋的大筒子房里，面对面放有十多张病床，稀稀拉拉住着几个病号，屋顶吊着几个电扇有气无力地转着。为防蚊虫，病床上歪歪斜斜地挂着蚊帐。由于连日阴雨，加上住院人员生活自理，病房里潮湿昏暗、气味熏人。

由于王彦艾的关系，妇产科主任赵培新亲自担任广英的主治医生。翌日上午，医生巡诊，对广英进行检查，又看了病历和报告单。巡诊过后，赵主任又带了本科的几名主任医生给广英会诊，王彦艾也在跟前。会诊时几位医生指指点点，嘀嘀咕咕。会诊后，赵主任与王彦艾耳语了几句，王彦艾立即神色异常，几位医生走后，王彦艾把我带到赵主任办公室。赵主任给我说："你要有思想准备，你家属可能是流产了，我们下一步将给她做流产术处理。"我和广英听后十分震惊、无比悲痛，广英哭了好多次，我也偷着流了几次泪。但消息还要暂时保密，免得亲人知道后为我们担心。我劝广英，大人身体要紧，一定要保重，老天爷不会这么无情，孩子，我们一定会有的。

又过了两天，广英腹部还是疼痛难忍，流产术治疗没有任何疗效，经继续检查诊断后，赵主任等医生也对"流产"产生了怀疑，于是将广英的病情挂牌为疑难病症，县医院决定由妇产科与外科共同会诊治疗，并明确由县医院的"一把刀"、副院长丁友杰牵头。通过两科联合会诊，又做了"B超"检查，最终确诊为子宫肌瘤，疼痛是由于坐车颠簸，肿瘤扭转拧动拉扯导致的。

广英是下午四点进入手术室的，医师们认为，肿瘤手术是个小手术，主治医生都能做。为了慎重起见，医疗组决定由赵主任主刀。术前，一位医生又把我叫去，要病人家属签字，当我看到《病人手术告知家人通知书》上所列的可能发生的种种意外危险时，我一时傻了，赶紧与王彦艾、代维光（贾广英的表叔）商量，代维光找到丁友杰，坚决要求由丁主刀，丁友杰说："这种手术，赵主任做得多了，已经决定了，不好更改。手术时我在场，如果发生特殊情况，我再主刀。"后来听说，一开始，赵主任就把主刀让给了丁院长，她自己主动当起了助手。签了字后，我们就在手术室门口等候。

时间一分一秒地过去，我的心像被一只无形的手紧攥着，而且越攥越紧。

一小时，两小时，手术还在紧张地进行，我的心被揪得疼，觉得时间仿佛凝固了，一点也不往前走。不知过了多久，赵主任、丁院长终于从手术室出来，我们立即围了上去。他们把我和代维光叫到一旁说："肿瘤长在子宫上，与子宫贴得很紧，还很大，我们的意见是为了病人的安稳，切除肿瘤要将子宫一同拿掉。"我听了之后，瘫在了地上。子宫拿掉，怀孕四五个月的孩子也将不复存在，以后也不能再生育了，我哭着坚决不同意。代维光与丁院长是老关系，他向丁院长解释说："他们俩二三十岁才结婚，怀了第

282

一胎，非常不容易，能否先不切除子宫，保守治疗？如果以后非切除子宫不可，到时再说，后果由他们承担。"丁友杰沉默了半晌后勉强同意，但提出得请市人民医院妇产专家来会诊指导。我们同意了。手术暂时停下，广英昏迷着躺在手术台上，丁友杰随即去给市人民医院打电话，回来说，市人民医院妇产专家李医师不在，米医师值班，可以来，但要车去接。

那个年代，县城还没有出租车，个人更没有小汽车，县医院有一辆救护车还不在家，县里只有两辆罗马吉普车。一联系，县里的两部吉普车都被领导带到洪河大堤防洪的抗灾前线了。代维光那时是县政协办公室副主任，他打电话向领导请示：县医院有一病人，刀口已打开，发生了特殊情况，急需到市人民医院接专家来会诊，县医院救护车出巡不在家，想借县委的吉普车用一下。请示获得了批准。

米医师是上海人，早年在上海某大医院工作，淮北创办人民医院时，她是作为妇产专家来淮支援创建的，是享誉淮北地区的专家、名医。在米医师的指导下，手术采取保守治疗，切除肿瘤，未动子宫。

翌日，按照医生叮嘱，我把切除后已装入仪器里的肿瘤病灶，乘公交车送人民医院化验检查。一周后，化验结果出来，肿瘤病灶为良性。这时，我们才松了口气。广英恢复得很快，刀口愈合后，就出院了。

五

1982 年 12 月 5 日，这天是礼拜天，我们的宝贝女儿降临世间，给我们的家庭带来了无限的希望。

为使孩子顺利降生，确保万无一失，广英提前一个月请了产假，提前一个星期住进了医院。当时，对住哪家医院我们还发生过分歧。我认为：县医院有王彦艾在那儿，妇产科的医生大都比较熟悉，有什么问题好找关系通融，且离家近，做饭送饭、拆换洗刷都较为方便。她则强调：淮北市人民医院条件好，设备优良，医疗技术先进，接生医术科学，大人小孩都少吃苦，不受罪。万一出了问题，能得到专家的及时处理。联想到夏天她在县医院手术一事，我只得赞同她的意见。

那个时候，我们家住在城关一中，我在城郊中学任教。广英住院之初，我白天在城郊中学上课，中午到城关一中的家里收拾东西，下午放了学就到医院去陪同广英吃饭、散步、聊天，晚上我们一起住院。我在病床间的狭窄通道中铺条睡席，实在困了就盖上广英的大衣，将就着和衣而卧。

广英分娩那天，她有些害怕，思想非常紧张。我一上午都守候在她的身边，陪她走动，陪她说笑，给她鼓劲，为她壮胆，树立勇气。

下午约两点半，护士来叫广英进产房，我搀扶着把她送去，一到产房门口，看到"男士免进"的牌子我便停止了脚步。广英进入产房，我在产房外焦急地等待，每当听到产房里传出新降生的婴儿的哭声，医生一开产房门时，我就赶紧围上去，问是不是我们的孩子降生了。虽然几次得到的回答都是"不是，不是，你不要着急，还得一会儿"。但每次医生、护士一从产房出来，我还是情不自禁地上去问问。时间一分一秒过去，我越来越坐立不安，心急如焚，内心里不停地祈祷上天保佑广英和孩子健康、平安。

当时间到五点一刻左右，太阳刚一收起它的余晖时，产房传来喜讯：我们的宝贝降生了，胎产顺利，母女平安。我长叹了一口气，心中的一块石头落了地。当广英平安地回到病房时，我双手合拢，向她深深地鞠了一躬，向她致谢：你辛苦了一年，担心了一年，等待了一年，上帝被感动了，送给我们一个美丽的小公主。这是我们爱情的结晶，是我们历经千辛万苦护佑住的生命的结晶，于是我们给她取名：晶晶。愿她永如闪亮的水晶，散发出耀眼的光芒！

当医生清洗整理好，把宝贝女儿抱到病房让我看时，我托着她软绵绵的身子，看着她天真无邪的面容，觉得整个世界都敞亮了，之前的一切辛苦都是为了她的到来，为了新的希望。

女儿的降生，使我们成了三口之家，我母亲要来帮我们料理家务，根据城关一中的规定，广英从学校里又争取了一间宿舍，虽然一间在第一排，另一间在第三排，两间不连在一起，但条件有了很大改善，宽敞了很多。我每天放了学不敢在学校逗留，早早来家带女儿。广英上班离家近，一下课就回家，全身心都在女儿身上。小宝贝的到来，使我们不再有天明觉，不再能睡到自然醒，每天天刚蒙蒙亮，伴随着女儿的哭闹声，我们就得早早起床，我咿咿呀呀地哄着宝贝，广英做饭，母亲洗刷擦抹、打扫收拾。星期天，我们就带着宝贝女儿转街市、逛商场、游公园。中午，我要睡午觉，广英和我母亲收拾东西，我就先把女儿哄睡着。我对哄宝贝午睡很有办法，把她卧在床上，胳膊、腿给她来回伸蜷、扩收十几下，她就入睡了。小宝贝给我们带来了数不尽的快乐、甜蜜和温馨。

1984年春节过后，母亲有事实在走不掉，无法再来给我们照料家务，女儿的照管成了我们的主要难题，如果我们上班把她锁在家里，因她年龄太小，怕出意外，放心不下。所幸城郊中学一位老师的爱人是新城幼儿园老师，我找她商量，她告诉我：今年，新城幼儿园试办托儿班，2至3周岁的幼儿可以入托。我和爱人一商量，决定把女儿送入新城幼儿园托儿班。我每天早饭后上班时把她带捎送去，下午放学后把她接回来。自从入托后，女儿总是哭闹着不想去幼儿园，每次送她，都是愁肠百结，不得不狠狠心一次次连哄带骗地把她往幼儿园里推。尤其愧对女儿的是，有时我放学晚不能按时去接她，时常别的孩子都走了，只剩她一个人孤零零地含着忧伤期待的目光盼着我。我甚至有时还要烦请相熟的住在老城大街的托儿班老师把女儿捎带着送回家，但那必须是在这位老师恰好值班的时候。

一天下午，城关七小召开学校工会大会，城郊中学安排我作为代表参会祝贺，散会时天色已黑，我急忙去新城幼儿园接女儿，哪知那位在幼儿园当老师的我同事的爱人放学后看到小孩都被家长接走，唯独剩下晶晶，就好心地把我女儿带上，打算带到城郊中学交给我，但我这时已不在学校。百般无奈下，那位同事将孩子交给我的另一同事张中亚，再让他骑车往我家里送，那时没有手机，也没有电话。当我与张中亚在半道上相遇时，孩子已睡着了，稚嫩的脸上还有没干的泪痕，我感到心疼、愧疚、无奈、怨恨。当我和女儿到西关粮站时，恰遇广英正急匆匆地骑车准备去幼儿园找女儿，那天，我们为女儿大吵了一架。

在我们结合的日子里，广英不但对我父母敬重，而且对我的兄嫂弟妹也有很深的感情。她第一次踏进我家时，尽管吃住很差，但从无怨言，从未说三道四，还显得很开心，并动手做饭。每逢节日，她都要随我一起回我家过年过节，可我不想让她去，那时，我家很穷，吃住很差，她一去，家里就慌，又是上街买菜，又是铺床叠被。不光是父母忙里忙外，就连分家另住的哥嫂也赶来帮着忙活，唯恐对城里来的儿媳照顾不周。尽管广英每次都说："不要这样，有啥吃啥，不管怎样，家里高兴，我就舒心满意。"但父母还是执意忙活。我一人回家，吃住不用父母操心，赶上啥吃啥，在家里休息有困难，我就到四邻找个发小打通腿对付一宿。若有一段时间我没能回家，她都买好我父母喜欢吃的东西催我回家看看，每次探家回来她都急着询问我家里的情况，无论出了什么问题她都积极地帮着解决。家里只要有人来，再忙，她都盛情款待，从不嫌弃。我小妹与五弟发生口角，一时糊涂，喝了农药，经抢救无效去世，我们得知后，她和我一样痛哭了一夜。她带着女儿离不开家，就催着我赶紧回家探望父母。我父亲辞掉生产队会计的工作之后，曾一度被本村在淮北办厂的老板聘去当会计。父亲一天休假时到城关一中的我家来，恰巧在淮北电厂工作、我的中学同学周丙珍也带个同事到我家来玩，广英一中午都在关心着我父亲，饭前饭后不停地问我父亲工作有没有困难，吃住怎么样，可需要什么东西等等。尽管父亲回答："一切都很好，不用担心。"广英仍然说："没有钱了，就来这儿拿，这么大年龄了，别亏待了自己。"周丙珍趁广英一时不在眼前，感慨地说："贾老师真好，这样的媳妇真难得。你看，对贺鲁父亲关心得多细。我家的小马，别说对我的家人，就是对我也从来没这样关心过。我经常外出作业，她从来也没有说过这样的话。"家里的房子年久残破，屋里比屋外凹下半米多，屋里尽是老鼠洞，一下雨就漏，当时家庭经济稍有好转，父母于是有了建新房的想法。我也知道父母很早就住够了南屋，我从小就经常听母亲讲："什么时候能住上堂屋就好了。"恰巧这时队里又在宅基地上规划了排子房，我们虽然没有多少存款，但借钱也想盖。父母给我谈了之后，我与广英一商议，她积极支持，并想方设法解决了三间房屋的主要建材，把新房建了起来，缺少的资金我和广英把当月的工资拿来填补。

六

纷扰的家庭事务、繁重的教学工作，极易使人积劳成疾。

1992 年秋后，广英经常感觉脖颈疼痛，起初以为是教师的职业病，可能是颈椎出了毛病，就到医院按摩推拿了几次，未见疗效。县中医院医生又给她改做牵引，做了几次，感觉疼痛有点减轻。为了不影响工作，她就买了一套简易的脖颈牵引器械，课余时间在家自己做。断断续续做了一段时间后，虽然还有些疼痛，但能撑得住，没影响工作，于是也没怎么在意，更没有怀疑是否是其他病的牵连使然。

1993 年春节，城关一中教师陈良华从蚌埠医学院附属医院（又叫安徽省肿瘤医院，简称蚌医）治病来家休息、过节，陈老师患的是乳腺癌，广英和几位同事得知后，一起去她家看望。谈话中陈老师说："我觉着乳腺有些不舒服，就到医院去检查，发现乳房上有一硬块，用超声波一检查确诊为肿瘤，我们就赶紧去蚌医住院治疗。术前穿刺检查还诊断为良性肿瘤，手术时医生把其作为一般肿瘤处理，术后病灶送去切片检查，才发现是恶性肿瘤。我在手术台上还没下来，紧接着就做乳腺癌根治术治疗，扩大剜切范围。术后医生说，幸亏是初期，发现得早，认真按照医生的要求去做没有多大问题。"她还说，"到蚌医一看，三四十岁的妇女患乳腺癌的特别多。"并建议看望她的同事，要定期到医院检查，防止得了病未能及时发现。乳房上要是有肿块，自己用手慢慢地抚摸就能摸得到。广英从陈老师家回来，也试着摸自己的右乳房，果然在左下方有一硬块。第二天一大早，我就带着她到县医院检查。超声波显示，广英右乳房下方确有阴影，医生初步确诊为肿瘤，良性还是恶性，医生建议到淮北市人民医院进一步做彩超检查。广英嘀咕道："别再是跟陈老师一样，乳腺癌吧?"我说："别乱猜疑。"我虽然这么说，可心里焦虑忧急、忐忑不安。

回家的路上我在想：广英，她不会得这样的病，因为我始终相信，好人一生平安。

午饭后休息一会，我们就赶往淮北市人民医院。恰巧，做彩超检查的医生是广英的学生、我监察局同事张志勇的弟媳。她给广英进行了反复、认真的检查。万万没想到，经检查确诊的确为恶性肿瘤——乳腺癌，而且肿块较大，她嘱咐我们抓紧住院治疗。出于关心，她建议我们到蚌医去，那儿离我们不远，且是我省肿瘤专科医院，在周边地区享有盛誉。我们的家庭可谓美满幸福，我们的事业正在蒸蒸日上，可这时她偏偏就患了这种可怕的疾病。我顿时感觉五雷轰顶，吓得六神无主，不知如何是好，顿时，父亲的那句"自己的事儿靠自己"再一次在我耳边响起。

我镇定了一下情绪，便联系央请王彦艾与我们一同去蚌医。王彦艾早年在蚌埠医学院读书，工作后时常与蚌医有业务往来，多年来与蚌医的一些医师一直保持着联系，对蚌医人地都很熟。到蚌医后，王彦艾又联系了他的同学邵正仁（我们老家人，时为蚌埠医学院副教授），邵正仁带我们首先去看门诊。那天坐诊的专家是陈德昌，他仔细看了广英的病历和检查的片、单，进行了临床检查，又让我们做个超声波，综合后确诊为乳腺癌，要求我们尽快入院治疗。我们又到住院部看了一下，当时陈良华正在住院化疗，广英看到她手术和输药时呕吐难受的样子惨不忍睹，担惊受怕，加之我们去蚌医只是想进一步检查诊断一下，未作住院打算，检查之后，我们回来了。

正月十五过后，我和广英分别向单位请了事假、病假，又与她父母商量，帮我们带着晶晶。这时，我们的这场灾难还不想让任何人知道。要不是晶晶非找人带不可，我们也不可能让她父母知道。一大早，人们还在温暖的梦乡里，我们没惊动任何人，带着衣被锅盆，踏着残冬的积雪，迎着袭人的寒风，赶乘南行的列车，上蚌医住院去了。

一路上广英心事重重，愁眉不展。我也思绪万千，疑惧交集。我们结合才十一年，在快乐的生活中，我们恩恩爱爱，相敬如宾；工作事业上我们互相鼓励，互相支持，经过努力奋斗，我光荣地加入了中国共产党，她也通过刻苦自学取得了大专文凭，还获得了全县中学政治优质课等多项荣誉、奖章。她在公开课、示范课上总能引经据典，点评时事方法灵活，内容深刻，收到良好的效果，赢得一致好评。更难能可贵的是，广英还获得了全省中学政治课录像大赛一等奖，整个皖北地区仅有她一人获奖，在教育界享有良好的声誉。她本来可以更卓越的，病魔扼杀了她施展的机遇。我们还有了一个活泼可爱、漂亮懂事的女儿。尽管经济上还很拮据，可我们家庭幸福美满，生活有滋有味，精神愉悦富足。为什么命运这么捉弄人？为什么老天这么残酷无情，给我们这样严厉的脸色？给我们这么沉重的打击？

从濉溪出发，列车晃悠了五个小时到达蚌埠。由于邵正仁的通融，第二天广英就住进了医院。

我们入住的是蚌医肿瘤外科病室。病室里并排对放着8张病床，中间是走道，每张病床前摆放了一个床头柜，供病人摆放瓶盆碗勺及病检资料等物品之用。陪护人员一般都是凑合着陪住，离家近且能离开的晚上回家，第二天一大早过来。术后刀口还未愈合好的，陪护就得夜以继日，实在困得撑不住了就趴在病床边眯一会；病人术前或术后刀口愈合了的陪护人员，在病床边凑合着休息、夜宿，也有的在病床之间的狭窄通道中用被褥裹体过夜。我师专的同学唐明在蚌埠九中任教，家住蚌医大院，入院后我从他家借了一张睡椅，又从他爱人的单位借来一床被褥，陪护有这样的条件休息，在病室里算是条件优越的了。我们吃饭，有时在病房里买医院食堂供应的饭菜，有时到街上小摊点去吃，有时在医院食堂自己做。陈良华的丈夫会做饭，伺候人有功夫，我们合伙做饭时多半是他主厨。

在街旁和旅馆还有一些住不上院的病人，不时地进病室打听，什么时候有病人出院，何时有空床腾出，想入院要不要给医生送东西，怎样打点，多了拿不出，少了又白送，要"表示"多少为宜。有的不愿说，有的不敢说，有口快的也是避在门旁墙角说，半明半暗地比比画画。入院以后，有的一两天就能很快手术，有的过四五天甚至六七天还不给手术，问则答道："等着做手术的病人多，你还没排上号，还得再等一等。"于是，久久不能手术的病人又去悄悄打探里面的情况，了解后，就又悄悄尾随医生跟到办公室或打听其住处，鬼鬼祟祟地去"意思意思"。也有的医

292

生倒也干脆，看到所管的床位病员迟迟未有动静，就旁敲侧击："你的病不能轻视，要抓紧治疗，抽时间到我办公室来一趟。"这不是明摆着叫人家送礼吗？要人家抓紧时间，人家耗一天要花掉上百元，能不想抓紧时间吗？耗得起吗？人家想抓紧能抓紧得了吗？明明决定权在你手上，还要人家去抓紧。对病人有什么叮嘱不能在病室里讲，为什么非得到你办公室里去讲不可？

住院后按照医生的要求，我们又对广英的病灶做了穿刺检查，结果进一步确诊为乳腺癌。

邵正仁连续几天在课余时间都到医院看望、陪同我们，讲解乳腺癌的治疗及有关知识，给我们做思想工作，开导、鼓励我们，使我们了解了有关乳腺癌的许多知识。乳腺癌，又称乳房癌，是生长在乳腺腺体内的恶性上皮来源肿瘤，已成为我国女性最常见的恶性肿瘤。他劝我道："得了这种病不要怕。这里是我们省乃至周边省份著名的治疗这种病的专门医院。这里有最好的药物和最先进的治疗手段。只要相信科学，积极与医生配合，勇敢坚强起来，就能够战胜病魔。"他还劝广英，"人都会生病，只是现在的病有个坎需要你跨过去。跨过去了，坚持下去了，一切就都会好起来。癌症并不可怕，可怕的是你被它吓住了。"听了邵正仁的开导、劝说，我和广英心里开朗了许多，害怕、畏惧的心理消去了很多，邵正仁的话坚定了我们同病魔斗争的信心。

入院的第三天，医生通知广英做好准备，明天手术。自接到通知后，我们都很紧张，一夜翻来覆去睡不着觉，总是担心：手术会怎么样，能顺利吗？

广英一大早换了衣服，认真整理了装束，饭也吃不下去，我陪着她在病室、走廊不停地走动。

上午医生查好房后，约八点三十，我陪同广英去手术室。到手术室门口，我被护士拦住。广英换了鞋随护士进了手术间，我就在门口等候。过了一会，医生通知我签"意见书"，说是手术前得先取得病人及家属的书面同意。我一看"意见书"，比上一次做子宫肌瘤手术签字更难下笔，吓傻了。此手术可能会引起的后果有六七个，且都很可怕，甚至可能导致死亡。我的担心在脑海里不住地翻腾：这么大的危险，怎么能手术？我迟迟不敢签字。他们反复解释说："这只是有产生这些后果的可能，根据我们多年的临床经验，手术产生严重后果的概率很小，只是我们得有思想准备。"况且这又是病人亲属必须履行的手续。在他们的开导下，我想：病已经这样了，开刀有危险，不开刀更危险。我签字时向医生不停地唠叨："我们还很年轻，我们有个美满幸福的家庭，我们都正是做事业的时候，还有很多工作等着我们去做，希望医生能用最好的办法把广英的病治愈，我们一生感激您。"声音几近哀求。

约十一点三十手术结束，护士用活动病床把昏迷中的广英送入病房。我和护士在同病室人员的协助下，把她从活动病床挪入病床。输上液后，我赶紧把切除的肿瘤病灶送到蚌埠医学院病理研究室检查。经冰冻切片化验：肿瘤腋下淋巴结有转移，临床分期为乳腺癌三期。发现迟了，病情已较为严重。我进一步受到了打击，化验结果我始终没敢告诉广英。

　　手术后的第一天是最关键的时刻。手术成功与否，第一天可见端倪。病人术后出问题，多在术后第一天，第一天的看护尤为重要。广英术后长时间处于昏迷状态，带着引流管、尿导管，同时吊着药液、血液。我聚精会神地守候在病床前，全神贯注地盯着输液和尿导管的通畅、调换，密切注视着她的体温及反应情况。白天人多，时间过得快，到了夜晚，夜深人静，我一人端坐在病床前，困乏加之天冷夜凉，熬得实在撑不住了，不知不觉趴在床边睡着了。睡梦中迷迷糊糊觉着有手抚摸我的头，我突然惊醒。广英侧过脸摸着我的头微笑着说："你累很了，可冷？可睡着了吗？"我蓦然泪流满面，控制不住内心的酸楚，她太知人疼人了，自己受这么大的痛，吃这么大的苦，命几乎搭了进去，可醒来首先关心的还是我。我背着她擦去了泪水，回过头来关切地说："你醒了，你都昏睡十多个小时了，还疼得厉害吗？"她说："只觉着身体被绑得很紧，全身发麻、难受，还没有感觉到怎么疼。"我说："邵正仁和医生都说手术做得很成功，术后也都很正常，这个坎闯过去后就好了。女儿该想我们了，亲人也都在思念着我们，病好了我们就回家，以后好好地过日子，把身体放在第一位，把我们的家庭建设得更加美满幸福。"她微笑着攥着我的手久久不松。广英乐观、豁达、坚强的表现使我紧张、悲伤的心情缓解了许多。

　　后来，广英几个比较亲密的同学、朋友关切地说："广英的病是由于负担过重引发的。"我觉得不无道理。广英家中姊妹多，劳力少，收入低，家庭负担一直很重。她是家中姊妹们的大姐，有思想，有主见。年轻时就在大队、生产队做事，勇于担当，自从参加工作后就肩负着家庭的繁重事务。工资一到手，首先考虑家里开支，从不乱花一分钱。家里人多事多，家庭重要事务都是她跑前跑后，疏通解决。她父亲二十世纪五六十年代从南京被遣送回乡后，一家人住在西关粮站西边五六十米街北不足两间的北屋和一间四五平方米的耳屋里。到了70年代后期家里实在住不下了，生产队又在沱河路南沟西、铁路东划拨了六间地皮，他们盖了四间主房、两间偏房。全家人搬进新房居住后，原房后院的大户梁家，有人有势，说广英家的原房是他家的，想要回，开始吵吵闹闹，后来惊动政府，上法院打官司。广英自然逃避不了，想法对付、疏通关系、请律师都是由她跑前跑后；两个弟弟不好好上学，进入初中之后，不但成绩差，还净惹是生非。惹事后老师经常把他们带给广英。她每次都气得浑身直打哆嗦。初中读完之后，大弟弟立新、二弟弟毛高先后被招考到县化肥厂和县铝厂。从报名、考试、体检到录取，都是广英一个关节一个关节地找关系疏通。就在广英生病之后，母亲和小弟多次打牌赌博被抓，罚款没有钱，没有钱就得被关，又都是广英一次次地托关系，一次次地放下脸面解救。父亲昭雪平反，落实政策，安排工作，也是她找证据、写材料找有关单位申诉、复审。二妹，初中毕业后没有继续上学，回家务农打工，不久谈恋爱。家庭知道后不同意，她反而"生米做成熟饭"。为此，广英和父母恼羞成怒，整个人像害了一场大病。小妹，初、高中成绩都很好，高中毕业第一年高考未考取，不愿复读，招考到县里新办的新型发酵厂，效益一直不佳，为她的婚姻、家庭，广英操碎了心。我们结婚后，我从百善中学调进县城，也是她一次次地上教育局、陪我看校址校园。但我还觉得：这只是引发广英癌症的重要因素之一，还有一个一直压在我心底的疑问，就是广英在女儿哺乳期间，右乳局了一次奶，整个乳房红紫僵硬，痛得她夜不能寐，通过吸吮、问医、门婆偏方等治疗，一周多才好。此次病发是否是那次局奶未完全化解而残留的瘀痕病变所致？当然，广英为人太厚道，处事太认真，工作上进心强，常常工作到深夜。读文学、钻研教材、备课、查找资料、写心得、做总结，睡眠长期严重不足，为家庭、为工作焦急上火，造成身体抵抗力差，也不失为一个原因。唉，无法想！不可想！想也想不清！理也理不明！

刀口愈合后，手术治疗阶段结束，但还要做化疗、放疗等辅助治疗。鉴于广英病情"癌体较大，腋下淋巴结已有癌细胞转移"，且手术采取的是"乳腺癌根治术"，医生嘱咐，广英应先行放疗为宜。

放疗就是放射治疗，是利用放射线照射到肿瘤手术切割部位附近组织，来抑制术后残存癌细胞的生存能力，使其不能生长和分裂，直至被破坏消灭。

回家休息了一个星期，我们又奔赴蚌埠肿瘤医院。到蚌埠肿瘤医院后，邵正仁带着我们去找放射科主治医生。主治医生接受之后，看了病例，进行了临床检查，然后叫广英躺在一张硬榻上，把腹部袒露出来，用一支什么笔在她刀口处的皮肤上画来画去，标出要照射的记码。然后向担任放射线照射的操作技术员说明了象限、照射的时间和注意事项，说完就走了。护士叫她仰卧，将照光调整妥当，也走出门来，关上了门。我只能通过厚厚的墙壁上的窗口看见她。

病人放疗期间不需要护理、用药，可以不住院，只要在规定的时间到放疗室即可。

广英放疗期间，我们住在蚌医的小旅馆里。所谓小旅馆，是蚌医在院墙外就墙顺势沿路搭建的一间间的低矮小房屋，每间面积八九平方米，靠墙三面放三张单人绳经床，门旁放个煤球炉，住宿费每天30元，锅碗瓢勺、被褥自备，房内唯一的电器是房中间悬吊着的一盏落了厚厚灰尘的日光灯。由于你来我往，长期没人清扫，房间里昏暗、脏兮兮的。据说，蚌医这几十间小旅馆，由一些专家医生和医院各科室负责人把持着，出入要经他们同意。在当时蚌医床位少、病员多的情况下，这些小旅馆不是谁想住都能住进去的。住进小旅馆的"主人"多是挤一挤，把余出的床铺租让他人。当然，为安全、放心起见，多是租让给同乡、熟人、老病友，住在一起能够聊天，传授抗病经验，研究治病方略，而且便于互相照应。一些治病的传言也在病友间传递："×××地有一专治癌症的医生，身怀秘方绝技，整天门庭若市，夜以继日去求医的络绎不绝。""××× 地生产出一种治疗癌症的新药，疗效特佳，在医院已被医生判了'死刑'的癌症病人，用这种药服一个疗程就大见疗效。""××地有一专治疑难杂症的神医，对癌病不手术、不照光、不打针输液，到那儿经她拍拍吹吹，再拿点她特制的药物回家服几次，照她说的去办即可病除。"等等，说得神乎其神。

广英放疗结束，即行化疗，化疗又要住院。我们来家休息十来天，又匆忙赶回蚌医，等了两天，挤进了化疗科。

化疗是对癌症的化学药物治疗。它是目前乳腺癌的手术"治疗—放疗—化疗—内分泌治疗"过程中不可缺少的重要环节。乳腺癌病灶虽然位于乳房局部，但自发生起始就是一种全身性疾病，手术及放疗只能解决早期局部性问题，且手术还造成游离癌细胞进入血液循环中，手术后还会残留或隐匿一些微小病灶，这些残留和隐匿的游离癌细胞，无固定顺序扩散、转移，或经淋巴或随血液窜到全身各个器官或组织，一有条件，就在某一角落里生存，很快就发展成为新的肿瘤。只有全身运用抗肿瘤药物，才能攻击体内隐藏的癌细胞，将其破坏清除，达到治愈癌病的目的。

那个年代，化疗还是用传统模式——静脉注射药液。化疗期间，每天上午输液，七天一疗程，一个疗程结束后回家休息三四天再来进行下一疗程。

化疗给广英带来了巨大的痛苦，第一个疗程还未结束，她就恶心、呕吐，惨不忍睹。药液输毕，肚里的东西也吐尽了。每次输完药，她都筋疲力尽，恶心不止，茶饭不思。化疗期间，她每天只能食一餐。四五天后又出现便秘腹胀，疼痛难忍，解次大便如过道难关。最使广英心痛的是化疗后的脱发，使得她不得不全天戴上帽子，人被折磨得全没有了往日的风采。广英在病房从不流露悲观情绪，她善良聪颖，稳重而又风趣，只要还有气力说话，总是给大家送上一份真情的慰藉和乐观的欢愉。大人、孩子、护士、医生都喜欢她。化疗六个疗程，治疗告一段落，回家休养、观察，医生嘱咐我们注意事项，让我们定期来医院复查。

从蚌医回家，我们乘着"隆隆"北驶的列车，如释重负，如出牢笼，心潮澎湃，信心满满。

一年来，病魔折磨得广英形销骨立，悲苦万分。家人也被拖累得精疲力竭，不堪承受。

我们奔波求医期间，女儿正上小学六年级，处于小学的关键一年，正是需要父母呵护、接送上下学、辅导学习的阶段，可她却长时间见不到我们。晶晶经常向姥姥、外爷嚷着："我想爸爸妈妈。"晚上，时常很晚了还坐在院子里或姥姥床边久久不愿入睡，自言自语道："妈妈在医院里现在可能也没睡，我要等妈妈睡了才睡。"夜里说梦话也时刻叫着妈妈。一次，我和广英从蚌医回来，到家时已是晚上九点多钟。把广英安顿好后，我就去岳母家看女儿。岳母告诉我，晶晶刚睡着，睡前还嘟哝着想妈妈了，还问："爸爸妈妈什么时候回来？"我一看女儿睡着时的满面苦容，不禁潸然泪下。女儿的老师告诉我："晶晶学习肯努力，就是近期上课注意力不够集中，老走神，还变得沉默寡言，成绩有所下降。"这能怪孩子吗？长期得不到父母的呵护，能不压抑？时刻想念妈妈、渴望着见到妈妈，课堂上能不走神吗？我寻思，女儿不但上课会走神，就是在吃饭，或与孩子们一起玩耍，或与他人谈话时都有可能走神。多可怜的孩子啊！又是多么懂事！就算她成绩下降了，在家不像家的情况下，作为父母，我们又能有什么理由责怪她呢?!

经济负担也压得我们透不过气来。那时，双方家庭都比较困难，给广英治病他们爱莫能助，所需费用全靠我们自己想法解决。我们工资都不高，又没有积蓄。因此，每次从医院回来，首要任务就是筹集下一次的住院费用，一次次找学校、找教育局报销医药费用。那个年代，国家教师医药费用统一在县教育局解决，并有明文规定，有些药物费用和住院中的治疗费等一些项目不在报销之列。可报的项目也只能报销费用的70%。因而，每次的住院费用最多只能解决约50%，一般是40%左右。上蚌医治病除了住院交医院费用外，还有来回的路费、入院前的吃住费、入院期间的生活费等，花销也很大。报销的费用不够，就得想方设法向人家借。跑单位、找同事、投亲友，每次筹款都得东奔西跑，使我大伤脑筋。为了节省花销，我们每次到蚌埠的第一天不办住院手续，也不住旅馆，而是在病房里的空病床边将就一宿，第二天办入院手续，住院后就能就医，这样可节省一天的住院费。

上蚌医来回乘车，也使人叫苦不迭。那个年代，淮北到蚌埠的列车，每天只有两次。嘎吱摇晃的慢车，每个小站都停，单程正点要五个小时，时常晚点，比现在乘高铁从南京到北京所需的时间还长。从濉溪到蚌埠的公共汽车很少，都是路过的车，也不方便，去蚌埠的旅客大都乘火车。也不知那时的乘客咋那么多，车上时常客满没座。在

301

车上站立晃悠五小时对健康的人来说没什么问题，但对一个拖着病体的人来说是难以支撑的。在车上我既要看管好自己的东西，又要保护好广英。遇到节假日，车厢里更是拥挤不堪，走道、门道都挤满了人，想上厕所都无法挤进去，车上也不供应开水。由于急着赶车，偶尔还出现一些差错。有一次从蚌医回来，办好出院手续就去赶中午的火车，我们心情都较轻松。到火车站站前广场西侧的商场，广英说："进去转一转？"我背着扛着大小几个包，一起进去很不方便，就说："我不去了，你去吧，我在门口等着，要快一点，时间不能太长。"商场四周都有门。她从北门进去，我在北门进口看着东西等她，这时离开车时间有二十多分钟，过了六七分钟后，我等急了，就到门里看看，没见到她，就回到门口等。又过了三四分钟，还不见人来，心想：买什么东西要这么长时间，能把乘车的时间忘了？心里非常着急，又不敢盲目进里面去找，担心走岔了道，以至于我找她，她找我。又过了两三分钟，车站马上就要检票了，我心急如焚，实在等不下去了，背驮着东西在商场找了一圈，还是没见到人。心里嘀咕着，她可能先去了车站？无论如何我不能再在商场等了，已经开始检票了。我急忙跑到车站候车室，扫视了一遍，还是没见到广英的身影。从蚌埠去淮北的票将要检完。我心想，她不可能一人先上车了？她先来了一定会等我，可能还在商场，可能为买什么东西，把时间给忘了，我不能一个人先走，就在候车室等，这次赶不上，就坐下一趟。结果在车站又等了五个多小时，直到下一趟车开始检票，还是未见广英的身影，于是断定她是乘上一趟列车回去了。忧急交加之际，我怀着空荡荡的心情一人检票乘车北行。到了家里，广英正组织人准备来蚌埠找我，她怀疑我没赶上中午的车可能是因为过马路时出了车祸，这使我哭笑不得，又气又喜。后来她说，为了赶时间，她去商场转的时候没有停留，北门进去，在商场里走一趟就从南门出去了，把我还在北门口等她的事给忘了。到了候车室，正赶上检票她就挤在队伍里随着人群上车了，打算到车上再找我，这才弄得出了差错。

七

出院回到家里，广英拖着病体坚持早晚锻炼，有规律地安排作息时间。几个关怀、挂念她的同事没有课时经常来我家陪广英聊天、打牌，讲一些学校的热门话题、奇闻趣事，让她开心；亲友们也经常来关心、安慰她，帮助她缓解烦恼、忧虑、恐惧的心理。一时间她的心境调节得很好，心情舒畅，食欲增强，食量增加。她心情好，我和孩子、其他亲人都很高兴，我们进一步坚定了战胜病魔的信心。休养了一段时间，广英觉得身上增添了气力，恢复了体力，感到"我好了"，主动买菜做饭，有时还骑自行车上街，我也感到在她身上有了奇迹的发生。

1994 年春节过后，赵先艾、任云侠夫妇来我们家，看到广英已能做些家务，便提出她们在城关一中复读的小儿子赵欣，还有几个月就学业期满，晚上放学后想住在我们家。广英和任云侠是发小，从小亲如姊妹。任云侠和赵先艾结合后，广英和他们照常走动，逢年过节你来我往，经常欢聚。我和广英很爽快地答应了他们的要求。当时，我们家已从城关一中食堂后的"三家村"搬到学校西门北旁家属楼北端的一楼，房间面积很小。赵欣只能住在我们家的客厅，睡沙发，在我们家吃一顿早餐。

为了使广英保持愉快心情，我下了班就回家。我们一起做家务，一起逛街购物，星期天经常带孩子走亲访友、寻找欢乐，到体育场散心养目，上相山公园观景赏心。10月2日，我携全家与任云侠、赵先艾夫妇一同畅游相山公园。广英打扮得非常靓丽，自得病以来少有这么讲究过，给女儿打理得也很漂亮。我们到寺庙门前广场遇到了一位五沟老乡，在县工商局工会工作。他带着照相机正在给家人照相，见面后，他非常热情地给我们拍了几张照。万万没想到，这竟是我们的最后一次合影。

过了两天，来探亲的华东水利学院的广英的大娘，对相山庙情有独钟，向往已久，非要借机进进香不可。广英的几个姊妹都没时间陪同，老人又不识路，广英与大娘的感情较深，不忍心她一人去，就自告奋勇陪同前往。那个年代，濉溪到淮北只有一路公交车。她陪着老人家一大早从家出发，走2公里到公交站，乘公交到市工会下车，还要走3公里才能到寺庙，来回除了在车上颠簸外，还要搀扶着老人步行10多公里，上下山坡，下午很晚才回到家。作为一个健康的人都应很累，对于广英来说，大病后恢复还不足半年，怎能吃得消？第二天，她就感觉腿疼，我们都怀疑是累的，以为休息几天就好了。谁知过了几天，不见好转，反而有加重的感觉，我就赶紧带她到县医院检查，骨科主任苏医生叫先拍个片。透视片出来后，我叫广英在门口等着，自己拿着片子到楼上给苏主任看。谁能想到呀！竟是癌细胞转移到腿骨上了。我当时泪如泉涌，几乎昏了过去。苏医生一把抓住我，劝道："你不能过于悲伤。你要垮了，你家属怎么办？你千万要坚强，要挺得住。为了准确起见，你们可以再到矿工医院去做进一步检查，那里进了一台检查癌症的新仪器。"回家的路上，我没告诉广英检查情况，只说有点问题，医生建议到矿工医院再做进一步检查。

赵先艾在矿工医院有熟人，去矿工医院复查那天是他们夫妇陪同我们去的。检查结果显示腿疼果然是癌细胞转移所致，腿骨上的病灶阴影已很明显。广英顿时泪流满面，我也背着流泪。赵先艾、任云侠反复劝说广英："现在这种病是可以治愈的，要有信心，要坚强，不要灰心，尽咱们的所能到最好的医院，找最好的医生来治。"他们又对我说："你一定要坚强，你是她的主心骨、顶梁柱，她现在最需要的就是你，她这时把所有的希望都寄托在你身上，你要百般地关心、爱护她，让她感觉到温暖，要让她知道她还是个有用的人。"吃中饭的时候，广英在赵先艾家的一本医学杂志上看到，蚌埠第一医院新购进一台DCT，是目前我国最先进的癌症检查仪器，能提高癌症治疗疗效，在此仪器的配合下，癌症的治愈率有了很大的提升。

1994年10月，我和岳父带着广英又登上南行的列车去蚌埠。到了蚌埠，住在蚌医病员宾馆。

蚌医病员宾馆位于蚌埠火车站北交通路北段路东，紧靠八一招待所，是将要拆迁的二层危楼，一楼被小商贩租占着，二楼住的是未入院的病人及其陪护人员或者是住院病人的陪护人员，中间是南北走道，两边都是单间客房，每间客房都放有三张单人床、一个煤球炉，可以自己烧饭、晾晒衣服。

住下后我就立即带广英去蚌医检查，查好后我把广英送回宾馆，又回医院。约六点时我忧心忡忡地把检查结果拿到宾馆。广英和岳父已做好了晚饭，两人正在聚精会神地做健康操锻炼身体。我悄悄地把岳父招呼过来，想先告诉他检查情况，不想被广英听到。岳父一出来，广英一抬头，看见我一闪的身影，就跟着岳父出来，我俩快步走到楼下，还没来得及说情况，广英提着腿已拐到楼下赶上了我们。我揣着检查结果，看着广英悲伤、吃力、强忍的样子，不禁放声哭了起来。岳父说："别哭了，告诉她吧。"我只好照办："检查结果出来了，确诊为腿骨癌细胞转移，还很严重。"做好的晚饭我们谁都未吃。晚上，广英悲苦无奈地哭着、诉着，她只有朝我说朝我诉，缠了我很长时间，岳父生气地批评她："有病咱们治病，你这么缠着贺鲁弄啥？明天还要到医院去办理住院手续，有很多事情要做。"我说："她之所以这样，是因为心里难受、烦躁，让她发泄发泄，心里会好受些。"于是我劝她说，"家人、朋友都深深地爱着你，永远保护着你。你是我们永恒的主题，千言万语化作一句话，希望你早日康复，我们大家都会比以前更爱你，更加支持你。你的生命不再属于你自己，而是属于所有爱你的人。你的康复，就是我们的幸福。坚强一点，我们都会做你的坚强后盾，我们一起共同努力战胜病魔。"她眼里含着泪渐渐入睡了。

　　到蚌医第二次入院化疗又进行了六个疗程，已是阶段治疗的极限。医生让我们回家休息，定期来检查。此次成效不大明显，回到家，广英依然感觉疼痛。我们后来又去蚌医复查几次，医生说，再化疗就会损伤身体其他器官，叫我们看看中医。一些好心人建议找偏方治治。我们是病急乱投医，到处寻广告、翻书籍、打听治疗癌症的特效疗法和特效药。广英告诉我："再苦再惨的办法，再难吃的药，也愿尝试。"

　　听说杨柳乡有一位能治疑难病症的神医。陈望银（贾广英的二妹婿）刚拿驾照，才买了辆半旧出租车，就拉我、广英和岳母去杨柳乡。到四铺，车坏了，花了三个多小时终于把车修好，到"神医"那里已过晌午。我们取了香，岳母陪着广英向神医及其家里新起的神像两手扶地，顶礼膜拜，以求消灾灭病。拿药回来吃了一个疗程，没像言传的那样"大见疗效"。后来，我利用星期天回家看望父母，又要上杨柳乡的"神医"那儿去拿下一疗程的药。星期六从濉溪乘公共汽车回家，准备在家休息一晚上，星期日上午叫家人骑自行车送我去杨柳乡，拿了药直接回濉。没想到刚到家不久，在小湖联中上学的侄子营利，下午放学，听说我来了非常兴奋，因为车子骑得太快，在土楼村头撞倒了一个横穿马路的小孩。当把小孩送到临涣矿医院时，

307

医生讲撞得很重，不愿接收，叫转院。我连晚饭也没有吃，就随车回灊。到了县医院，帮他们找人就医，办理住院，安排就绪已是深夜，大哥在医院陪护，我和二哥到城关一中家里歇息。第二天一大早，又赶乘灊溪去杨柳乡的客车，昏昏沉沉地上"神医"处取药。真是"漏屋偏遇连阴雨"，祸不单行。

我又见广告宣传，说合肥有一家医药公司，研制了一种专治癌症的中成药，对癌症复发、癌细胞转移有极佳的治疗效果。我赶紧前往，几经周折找到了那里，已是晚上八九点钟，又渴又饿，在小餐馆要了饭菜，那一盘爆炒雪里蕻，又咸又辣，我怕剩了浪费，饭菜都吃得干干净净，夜里睡觉渴醒了多次，宾馆里提供的两瓶开水被我喝得精光。翌日，拿了近1000元的药返回。到家讲给广英听，并说："只要能减轻你的病痛，使你快乐，再苦再累都无所谓。你从现在开始要认真服药，祝愿你早日康复。"广英听了，眼里含着泪笑了，这是她自病发以来少有的笑容。我拉着她的手说："生活往往就是这样，在带给我们幸福的同时，也会给我们制造种种不如意。记住吧，记着今日的笑声，记着这温暖的情谊，记着这真挚的祝福，在人生艰辛的跋涉中，愿我们化作两盏明灯，互相照耀，互相温暖。"

报上又刊出广告：沈阳一家制药厂，研制出一种治疗癌症的新药，对治疗癌症复发、癌细胞转移、癌症后期的病情有特殊疗效。这时广英腿疼加重，多半时间躺在床上，我要时刻陪伴着，无法离开。家人经研究，决定由岳父到沈阳去取药。他马不停蹄地赶去，三天回来，买来的药如灰土一般，广英吃了两次就吃不下去了。

广英的病越来越重。1995年9月下旬，我们又到县医院入院治疗。医生进行了最大的努力，来遏制癌细胞扩散，减轻广英的疼痛，并继续进行检查、化疗、打吊针。

广英在与病魔的斗争中表现得很顽强，在最后的日子里，给人留下永远难忘的记忆。在住院期间，每天都能看到有人离去。有的人被癌症折磨得脏器衰竭而离开人世，有的人忍不了各种药物和精神的折磨，选择了主动放弃生命。她不，再难受都强忍着吃些食物，有些时候刚恶心呕吐出来，漱了漱口歇歇，再强忍着吃东西。她说："只要胃里有东西，就能变成能量，多活一天，女儿就能多有一天妈妈，多一天依靠。"

后来她疼得实在支撑不住，我就向医生请求，希望采取一切办法减轻她的痛苦。经医院领导批准，广英被允许注射哌替啶，以减轻其疼痛。头几针还很奏效、灵验，疼痛有所缓解。但接下来身体产生了抗体，哌替啶的缓痛效果就下降了。开始两天注射一次，后来一天注射一次，再后来半天一次，最后哌替啶在广英身上失去了药效。

1995年11月3日凌晨，广英呼吸急促，不停地捯气儿，大家的心随着监护仪上不断闪动的数字紧张地跳动，各种数字均出现异常，血氧骤降。她用捯气儿抵御窒息，坚持着，挣扎着，痛苦万分。我趴到她胸前不停地呼叫："广英，你醒醒，你睁开眼，睁眼看看我……"广英的眼睛艰难地睁开了，但又失去了光泽，可怜的广英在与病魔抗争之后，最终妥协了。我和在场的家人、亲人哭声大作。

护士宽慰说："这对贾老师也是一种解脱，少受些罪。贾老师是好人，更是一个坚强的人。"我如梦如痴，眼睁睁地看着她的眸子失去光泽，看着她向生命告别，向疼爱她的亲朋好友告别，向我和女儿作永远的告别！那年，她43岁。伴着哭声，我们把广英推进了太平间。人生最大的痛苦和悲伤莫过于失去至亲，人生最大的无奈莫过于眼睁睁地看着亲人永远离去。

追悼会那天，百善殡仪馆的告别室里，悬挂着广英的巨幅遗像，来为她送行的人很多，有我们的同学、亲友，也有她教过的学生，还有我们工作过的单位的领导和同事。看着广英的遗体，我呼天抢地，悲伤至极，两人架着我。我几次都差点冲上去，想再抱抱她，疼疼她。我几乎听不见女儿晶晶呼唤妈妈的凄惨哭声和亲人撕心裂肺的哭喊声。

想起广英患病三年期间所受的苦痛和折磨，想起她拖着病体被我带到各医院楼上楼下接受各种检查的奔波和煎熬，想起她手术时的疼痛和化疗时的惨状，想起她与病魔做斗争的坚强意志和依赖我的心，想起她一见我下班到家时的喜悦神色和她临走前几天抓着我的手的叮咛……想起我们结合的十四年五千多个日日夜夜，那是我永久的伤，永远的痛！

我曾问过广英，有没有怪我，她说："每次上医院检查、治疗都是你陪着，每次求医索药都离不开你，你丢下工作陪我南跑北奔，吃苦受难，已经做得够好了，还有什么可怪的呢？"可我仍觉得有些欠缺有些遗憾。她那句"贺鲁，我哪天要是走了，你再难也得多抽时间孝敬双方父母，尽力带好晶晶，多给她些疼爱，无论如何也不能让她受委屈，拜托了"，至今还时时在我耳边回响。

在清理广英的遗物时，母亲叫我弟五喜专程送信，说三嫂的衣服一件都不要毁，全部拿回家，留给她穿。她说："穿着孩子的衣裳就等于见着了孩子，心里好受。"那是一种念想，是一种白发人送黑发人的哀伤和对逝者的纪念。

第八章　情缘再续

如果说家庭是人生大海上的一艘航船，那么，广英的逝去就意味着航船的搁浅。我曾心灰意冷，也曾感到孤苦无助，但看到孩子失恃的背影、年迈双亲衰老的面容，广英的嘱托又在耳边响起，我必须坚强地走下去，如她与病魔做斗争一样，与不幸的命运拼个你死我活！于是，我重新起航，迎接生活的风浪、人生的考验！

一

广英去世，给周、贾两家带来了重创与巨大的悲痛。我的父母因此卧床病倒，他们又担心我和晶晶，怕我们孤寂、悲伤，便让我弟弟五喜和弟妹雪英带着两岁的儿子过来相陪，帮助我们做饭、刷洗碗筷，与我们一起度过了我丧偶后最初的几天。过了几天，家里农忙，他们就回去了。

广英走了，我不能一味地沉浸在悲痛与思念之中，而要用拼命工作来填补广英去世后的那些岁月，让自己无暇去多想。几年来南跑北奔求医寻药，工作耽搁了很多。我要挤时间多做些工作，多学习些东西，多增添些知识、多增添些才智，这样既能弥补这几年被耽误的损失又可以告慰广英的在天之灵。于是，我想方设法克服生活上的困难，一心扑在工作上。我下班时常回家较晚，女儿一人在家我不放心，就叫在濉溪师范读书的侄女雪云下午放学后来陪同、照顾晶晶。

人生历程，幸与不幸相伴而生。过了段时间，一些关心我们的亲朋好友看到我带着女儿生活困难，家不像家，出于关爱，劝我有合适的可考虑再建家庭。起初几个来提这事的都被我谢绝。我觉得广英太可怜了，英年早逝，自己心里总有些遗憾和愧疚，觉得再难我也要带着女儿支撑下去。一次，我与中亚、董辉、保中几个朋友一同赴宴，宴中他们又都一再劝我考虑再建家庭，说道："你和广英的感情再深，也不能长期这样下去，得从悲痛中摆脱出来，开始新的生活。"并介绍说，"我们看好了一人，全面衡量后觉得你们俩比较合适，女方是濉溪建设银行的，叫李慧玲，由于丈夫生活作风的原因，离了婚，自己带着女儿生活，父母都是县直机关干部。你认真考虑一下，也打听打听。如合适，找个时间，我们引荐，一块儿见个面。"

在这之后，县纪委常委肖保和在办公室找我也谈到这事："对你，大家都非常关心，希望你尽快从悲痛中解脱出来。若有合适如意的，再建立个家庭。这对你，对晶晶，对广英也是个好的交代。"停了一会，继续说道，"我一老同事的女儿，在县建设银行工作，几年前离婚了。老夫妻俩我都很熟，都是机关干部，为人做事在机关里有口皆碑。他女儿我不认识，就凭老同事俩的品行、为人、做事，女儿错不了，你可以考虑一下。"我已知他说的也是李慧

313

玲了。

一天下午，我在办公室接到中亚的来电，要我与他一起去赴宴，下了楼他才告诉我是到董辉的妹妹家。

董辉的妹婿张广斌也在县建行工作，是建行办公室的负责人，她们家住在县建行院内，夫妻俩与我们都很熟。我和中亚到达时，董辉和保中已先到了。广斌热情接待了我们，并说："今天是周末，请几位哥来家坐坐。"一边说一边忙着烹制菜肴。约五点三刻，一女同志由县建行办公楼下来，从广斌家的院子前经过，广斌出门紧跟两步，喊了声："慧玲姐！"女同志转过头来随即答道："哎。""你怎么回去这么晚？""我下午到市建行去了，有事忙到现在，才到。""别走了！今晚，董辉哥和几个朋友来了，你也一块吧！"说着，广斌把她带了进来。我们都从座位上起立，广斌将我们一一进行了介绍。我心里思忖着：这就是董辉他们讲的李慧玲了。看上去三十二三岁，外穿黑呢半长套，内着带花黑线衣，脖围一条黑白相间花围巾，中等个，体型苗条，五官端正，弯弯眉毛，齐耳短发，朴素大方。由于刚从外面进来，红扑扑的面容，颇有"清水出芙蓉"之感。刚接触的一瞬间，我就强烈地感到她身上散发出一种妙不可言的温柔、娴静、优雅、率直的气息。装饰朴素无华，显得自然；衣着整齐简单，透着精干。

席间广斌介绍道："慧玲姐现任俺行储蓄股长。储蓄吸存是银行的主要业务，储蓄存款是衡量一个金融机构运行状况的硬性指标。她整天忙得很，既要对下属处、所进行协调指导、监督检查及业务培训，又要创新方式方法，大力吸引客户来建行开户。慧玲姐工作认真，任劳任怨，十几年如一日，一心扑在工作上，浑身总有使不完的劲，几乎没有星期天，没有节假日。她每天总是被安排得满满的，多数时间是早上从家里出来，深夜才能回家，在工作和家庭的天平上，她总是以工作为重，把工作看得高于一切。"广斌的一番介绍宛如一篇领导讲话或点评报告，一方面证明李慧玲确如所说，另一方面也显示广斌的口才水平。我曾暗想，这一切与我几乎相同。莫非这又是一份天缘？宴席结束后，几个好友要我送送慧玲，被她拒绝，但彼此似乎已经默许。

从那以后，工作之余我们常以电话联系，闲暇之时也互到对方单位转转。过了一段时间，我们相约到她住所看看。她住在县公安局对面、县开发公司开发的一栋房子内。这是两间两层楼房的单门独院，过道的左侧是洗手间，右边是厨房，走出过道是一不大的院落。小院里长着一棵葱郁的桂花树，不多的田土上种满了蔬菜。一楼进门是客厅，摆放着沙发、茶几和茶柜，墙上挂着《荷塘秋色图》；由客厅再进是书房，摆设着书桌和书橱，墙上挂着县里知名书法人士周方华的行书条幅，书的是苏轼的《水调歌头·明月几时有》；里间是卧室，摆放着大床和衣柜，靠窗摆放着一张老板桌，床头上方挂着版画《猛虎下山》；二楼是卧室，慧玲带着波波住在上面。室宇通明堂亮，铺陈整齐有序，收拾得干净利索。

经过一段时间的相处，我们彼此互有好感，决心走进下一步。1996年元旦，慧玲带我去她家看望二老。刚一进

315

门，二老迎了上来，把我们领进客厅。慧玲的父亲六十四五岁，穿着一身干部装，容光焕发，腰板硬朗，神采奕奕，目光慈祥，刚从领导岗位离休不久，还热心关注着县里的经济发展和建设，经常在老干部会议上陈述或上书县委县政府并建言献策。慧玲的母亲60来岁，皮肤白皙，身体微胖，尽管上了年纪，可依然眉目清秀，面容红润，黑白兼有的齐耳短发，剪裁合身的朴素着装，显得十分得体、朴实大方、很有精神。落座后二老简单地询问了我的工作、学习和家庭情况后，认真介绍了她们家的情况。由于工作单位都是县直机关，她们的很多同事是我的领导或同事，谈论起来随和、融洽。从此之后，我和慧玲正式确立了恋爱关系。

元旦过后的深冬，特别寒冷，暴风雪接连几天不停。春节将至，大地被厚厚的积雪覆盖着，到处白茫茫的一片。骑车或步行上班、劳作的人们小心翼翼地行进在结冻的街道上，不时有骑自行车的人摔倒，不是嘴啃冰就是四肢朝天。一放假，我就带着晶晶回家陪父母过节，顺便向父母汇报了与李慧玲接触的情况。家里人听后都非常高兴，要我趁机接慧玲来家一同过年。

我年初一下午返回濉溪，一联系得知，慧玲正与家人一起在县建行活动室的卡拉OK厅唱歌同乐。我向她说明了来意，由于假期，她同意与我一起回家看看。年初二一大早，我们踩着冻实了的冰雪，趔趔趄趄到濉溪县汽车站乘公共汽车。慧玲上穿红呢长外套，内着鲜艳的高领红毛衣，下穿黑色呢子裤，脚穿高跟黑皮鞋，打扮得清艳脱俗、优雅大方。我们刚一入村,村里人就成群结队地到我家院内围着、争着看。慧玲进入我家,给家里那几年悲苦忧伤、死寂沉沉的日子带来了生机。全家人欢欢乐乐地度过了一个新年。

翌日,我和慧玲带着晶晶返回濉溪。一路上,慧玲把晶晶搂在怀里,给她注入母爱,给她体贴、关怀和温暖。看得出晶晶开始有点勉强,不过不一会儿,竟在慧玲怀里睡着了。

婚庆置办得很简单。我们都不想声张,也不愿外扬,只邀请了经常走动的一些同学和朋友。婚后,我们安居在慧玲的住所。我带着晶晶搬过去,把城关一中的住房退给了学校。从此,我们开始了四口之家的生活。

二

如果说一个伤心的家庭只是家的一半,那么,两个伤心的家庭组合起来便是一个完整的家庭,加上两个伤心的人互相爱怜,那么这个家便有了新的希望、新的契机和共同的前景!

我和慧玲结合后,她身上清淡的香水味使我在不惑之年又陶醉于这样的家庭气息中。情缘再续,给我们带来了家的完整和欢乐。我们相互找到了如意的新的伴侣,彼此之间又有了爱的关怀和体贴;我的女儿晶晶又有了母亲,又有了母爱,又有了母亲的打理和关照,同时还有了个同吃同住于一个屋檐下的姐姐;慧玲的女儿波波也不再缺失父爱，从此有了个相伴相随的妹妹。我们发现，姐姐对妹妹的关照显得很主动、很情愿、很乐意，而妹妹对姐姐的依恋也显得很自然、很坦诚、很惬意。

然而，再婚家庭有再婚家庭的难处，新组成的家庭成员要处得来、真合心、合真心，过好柴米油盐酱醋茶的日子，并非易事。

我们结合后，收入上差距很大。我在政府机关工作，慧玲是县建行中层管理人员。那时，金融、供电、税务、工商等行业是高薪行业，工资普遍高于行政、教育等单位，加上奖金、福利，她的收入比我高出一倍还多，且这些年为了治病，我没有分文积蓄，还欠了一些债。慧玲的态度是："既然再次选择了婚姻，双方已经走到了一起，无须计较。"但偶尔也会因为听了一些要好的同学、同事的闲话，比如"结婚他给你送的什么聘礼？给了多少钱？""×××也是二次结婚，男的给女的送了什么样的钻戒，给了多少钱，还把一套多少平方米的住房转到她的名下"等等而感到憋屈，闹闹别扭什么的。

不合拍的生活习惯，也给我们的新家庭带来了一些不愉快。几年的寻医求药、南跑北奔，使我养成了生活邋遢随便、对家庭卫生和穿着不怎么讲究的习惯。慧玲则恰恰相反，她几乎每天都要把楼上楼下打扫擦拖一遍，家里始终窗明几净，就连灶台上、卫生间里都是一尘不染。她刚拖好了的地，我一不注意，没换拖鞋就走了进去，未干的地上留下了许多鞋印，她拖地的汗水还未来得及洗擦，地就被弄脏了，她就有气，为这我们拌过嘴。慧玲说话不大注意，有时，同样的话，从她口里说出来就比较刺耳。我们结婚之前，她行里的一位副行长曾是我在县政府上班时的同事，他就给我说过："李慧玲，人很好，也能干，就是说话不注意，容易得罪人。"她说话不注意，使得我们结合之初产生过摩擦。但这是必要的磨合。所谓"知性好同居"，任何平安幸福的家庭都有一个磨合的过程。

但是，有一点我们是相通的，那就是对待两个孩子一视同仁，把她们视为己出，对她们关怀备至。做任何事情都加倍小心、考虑周到。即便如此，还是有意想不到的问题发生。一次，慧玲给两个孩子买笔记本，大小、页数、质量、式样都是一样的，就是封面有红色、蓝色两种图案，波波早到家一步，拿了个红色封面的。晶晶晚来了一会，拿到的本子是蓝色封面图案，就产生了不快，带着气冲我说："妈妈还是疼姐姐！"我顿时蒙了，反应过来后，叫她在我身旁坐下，把慧玲给她们买本子的情况如实讲给她听："你妈妈给你们买的时候，不知道你们喜欢什么颜色的，就顺手一样拿了一本，姐姐来早了，看了一下，对两本都很满意，就随便拿了一本，是随意，是巧合，不是有意挑的。更不是你们的妈妈特地给她买的红色，不给你买红色的。两本本子的价格都一样，你想想，她何必那样做?"停了会，我温言暖语地继续说道，"我们与你新的母亲和姐姐组成了新的家庭，这个家就比你妈去世后咱俩一起更加完整、快乐。你的这个新母亲很爱我，很爱你，很爱这个家。你和姐姐一样都是她的女儿，也都是我的女儿，我不能亲你疏姐姐，你的这位母亲也绝不会亲姐姐而疏远你、疼姐姐

319

而不疼你。"说得晶晶流下了眼泪，我在最后还说道，"你有什么想法能说出来，这很好，今后都要这样，不管有什么意见，都要讲出来，可以给我说，也可以跟你们的妈妈讲，不要也不能憋在心里。"这件事引起了我们的注意，从此，慧玲不论给两个孩子添置什么，衣、鞋，还是学习用品，两件都买得一模一样。而且打那以后，类似这样的话，两个孩子也都没有再说过。

新家组成时，两个孩子正在上初中，她们都十三四岁，同在城关一中就读，又同是女孩，真是天作之缘，但也有意想不到的事情发生。波波跟她妈妈一样，自己的书桌、抽屉、床头柜和衣橱，整天整理、打理得整整齐齐有条不紊。晶晶到了新家，与姐姐一熟，就喜欢摆弄姐姐的东西，用过之后还不注意原处放好，波波摆放整齐的物品一被晶晶弄乱，心里就来气。一次，晶晶竟把姐姐的新衣服穿了出去，为此，姐妹俩发生了争执，大吵了起来，波波气得不愿意再在家里住，要搬到姥姥家去住；晶晶也闹着要离开这个家。事情发生后，我们俩都很理智，对两个女儿做到了不偏不倚，不亲此疏彼。我把晶晶带到楼下客厅，语重心长地跟她说："你长大了，已经是初中生了，无论在家里还是在学校，不经人家允许不能动人家的东西！"她还委屈地争辩说："我只是看看，拿了用一用，又没有给她使坏。她的东西，我就不能看、不能用？"我严肃地说："不是不能看不能用，问题是人家的东西，你想看想用可以，但必须要经过人家的允许，这是最基本的道理、最起码的常识。今后，在家里，不管是姐姐的、妈妈的还是我的任

320

何东西，没经过许可，都不能随便动用。"晶晶点了点头，表示赞同。慧玲拉着波波在波波的卧室也温言暖语地说："晶晶动你的东西不对，你对她发火能对吗？她妈得病去世了，没有了妈很可怜，现在我们搬在了一起，我是你妈，也是她妈，你俩都是我的女儿；她爸也是你的爸，你俩也都是她爸的女儿。你是她的姐姐，她哪儿做得不对，你可以给她指出来，不能发火，不能闹矛盾。"孩子毕竟是孩子，经过我们教育、劝导，一夜过去，云消雾散，姊妹俩又和好如初，吃过早饭，一同骑着自行车，上学去了。

我们结合组成新的家庭，从一开始就秉承那句"既然选择了再次结婚，双方已经走到了一起，就要襟怀坦白、心底无私、团结友爱、有事商量、彼此信任、相互尊重，真心地接纳对方的孩子，加倍关心和体贴对方，永葆爱的活力"。通过一段时间的磨合和时常进行的心灵沟通，全家人都适应了新的生活。我和慧玲工作之余，心都放在家放在孩子身上。

两个孩子上学，从家到学校有五里路，上下学骑自行车。尽管我和慧玲上班很忙，但无论春夏秋冬，每天早晨六点钟以前我们都起床、做饭、喊醒孩子们，并向她们交代有关事情，天天让她们吃好饭，六点半出发上学，按时到校，从不让孩子因早上吃不上饭在街上胡乱买着吃。我们中午如果没有实在推不开的事，都按时下班，回家买菜做饭，使孩子们放学到家就能及时吃上可口的饭菜。晚上我们没有特别的事情一般不出去，在家看着孩子们做作业，给她们辅导功课。

我们结合二十余年，最欣慰的是二十余年里没有血缘关系的孩子们相处得亲如同胞姊妹。波波主动承担姐姐的责任，生活中关心、帮助晶晶；晶晶也把波波当成亲姐姐，什么事都愿和姐姐说。姊妹俩无话不谈，自那次吵架之后，很少拌过嘴、红过脸。

　　我工作在纪检监察战线，经常加班加点，出差外调。一出差就是十天半月，慧玲一人承担起家务，买菜做饭，晒湿收干。尽管很忙，但一日三餐始终按时、可口。家里一直被收拾得干干净净、井井有条。

　　在我们家里，不管是日常生活还是其他方面，孩子们时时刻刻体会到"公平无私、一视同仁"，父爱母爱无所不在。平时，我们关注她们的感受，在生活中不溺爱，锻炼她们思考问题和独立生活的能力，使她们养成勤俭和独立的品格，教她们坦诚做人、真心对人、严谨做事、树立远大理想、做对社会有用的人。大女儿从初三开始年年无偿献血，一直坚持到现在；小女儿助人为乐，师德高尚，多次受到学校和有关单位的表扬。2013 年 10 月，小女儿参加濉溪县教育系统师德演讲比赛获中学组一等奖。父母是孩子的榜样，对孩子理解、关心和包容，得到的是她们的信任。波波有事或者有什么需要的时候能主动与我讲，晶晶有心里话也常常与没有血缘关系的母亲沟通，也许这就是大人给孩子的信任感。而这种感情培养是要用公平之心去公平付出的，同时要用公平的标准衡量公平的效果，真正做到视如己出。

　　记得一次，慧玲从外边拿来了一个杧果回家。全家人都是第一次见杜果，一家四口坐在床沿，你让我，我让你，都不肯吃。后来是小女儿先咬了一口，递给了姐姐。大女儿咬了一口，递给了她妈。慧玲吃了一口递给了我。我尝了一口还剩一点又递给了慧玲。全家人互谦相让轮传了一遍，吃得津津有味，这是一帧温暖而和睦的画面，是在我们家发生的真实情景。

两个孩子都好像特别懂事，又好像过早地拥有了做人的自觉。她们可能觉着这样结合在一起的家庭相处不易，每个人都有一份责任要自己承担，要为大人分担心思，分担忧虑，分担重任。自己的事情自己做，大家更要团结友善，互相帮助。

我们十分重视孩子们的道德品质和生活、学习习惯的培养，我们作为她们"近距离接触"的老师，非常注重榜样的力量。为了使两个孩子能更加健康快乐地成长，我和慧玲一方面努力提高自身素质和品位，另一方面率先垂范，做到生活俭朴，精打细算，用之有度，为孩子们做出榜样。要求孩子们做到的自己首先做到，努力创造良好的家庭氛围，使孩子们在潜移默化中受到启发、教育。

和睦的家庭能给每一个家庭成员带来温暖，带来快乐，带来健康，带来智慧，带来前进的动力，特别是能为孩子更快乐、更好地成长提供良好的环境。

孩子们进入高中阶段后，增加了晚自习。我和慧玲每天晚上十点半准时到校去接她们，风雨无阻，怕她们路上贪玩或者发生意外。还时常去孩子们的班级观察她们在校学习是否专注、用心，找老师了解她们的思想状况和学习情况。

孩子们到了大学阶段，我们对她们更是关怀备至。2001年，两个女儿双双考进了大学，波波考上了解放军炮兵学院，晶晶被安徽大学录取。她们入学报到时，我们一一送到学校。安顿好后，才放心回来。每个学期，我和慧玲都要去学校看她们一两次，唯恐她们在外遇到什么困难难以解决，受了委屈。

在二十个春秋里，我们相亲相爱，相互理解和支持，做到了对孩子关爱、公平，让孩子感到了温暖、幸福。我们不仅建立了美满、和谐、温馨的家庭，而且事业上也取得了很大的进步。我由县纪委监察局室主任被提拔为纪委常委，由副科级干部提升为正科级领导干部；慧玲通过自学取得了国家认可的大专学历，并荣获中国建设银行安徽省分行"优质服务标兵"、淮北市支行"揽储增存先进个人"和"先进工作者"等光荣称号，还被安徽省职称改革领导小组评审为经济师任职资格；两个孩子也都大学毕业，走上了工作岗位，建立了自己的家庭，有各自的事业。波波创办个体，事业有成，晶晶在濉溪县一中任教，得到单位师生的好评。她们也都有了自己的房子、车子和孩子。

有位诗人曾经说过：一个男人加上一个女人是爱情，一个男人和一个女人加上一个孩子是家庭，而一个男人和一个孩子加上一个女人和一个孩子是一个复杂的家庭。一个家庭，特别是一个复杂家庭加上丰富的文化生活则是一种文明。这就是我的追求，也算是对广英在天之灵的一种告慰。

尾

离职唯好静，万事不关心。

自顾没长策，无道献局委。

安享天伦乐，健体读诗文。

一生坦荡荡，历史写是非。

这首《退居二线有感》是我从 2012 年由"实"改"虚"以来的生活写照。我很适应离职后赋闲在家的快乐生活，在帮助女儿带好外孙之余，我把强身健体、阅读学习、交友旅游作为生活的重要内容。年老有一个健康的身体，既减少了他人的负担，也使自己生活得有质量，自由自在；读书学习，既利用充裕的时间品读以前没有时间细读或没读的东西，又使自己经常开动脑筋，思考问题，领悟一些东西；交友旅游既使我拓展了思想，丰富了知识，排解了孤寂，增进了老友情感，又使我增加了生活的乐趣，丰富了生活的内容。

自由时间一充足，读书的范围也广泛起来，我既系统学习了《中国共产党历史》（中共中央党史研究室编著）和《毛泽东年谱》（中共中央文献研究室编），通读了《刘少奇纪事》《陈云全传》《邓小平时代》《邓小平改变中国》和《回忆父亲胡耀邦》以及《梁启超传》《高岗传》等，还阅读了《红楼梦》《三国演义》和《水浒传》等著名著作。当读了《第三帝国的兴亡》（【美】威廉·夏伊勒著）

《二战全史》（姚丽主编）和《第二次世界大战史》（朱贵生主编）等作品以及《关于纪念世界反法西斯战争胜利》的文章时，心灵被那一幅幅残酷而血腥的历史画面所震撼，奋笔疾书《读第二次世界大战史有感》：

闲来潜心读"二战"，历史事件浮眼前。

战争恶魔法西斯，野蛮侵略掀狂澜。

战祸殃及四大洲，军民伤亡九千万。

涂炭生灵十二亿，三千万众失家园。

世界人民齐抗战，奋勇杀敌奔前线。

捍卫正义驱邪恶，消灭敌寇葬战犯。

战火熄去七十年，殖民体系被砸烂。

民族独立得解放，团结和平重于山。

团结聚力战磨难，和平带来大发展。

永远铭记二战史，不使悲剧再重演。

旅游使我观赏了奇丽而丰富的峻山秀水、"天人合一"的古典建筑，更加深入了解了外面的世界，开阔了视野，增长了见识，陶冶了情操。

2012 年 10 月上旬，我随团到曲阜、泰安旅游。当天中午到了曲阜，饭后游览了孔庙、孔府、孔林。

一到孔庙，胜迹如林，恍然身在梦境之中，如同读一部古代史书。此前对"三孔"知之甚少，游后了解到：孔庙是由孔子的小小旧宅发展起来的。孔子死后，他的学生就把他的遗物——衣、冠、琴、车、书保存在他的故居，作为祭奠场所。后由于封建统治阶级对孔子及其思想都很推崇，对孔庙进行多次重建、扩建，形成规模。此时的孔庙前后共八进庭院，殿、堂、廊、庑共 620 余间，从南向北前三进庭院里都是柏树林，每一进都有墙垣环绕，第三进以北才布置建筑物。孔府即"衍圣公府"，在孔庙的东边，是孔子嫡长孙世袭衍圣公的衙署和府第，也是我国历史上延续时间最长的封建贵族庄园。有厅、堂、楼、房，三路布局，九进院落，前为官衙，后为内宅，最后为花园。孔林在曲阜县城以北，里面古柏高耸，万木争发，范围广阔，坟茔累累，是孔子嫡长子孙的墓地。

观赏"三孔"后，我们驱车赶往泰山，一直开到中天门停车场，我们下车结伴徒步沿"天门云梯"拾级而上，从下翘首北望，南天门像嵌在巍巍岱顶两翠峰间的红宝石，十八盘像天绅飘挂在天门下的峡谷中，神采飞扬，令人遐想。一到南天门，热情的山风立即殷勤地为我们清心涤虑，使人满目空翠，疲劳顿失。南天门是城楼式建筑，石砌拱形门洞，上有"摩空阁"。南天门北去东折，登上台阶便是"天街"，街上路宽道平，楼阁毗邻，恰如天上街市。再往东沿石阶而上就是"碧霞洞"，是一组庞大的高山建筑群，巍峨严整，气势宏伟，显示了我国古代劳动人民的聪明才智。接着游览了大观峰、玉皇顶后，下榻岱顶简易旅馆。翌日天还没亮我们就早早起床，披上租来的大衣，去日观峰看日出。那天阴天，日出的奇观没看到，翻滚的浓云却给我们留下了深刻的印象。后读到古诗："才听天鸡报晓声，扶桑旭日已初明。苍茫海气连云动，石上游人别有情。"就有了更深的感触。

短暂的三日游，使我饱览了齐鲁大地的绮丽风光和灿烂悠久的历史文化。

2013 年 1 月上旬，在女儿的安排下，我和慧玲随团到泰国的曼谷、芭提雅等地旅游，观看了异国的山水宫寺，了解了异域的风土人情，有感而发，作了一首《泰国游记》：

新年过后泰国游，半日飞越两季候。
在皖冰封雪覆地，到泰日炎浃汗流。
伞下白沙海滩休，水上游艇海景浏。
青绿椰林掩古迹，多彩佛寺奉神佑。
人妖表演心涑然，大象驮游晃悠悠。
欢游微笑时时见，待宾礼仪处处有。
吸引游人心向往，异国山水风光秀。

2013 年 8 月下旬，我和慧玲与孩子们一起从合肥飞抵海南三亚旅游，游后有感，题诗一首《三亚游记》：

崖州八月日光炎，凉爽椰风袭夜晚。
帆影点点缀碧海，白沙柔细铺滩湾。
山峦青绿花常艳，热带雨林树参天。
百尺面海观音佛，千姿巧立奇礁岩。
碧波无际群浪舞，海角天涯神话传。
潜水观光海底景，驾艇欣赏击波澜。

休闲度假上三亚，别有天地非人间。

2014年春节，大女儿女婿开车带着我和慧玲、亲家夫妇以及彤彤、二宝，年初一从滁州出发，行经杭、台、福、厦、漳诸州，行程3000余公里，游览了祖国的大好河山，观赏了鬼斧神工的精雕巧凿和古人给我们遗留的无尽瑰宝，目睹了改革开放给我国东南沿海地区带来的巨大变化，看到了海滨地区经济建设、文化建设和城镇建设取得的丰硕成果，题《年节游记》诗一首抒发观感：

> 年节自驾海滨游，旖旎风光织锦绣。
> 岚港观航驶台海，碧波驱艇思闽侯。
> 海滨浴场踏细浪，日光岩上眺厦鼓。
> 处处车人盈胜地，时为食宿停车愁。

2014年7月中、下旬间，二女儿女婿开车带我、顺顺到山东台儿庄、日照海滩和江苏连云港连岛旅游，游兴迸发，赋诗如下：

> 初伏驱车自驾玩，运河古镇海沙滩。
> 尽享览胜逗海趣，更喜渔村品海鲜。
> 虾蟹蛏砺蛤螺蚬，烧烤爆炒煮蒸煎。
> 乘兴而旅八百里，人生皆为不了缘。

我这一生凭良心说话，凭骨气做人，凭本领干事，在高处立，往低处看，于平处做，向阔处行。不为一些小事而斤斤计较，不为个人的荣辱得失而郁郁寡欢，不为挫折失意而潦倒困顿。我始终认为，一个人为官也好，务农也好，赋闲也罢，生活得平安、健康、快乐才是最重要的。"含光混世贵无名""且乐生前一杯酒"是我长期以来的遵循。

在梳理记忆的过程中，总觉得自己的回忆中有某种重要的东西，它影响着我的一生，决定着我人生的方方面面。这就是：人，要有目标有追求，这就是我们通常所说的理想。但这种理想要设定在你自身条件允许的范围内，好高骛远，难以实现；鼠目寸光，没有价值。在追求的过程中，不能被困难所吓倒，也不能超越历史地去硬闯，这就要求要有韧性。追求理想的过程其实也是一个学会做人、学会生活的过程，不能忘本，不能不知道自己从哪里来。否则，便如水中浮萍随水漂荡而失去自我。同时，在这个"本"中，还包括亲人、朋友以及所有对我有过帮助的人，不能忘记他们，"常拟报一饭"，滴恩记百年。人生的道路是一个不断学习、不断适应、不断前进的过程，热爱生活并认真对待生活，生活便不会亏待你，反之，只能自食其果。然而，人生又是短暂的，尤其在回头看的时候……

我已经知足了。我深情地感谢那些在我生命的长河中与我相识相伴，或擦肩而过的所有人。没有他们便没有我的生活、我的进步、我的感触和我的记忆。感谢生活！感谢生活赋予我的一切！

后　记

　　我是农民的儿子。我无须也无心脱去这个生命的底色。我所经历的生活道路，与千千万万相同背景的同龄人所经历的一样，没有跌宕起伏更谈不上波澜壮阔，反显得平凡琐碎，充满了点点滴滴。一路走来，路上的鲜花野草、坑坑洼洼许多都淹没在生命的过程中了。能够记忆的往往是当时当地触动心灵的很少的一部分，不把它记下来，我们那个年代、那个年代的风土人情，以及我们亲眼看见、亲身经历、贴心感受的一些事情，真要被埋葬于历史的尘埃中了。譬如我的故乡周大庄，虽然还不富裕，如今却也已是楼房成片、机器农耕、人口上千的名副其实的"大庄"了。40岁以下的人已很难知晓周大庄当年贫穷破败的景象和祖辈父辈怎样在土里刨食，以繁重的体力劳动换取食不果腹、衣不蔽体的困难生活情景。至于犁耕耙拉、编筐打篓的农事农活则更不知道从何下手。这或许是我写此书的动因之一。

　　我的父亲是当时少有的有点文化的农民。大概正是他潜移默化的影响，造就了我的文化情怀，让我一边不断地学习，一边用心地感悟。冬天里刺骨的寒风没有选择地猛刮着衣着单薄的人们，我似乎更深地体验了冬天的严酷，充满了战胜寒冷的斗志，尽管那有一种精神胜利的味道，但这种感觉却深深地印在我的心灵上了。我的母亲、我的哑巴姑姑、我的小妹、我的第一个爱人，仿佛都没有远去，依然活在我的记忆里、心灵中。况且她们也曾是这个世界上生活过的活生生的人！所以，当我的同龄人走出了过去的年代，一切向前看，拥抱新生活，而有意无意地不愿回顾过去的时候，我却想着要把那些记录下来，并想尽可能真实地描绘出来，不管多么不全面，哪怕是挂一漏万。所以，我在退居二线以后，利用闲下来的时间，不揣浅陋，记录下我的记忆。

我是学数学的出身，理性有余感性不足，文字功底较差，虽在工作中注意不断学习积累，但那也是适应工作需要的应用写作，谈不上有文学性。为写好我的记忆，我曾阅读大量的文学作品，但最终我感到要达到人家那样的高度实在是力不从心，从而深深地体会到"书到用时方恨少"的切实含义。好在我的目的明确，我仅仅是想通过文字告诉我的同龄人或同龄人的后代，我们曾经怎样地生活，哪怕能从中窥见当年的点点滴滴，从中得到一点儿启发，从中悟出一点儿有用的东西，也就达到目的了。万望不要计较我拙劣的文笔。

在写作过程中，我的家人、我的亲朋好友给予了我大力的支持，给我腾出时间，给我提出善意的修改意见和建议，甚至用他们的经历来印证我的记忆，在此，我表示衷心的感谢！

　　人生如梦，转眼百年。我们曾经活过，我们曾经那样地活过！这就是"我的记忆"的本意。

周贺鲁

2017 年 8 月 19 日